Schaafsinsel

Edgar Schaafs fünfter Fall

Pit Ferman

Kritaholm, Insel in der Ostsee. Für Eliza und Pit Ferman wird der Urlaub mit ihrem Wohnmobil zum Trauma, denn während ihres Aufenthalts geschehen drei Morde. Zu ihrem Entsetzen werden sie kurzfristig sogar wie Verdächtige behandelt.

Auch Edgar Schaaf und seiner Frau Melanie, die einen Monat später mit dem von Pit Ferman erworbenen Wohnmobil anreisen, ist die Insel nicht wohlgesonnen. Edgars Versuche, Ermittlungsansätze zu finden, scheitern an gezielten Anschlägen auf das Wohnmobil und auf ihn selbst.

Erst sein zweiter Anlauf, den er im bitterkalten Winter gemeinsam mit Pit Ferman unternimmt, bringt ihn auf die richtige Spur.

Für Christina und Charly

Impressum

TWENTYSIX – der Self-Publishing-Verlag

Eine Kooperartion zwischen der Verlagsgruppe **Random House** und

BoD – Books on Demand

© 2019 Pit Ferman

Herausgeber und Verlag
BoD – Books on Demand, Norderstedt

ISBN 9783740752972

Teil I

***Grünweiler*, 03. September 2022**

Als Pit Ferman aus den klimatisierten Räumen des *Rothweiler* Rathauses hinaus auf die Vortreppe trat, drohte er zu straucheln. Die Sonne schien ihm direkt ins Gesicht, der Temperaturunterschied zwischen drinnen und draußen war eklatant, die Luft flirrte vor seinen Augen, und vielleicht waren die Aufregungen der letzten Tage etwas viel für ihn gewesen, weshalb er dankbar war, dass sich Eliza an seiner Seite befand. Sie schien seine Unsicherheit zu spüren und presste seinen Arm demonstrativ fester an ihren Körper, um ihm zu signalisieren: *Alles ist gut. Ich bin für dich da. Immer. Mein Pit.*

Melanie Köninger hatte einen befreundeten Fotografen aus *Gengenbach* engagiert, um Elizas und Pits Trauung *auf Film zu bannen*, wie er sagte, obwohl er zweifellos mit digitalen Geräten arbeitete. Natürlich hatte er die kleine Feier auf dem Standesamt fotografiert, das Ja-Wort also und die unterzeichnenden Trauzeugen, sowie danach selbstverständlich das Paar beim Verlassen des Rathauses. Und tatsächlich konnte man später auf den Fotos, die diesen Schritt auf die Treppe festhielten, erkennen, dass Pits Gesicht eher gequält als glücklich aussah, was, wie nicht anders zu erwarten war, im Nachhinein zu allerlei neckischen Frotzeleien führte.

Mila, Pits Enkeltochter, spielte Blumenmädchen und streute Rosenblätter auf die Treppe und den Vorplatz. Ihre Mutter, Pits Tochter Geraldine, und sein Sohn Charly warfen Reis über das Brautpaar.

Es war eine kleine Hochzeitsgesellschaft. Außer Pits Kindern und Enkelin Mila waren da die Trauzeugen, Silvio für Pit und Genevieve für Eliza; dann Melanie Königer und Edgar Schaaf; Albert, Schreiner und Genevieves Ehemann; Silvios Tochter Christina, neuerdings Chefin des Restaurants *Zum grauen Eck* in *Offenburg*; und zuletzt Rita Böhringer, die junge Kriminalassistentin aus *Offenburg*, die maßgeblich in Edgar Schaafs letzten Fall *Schaafsgold* involviert gewesen war.

Mehr Leute, dachte Pit unpassenderweise, *werden zu meiner Beerdigung auch nicht erscheinen*. Womit er womöglich recht haben könnte.

Nachdem der mittelfristige Wetterbericht für den Hochzeitstag schönes Wetter prognostiziert hatte, war für Eliza und Pit die Entscheidung, wo das Hochzeitsmahl stattfinden sollte, leicht gefallen. Ein Catering-Service würde die Gesellschaft im Hof ihres Hauses in *Grünweiler* mit Speis und Trank verköstigen. Als alle elf Personen aus den Autos ausgestiegen waren, leuchtete die mit Blumen geschmückte Hochzeitstafel bereits in blendendem Weiß, und das Service-Personal wartete auf den Einsatz. Unter der Haustür rekelte sich Glückskatze *Pepsi*. Eliza schaute Pit in die Augen und lächelte. Wie schön sie war.

Es gab keine Sitzordnung, sodass jeder Platz nehmen konnte wo er wollte. Die kleine Mila hatte sich freilich den Stuhl neben Eliza gesichert, ihrem neuen Stern am Himmel. Silvio hatte sich neben Pit niedergelassen. Silvio schien an etwas zu kauen, das allerdings nichts mit dem servierten Essen zu tun hatte. Nach langem Anlauf sagte er endlich:

„I dir danke vo ganze mine Herz, Pit, dass du mi haste genomm´ als dine Zeuge vo Hochzei. Iste große Ehr´ für mi."

Pit hob sein Glas und hielt es zum Anstoßen vor Silvios Nase. „Aber das war doch sonnenklar, Silvio. Als Trauzeuge nimmt man immer den besten Freund, verstehst du?"

Silvio, von Pit zum Anstoßen animiert, schien an dessen Worten zu zweifeln. „Nei, i nit versteh´, entsuldige. I denke, dine beste Freund iste Edgar? Edgar musse Zeuge sei normalerweis´."

Pit trank einen Schluck. „Edgar ist zwar schon auch ein Freund, Silvio, aber nicht der beste. Nein, nein, so wie es ist, ist es richtig. Du bist der einzig mögliche Trauzeuge weit und breit."

Silvio blieb für ein paar Sekunden wie erstarrt sitzen. Dann stand er schwerfällig vom Stuhl auf und sagte mit feuchten Augen: „I muss geh´ snell spazier´ hinter Haus. Muss erzähl´ Lucia mine Frau is gestorb." Auf unsicheren Beinen schlich er um die Hausecke, und vermutlich rannen ihm ein paar Tränen über die Wangen. Pits Blicke folgten ihm. Er hatte sich bewusst für Silvio entschieden und sich bei Edgar Schaaf rückversichert, um einen eventuellen Interessenskonflikt zu vermeiden. Edgar Schaaf hatte Pits Wahl als eine noble Geste bezeichnet, womit für ihn der Fall gegessen war.

Christina, die ihren Vater und seine Stimmungen besser kannte als sonst jemand, schaute demonstrativ zu Pit, dann ihrem Vater hinterher, dann wieder zu Pit, und vollführte eine jener unnachahmlichen typisch italienischen Gesten, die man vielleicht als „*Eeh?*" interpretieren konnte. Doch

Pit beruhigte sie mit einer einfachen Handbewegung, die heißen sollte: *Alles okay, mach dir keine Sorgen. Er geht nur kurz zu Mama.*

Es war eine ungezwungene, unterhaltsame Runde. Nachdem die Desserts vertilgt waren, bekam Pit von Edgar Schaaf ein Zeichen. Einer Vorahnung folgend, ging er in die Küche, um zwei Dosen Bier aus dem Kühlschrank zu holen. Es traf sich, dass unmittelbar nach ihm Eliza das Haus betrat.

„Hallo, mein geliebter Ehemann, lange nicht gesehen", kam sie mit ausgebreiteten Armen auf ihn zu. Sie bemerkte die Bierdosen in seinen Händen. „Aha, du hast schon eine Verabredung, wie ich sehe. Ich nehme an, die Person, mit der du dich treffen willst, ist männlichen Geschlechts?"

„Tja, in meinem Alter findet man nichts anderes mehr. Edgar. Ich denke, er will mich mit Fragen zu unserem Urlaub löchern. Ich bin dann mal weg, Liebes, rund um den See."

„Warte noch", bat sie und gab ihm einen Kuss. „Ist dir schon aufgefallen? Dein Sohn verdreht gewaltig die Augen nach einer gewissen blonden Dame."

Pit tat begriffsstutzig. „Welche blonde Dame? Christina?"

Sie nickte bedeutungsschwer. „Er schmachtet. He´s in love."

Pit bückte sich, ob er durch das Küchenfenster Elizas Beobachtung bestätigt sehen könnte, was jedoch nicht der Fall war. „Geschmack hat er ja, das muss man ihm lassen", lautete sein Kommentar. „Weißt du was? Ist vielleicht doof, aber könntest du nicht probieren, ihn irgend-

wie aus der Reserve zu locken? Nimm´ meinetwegen Mila als Lockvogel. Spiel´ Gummitwist oder Federball mit ihr oder so. Und dann wirst du plötzlich müde und ..."
Eliza lachte lauthals los: „Hahaha, du willst, dass ich die Kupplerin spiele?"

„Ach, ich bin nur so glücklich, dass ich die ganze Welt glücklich sehen möchte."

„Geh´ du zu deinem Kriminalhauptkommissar Edgar Schaaf. Aber bleib´ nicht stundenlang weg."

„Eliza?"

„Ich dich auch, Pit."

Sie gingen den gleichen Weg um die Lichtung mit dem Haus und dem kleinen See, den sie im Sommer schon einmal zusammen gegangen waren. Jeder trug eine Dose Bier in der Hand.

„Dann erzähl´ mal die ganze Geschichte von Anfang an, Pit. Eliza und du mit dem Wohnmobil auf der Insel Kritaholm. Was du am Telefon geschildert hast, waren ja nur Bruchstücke."

Sie stapften am Waldrand entlang, immer darauf bedacht, im Schatten zu bleiben. Pits Augen schweiften hinüber zum Haus und dem Vorplatz, wo seine Gäste saßen. Tatsächlich hatte es Eliza geschafft, Mila und Christina zum Gummitwist zu überreden, denn er sah die drei in der Nähe des Seeufers hüpfen. Und siehe da, jetzt stiefelte auch sein Sohn, Hände in den Hosentaschen, zu dem Kleeblatt, das die drei Mädchen bildeten.

„Okay, Edgar. Du hast dich aber bestimmt über die Zeitung und das Internet informiert. Es wurde ja lang und breit genug darüber berichtet, nehme ich an."

„Ja schon, aber du weißt ja wie das ist. Da bekommt man nur das öffentlichkeitstaugliche Geschreibse zu lesen, weichgespült und entschärft. Einen Zugriff auf das polizeiinterne Programm habe ich leider nicht bekommen. Um mir ein Bild machen zu können, bin ich auf euch angewiesen."

Sie bogen jetzt auf den oberen Rand der Lichtung ein. Haus und See lagen ihnen quasi zu Füßen.

„Also, hör´ zu, Edgar. Ich erzähle dir jetzt, wie wir es hautnah erlebt haben."

Kritaholm, **24. 08. 2022**

Ganz im Westen verlor sich der Horizont im Dunst, der über dem Meer hing. Selbst in der Höhe von zweiundzwanzig Metern regte sich kein Lufthauch. Seit Tagen wölbte sich ein Hitzehoch über der norddeutschen Küste und der gesamten Ostsee, deren glatte Oberfläche von keiner Welle gekräuselt wurde.

Pit Ferman beugte sich über das Geländer und schaute nach unten, wo Eliza barfüßig im seichten Wasser stand, den Saum des Rockes über die Knie gerafft. Sie war nicht schwindelfrei und hatte es vorgezogen, am Fuße des Leuchtturms zu bleiben. Müde schwappte die Ostsee an den Kiesstrand.

Im Grunde hatte er es gewusst. Auch bei klarem Wetter hätte er nicht bis nach Dänemark im Westen blicken können, und schon gar nicht bis nach Schweden im Norden.

Die Entfernungen waren einfach zu weit. Aber aus irgendeinem törichten Grund hatte er gehofft, dass es ihm als einzigem Menschen vielleicht gelingen könnte, die Erdkrümmung zu überlisten, so wie er sich manchmal auch vorstellte, dass er dereinst dem Tod ein Schnippchen schlagen würde. Als Einziger, wohlgemerkt. Bloß wusste er noch nicht, wie. Daran musste er noch arbeiten.

Der Leuchtturm am Schwedenhorn auf der Insel Kritaholm. Das Schwedenhorn war eine Landzunge und ragte wie ein Wurmfortsatz am nordwestlichen Ende der Insel in die Ostsee hinein. Oder, stellte man sich die Insel als einen Wikingerhelm vor, wie eines seiner Hörner. Allerdings fehlte dazu das passende Pendant auf der anderen Seite der Insel. Am äußersten Ende des Schwedenhorns erhob sich der Leuchtturm auf einem natürlichen Felsfundament. Dort, wo das Schwedenhorn quasi mit der Insel verbunden war, befand sich der Campingplatz von *Kritaholm*.

Krita war aus dem Schwedischen abgeleitet und bedeutete so viel wie Kreide. Wahrscheinlich hat man die Insel nach der Ostküste so benannt, die aus einer gleichmäßig dicken Kreideschicht bestand, mit maximal vier Metern Höhe über dem Meeresspiegel allerdings bei weitem nicht so prägnant war wie zum Beispiel die bekanntere Kreideküste der Insel Rügen.

Pit umrundete auf der Besucherplattform die Spitze des Leuchtturms mit seinen Glasfenstern, hinter denen die ferngesteuerte Technik der Signallampen untergebracht war. Es gab keine Leuchtturmwärter in des Wortes Bedeutung mehr. Heutzutage wurde die Stelle des Leuchtturmwärters ehrenamtlich besetzt, als Touristenattraktion.

Auch Pit war mit einem Führer im Innern des Turms nach oben gestiegen und hatte sich die Geschichte des Turms und diverse Anekdoten, die sich um ihn rankten, angehört.

Von der Ostseite aus bekam man einen Blick über die ganze Insel. Man erkannte die drei Ortschaften, die auf der Insel lagen: *Schwedamm* im Norden, *Vieksen* mit seinem Naturhafen im Osten, der aussah, als hätte ein Hai ein Stück aus einem Surfbrett gebissen, dazu die vorgelagerte kleine und unbewohnte Insel *Flethwerder*, ein reines Vogel- und Naturschutzgebiet, sowie *Flethow* mit dem angrenzenden *Flether Bodden* im Süden. Im Zentrum der Insel ragte der *Viekser Zacken* in die Höhe, wenn man so wollte ein Berg, mit immerhin siebzehn Metern über dem Meer höchste Erhebung weit und breit. Daneben das sogenannte Wikinger Moor, an dessen Rande es eine archäologische Grabungsstelle nach einer frühmittelalterlichen Wikinger-Siedlung gab. Vom flachen Westufer aus breiteten sich Salzwiesen bis weit ins Inselinnere aus. Es existierten zwei weitere Leuchttürme auf *Kritaholm*, die jedoch beide nicht für die Öffentlichkeit zugänglich waren: Der *Schwedammer* Leuchtturm und der *Viekser* Leuchtturm. Die Insel, hatte der Leuchtturmführer erklärt, umfasse ein Gebiet von siebenunddreißig Quadratkilometer, bei Ebbe etwas mehr, bei Flut etwas weniger, und ja, es sei kein Witz, auch in der Ostsee gäbe es Gezeiten, wenn auch kaum spürbar.

„Das Wasser ist nicht wirklich eine Erfrischung", sagte Eliza, nachdem Pit den Leuchtturm verlassen hatte. „Oder anders gesagt: Es ist seichwarm."

Pit zog die Sandalen aus und stieg zu ihr ins Wasser. Es seufzte eigenartig, wenn es sich zwischen den Kieselsteinen verlor und klickerte leise wie Kirschkerne in einem Stoffbeutel.

„Du hast recht", bestätigte er. „Das ist fast unanständig."
Er schaute die geschwungene Strandlinie entlang, die von Waldkiefern gesäumt war. Jedenfalls waren es die gleichen langnadeligen Bäume wie auf dem Campingplatz, und dort hatte er sich sagen lassen, dass es Waldkiefern seien. Sie erinnerten ihn entfernt an die Pinien südeuropäischer Länder.

„Und? Wie war es dort oben?" Eliza legte den Kopf in den Nacken und guckte am Leuchtturm hoch, wo jetzt neue Touristen die Köpfe über das Geländer streckten.

„Interessant", meinte Pit, „man sieht bis nach Dänemark und Schweden. Sehr beeindruckend. Die Welt ist klein." Die Lüge kam ihm so leicht über die Lippen, wie er sich momentan fühlte.

„Na, die Dänen werden sich glücklich schätzen, dass du keiner von ihnen bist."

„Das versteh´ ich jetzt nicht. Du sprichst in Rätseln."

„Du kennst doch den Spruch von Otto Waalkes, dem Ostfriesenblödel: *Dänen lügen nicht*."

„Ach, du meinst ...?"

„Allerdings meine ich das. Von wegen nach Dänemark und nach Schweden gucken." Sie legte ihm eine Hand auf die Stirn. „Eindeutig. Heiß. Ich glaube, du hast einen Sonnenstich."

Er grinste. „Dann lass´ uns rasch in den Schatten gehen und Abhilfe schaffen."

Sie schlenderten Hand in Hand, der Wasserlinie folgend, über den schmalen Kiesstrand, der gerade breit genug war, dass man sich auf einer Decke liegend keine nassen Füße holte. Aber außer ihnen befand sich keine Menschenseele am Strand, weshalb sie ungehindert vorwärts kamen. Erst in der Nähe des Campingplatzes trafen sie auf Kinder, die im Wasser herumtobten.

„Das würde Mila auch gefallen", sagte Eliza und blieb stehen.

„Ja, bestimmt. Vielleicht können wir für nächstes Jahr etwas mit ihr unternehmen. Dieses Jahr sind ihre Sommerferien schon vorbei."

„Hm, das hört sich gut an, weißt du das? *Nächstes Jahr*. Das heißt, wir haben eine Zukunft."

Sie bogen vom Ufer ab, zwischen den Wohnwagen hindurch und schlugen die Richtung nach ihrem Wohnmobil ein. Der Campingplatz war nicht übermäßig groß. Er verfügte über vierzig Stellplätze für Wohnwagen und Wohnmobile. Es gab ein kleines Areal für Zeltcamper, wo überwiegend Jugendliche und Kinder ihre bunten Zelte aufgebaut hatten.

„Ich geh´ mal für kleine Mädchen", sagte Eliza, als sie am Pavillon mit den sanitären Anlagen vorbeikamen. „Du kannst derweil schon mal eine Schorle für mich zubereiten." Sie schenkte ihm einen flüchtigen Kuss.

Pit schob sich den Strohhut in den Nacken und bummelte gemächlich weiter. Zwischen den Wohnwagen und Wohnmobilen zur linken Seite konnte er das Meer erkennen. Bis zum Ufer, unter den Nadelkronen knorriger Kiefern hindurch, war es nur ein Steinwurf. Als das Wohnmobil mit der ausladenden Markise in Sicht kam, fingerte er in der Tasche seiner Cargohose nach dem Fahrzeugschlüssel. Es war schon der dritte Tag, den sie hier auf dem Platz standen, und es waren noch weitere vorgesehen.

*

Sie hatten sich vier Tage Zeit gelassen, um von *Grünweiler* bis hierher zu fahren. Es war ein spontaner Entschluss gewesen, nachdem sie mit den Eltern des ermordeten Roland Locher, Elizas ehemaligem Partner, über den weiteren Verbleib des Wohnmobils einig geworden waren. Sie, die Eltern, hatten keine Verwendung dafür. Pits Vorschlag war dann gewesen, das Wohnmobil so gut es ging reparieren zu lassen, es hinterher zu verkaufen und den Erlös den Eltern auszuzahlen, worüber die alten Leute sich sehr erfreut gezeigt hatten. Bedingung: Da das Wohnmobil schon mal auf Eliza zugelassen war, wollte er es mit ihr wenigstens einmal ausprobieren. Dagegen hatten Lochers Eltern nichts einzuwenden gehabt, woraufhin sie die Fahrt nach *Kritaholm* geplant hatten.

Albert, der Schreiner und Pits Freund, hatte die Schäden behoben, die Manfred Maier bei der Suche nach dem Gold, das er im Wohnmobil vermutete, angerichtet hatte.

Das Gold: Nachdem Eliza und Pit die Goldbarren aufgesammelt hatten, die aus dem aufgerissenen Autoreifen geschleudert worden waren, immerhin neunzehn Stück, schön verteilt den Weg zurück von Pits und Elizas Haus bis zur Einfahrt an der Talstraße, wo Pit gegen den Begrenzungspfosten geprallt war, hatten sie Edgar Schaaf angerufen und ihm von dem Fund berichtet.

Edgar Schaaf war gleich am nächsten Morgen mit seiner Frau Melanie Köninger zu ihnen gekommen. Gemeinsam hatten sie das Wohnmobil aufgebockt, die Räder abmontiert und die Reifen von den Felgen gelöst. Und richtig: Aus jedem Reifen, außer dem Ersatzrad, förderten sie

Goldbarren zutage, die in Bauschaum eingebettet waren, und zählten am Ende insgesamt fünfundsiebzig Stück.

„Was machen wir damit?", fragte Pit. „Ich meine, keiner außer uns weiß etwas davon."

„Wollt ihr es behalten?", fragte Melanie berechtigterweise.

„Wenn ihr es der Polizei übergebt, wird es beschlagnahmt und verschwindet auf Nimmerwiedersehen irgendwo im Staatsvermögen, wird vielleicht vergessen oder, was wahrscheinlicher ist, landet früher oder später in den Händen irgendwelcher dunkler Gestalten", sagte Edgar.

„Wir wollen beides nicht", sagte Eliza. „Also weder behalten noch übergeben. Wenn es nach mir ginge, würde ich es einer Bank anbieten und verkaufen und den Gegenwert für einen guten Zweck spenden. Einem Kinderheim zum Beispiel oder einem Krebskrankenhaus für Kinder."

Elizas Idee war in die Tat umgesetzt worden.

Sie übergaben das Gold einer seriösen Bank, die es auf Echtheit prüfte, den Geldwäscheaspekt kontrollierte, und ihnen nach Bestätigung der Echtheit eine Summe von achthundertvierundzwanzigtausend Euro gutschrieb. Sie spendeten die runde Summe von achthunderttausend Euro an ein Kinderkrankenhaus. Vom restlichen Geld bezahlten sie Albert für die Reparatur des Wohnmobils samt neuer Reifen, und behielten noch einige Tausender tatsächlich für sich als Urlaubsgeld.

*

Pit saß im Schatten auf einem Campingstuhl. Gläser, Wein und Mineralwasser standen auf dem Tisch vor ihm. Er rauchte eine Zigarette, als Eliza von der Toilette kam. Sie hatte das lange Haar zu einem nachlässigen Knoten gesteckt und trug ein luftiges Oberteil mit dünnen Trägern zu einem leichten Rock mit Blumenmuster. Sie ließ sich neben ihm nieder und blies ein paar vorwitzige Haarsträhnen aus dem Gesicht. Rasch mixte er ihre Schorle. Das Glas beschlug sofort und bildete eine Lache auf dem Tisch.

„Ach, tut das gut", stöhnte sie nach dem ersten Schluck. „Was gedenken wir heute zu essen?"

Pit trank seinerseits. „Oh, ich dachte, wir mieten uns bei der Platzverwaltung zwei Fahrräder und radeln nach *Vieksen* hinüber. Am Hafen soll es ein gutes Fischrestaurant geben. Was meinst du?"

„Klingt gut."

„Meine ich auch."

Der Weg quer über die Insel war nicht asphaltiert, aber in den Fahrspuren der Traktoren ließ es sich bequem strampeln. Es hatte längere Zeit nicht geregnet und die Strecke war sehr trocken. Sie hatten sich gegen die Straße über *Schwedamm* entschieden, um dem Autoverkehr zu entgehen.

Zuerst fuhren sie ein Stück weit durch die topfebenen Salzwiesen und erreichten danach das Wikinger Moor, das sich zu ihrer rechten Seite erstreckte und durch einen Weidezaun von den Wiesen getrennt war, wahrscheinlich um zu verhindern, dass sich Weidetiere ins Moor verirrten. Als sie sich dem Viekser Zacken näherten, den sie zu umrunden gedachten, stieg der Weg sogar leicht an, sodass sie ins Schwitzen gerieten. Nach der Steigung jedoch fiel der Weg bis zum Ortsrand von *Vieksen* leicht ab und sie waren bester Laune, als sie am Hafen von *Vieksen* von den Fahrrädern stiegen und sie schoben.

Der Hafen lag in einer natürlichen Bucht und war auf zwei Seiten von Kreidefelsen eingerahmt. Es gab einen Bootssteg für Segel- und Motorboote. Ungefähr zwanzig Boote lagen im spiegelglatten Wasser. An der leicht bogenförmigen Kaimauer waren vier Fischerboote festgemacht. Dem Bogen der Kaimauer folgend, standen die Häuser an der Wasserfront parallel dazu, darunter immerhin ein Café mit Gehwegbestuhlung, die meisten jedoch mit solchen Ladengeschäften im Erdgeschoss, wie man sie überall dort findet, wo Touristen nicht weit sind. Von Ansichtskarten bis zum aufgeblasenen Kugelfisch, von Bernsteinschmuck bis zu Leuchtturmmodellen aller Größen war alles im Angebot. Das Hafengebiet war autofreie Zone. Wer mit dem Auto anreiste, musste in der Parallelstraße einen Parkplatz suchen.

Das Restaurant mit den Fischspezialitäten war das letzte Gebäude, von dem aus man das Hafengelände noch gut überblicken konnte. Neben dem Restaurant erstreckte sich ein angeschlossener Hotelkomplex, ziemlich neu und genauso nüchtern wie hässlich, aber sicher zweckmäßig, der aus Hafensicht von der gegenüberliegenden Häuserzeile gnädig verdeckt wurde. Eine kaschierte Bausünde. Eliza und Pit wählten einen Tisch auf der Terrasse. Eine breite Markise schützte sie vor der Sonne.

Pit bestellte eine Flasche italienischen Weißweins, sündhaft teuer, aber es war ihm egal und der Preis hatte keine Chance, seine Laune im Geringsten zu verderben. Als der Kellner nach ihren Essenswünschen fragte, entschieden sie sich beide für Rotbarsch mit Wildreis.

Zwei Tische weiter saß ein Paar, eine Frau und ein Mann in etwa gleichem Alter wie sie selbst, das sich offensichtlich intensiv über etwas zu unterhalten schien. Zudem hatte es den Anschein, als seien Eliza und Pit Gegenstand ihrer Unterhaltung, denn immer wieder schielten sie verstohlen zu ihnen her, um danach rasch die Köpfe zusammenzustecken und weiter zu diskutieren.

Für Eliza und Pit wurde der Fisch serviert. Er schmeckte hervorragend.

„Hast du das Paar zwei Tische weiter bemerkt? Sie scheinen uns zu beobachten", sagte Eliza zwischen zwei Bissen. „Kommen sie dir bekannt vor? Kennst du sie vielleicht?"

„Ich kenne niemanden", antwortete Pit, „aber bemerkt habe ich sie schon auch. Schmeckt dir der Fisch?"

„Wunderbar, danke. Huch, jetzt steht er auf. Du, ich glaub´, der kommt zu uns her."

In der Tat hatte der Mann sich erhoben und steuerte auf ihren Tisch zu. Eliza schätzte ihn auf ungefähr siebzig Jahre. Er hatte schütteres graues Haar und eine Goldrandbrille auf der Nase. Das bunte Hawaiihemd outete ihn als Tourist. Eine Hand hielt er hinter dem Rücken verdeckt.

„Entschuldigen Sie, dass ich Sie beim Essen störe, aber bevor meine Frau und ich uns in die Haare kriegen, dachte ich, ich frage Sie einfach." Er nahm nun die Hand vom Rücken. Er hatte ein Buch in den Fingern. Dunkelblauer Einband, gelbe Schrift. Er hielt das Buch Pit vor die Nase.

„Ich frage jetzt gerade heraus: Sind Sie der Autor Pit Ferman? Sie sehen dem Bild auf der letzten Seite des Buches so ähnlich."

Pit verschluckte sich vor Schreck, bekam etwas in den falschen Hals. Es ging so schnell, dass er die Hand nicht mehr vor den Mund bekam, weshalb er zerkauten Fisch und Reis über den Tisch spie. Er rang nach Luft, lief puterrot an. Er nahm die Serviette, hielt sie vor den Mund. Tränen stiegen ihm in die Augen. Er hustete unterdrückt. Es dauerte eine kleine Ewigkeit, bis er wieder normal atmen konnte. Eliza war aufgesprungen, hatte den fremden Mann zur Seite gedrängt und sich um Pit gekümmert.

Der Mann stammelte Entschuldigungen.

Das war Pit noch nie passiert. Dass ihn jemand als Autor eines Buches wiedererkannte. So fern der Heimat. Ihn, den ungelesenen Autor.

Endlich sagte er: „Stimmt, ich bin Pit Ferman. Sagen Sie mal, sind Sie von allen guten Geistern verlassen?"

Jetzt strahlte der Mann und drehte sich, den Rüffel überhörend, triumphierend und mit erhobenem Daumen zu seiner Begleiterin um. Wieder an Pit gewandt: „Dann ist die Frau an Ihrer Seite bestimmt Eliza, nicht wahr?"

Eliza und Pit waren baff, brachten kein Wort heraus. Wie konnte der Mann von Eliza wissen? Pits neuester Roman *Schaafsgold und der ungelesene Autor*, in dem Eliza als eine der Hauptfiguren agiert, war erst seit vier Tagen im Handel. Pit hatte ihn in Rekordzeit verfasst und an den Verlag gesandt.

„Ich wusste es", freute sich der Mann. „Wenn Sie beide vielleicht so freundlich wären, mein Exemplar Ihres neuesten Romans zu signieren? Das wäre wunderbar. Und wenn Sie Kriminalhauptkommissar Edgar Schaaf wieder einmal treffen, dann grüßen Sie ihn bitte von mir."

Das Paar, Eliza und Pit wussten nun, dass es sich um Helga und Horst handelte, war gegangen. Eliza nahm noch einen Nachtisch, Pit einen Kaffee. Sie verlangten die Rechnung. Anstatt des Kellners trat jedoch ein anderer Herr an sie heran, den eine bemerkenswert polierte Glatze zierte. Wie sich herausstellte, war es der Geschäftsführer und Besitzer des Restaurants.

„Guten Abend, erlauben Sie, dass ich mich vorstelle: Sven Petersen mein Name. Ich hoffe, das Essen war zu Ihrer Zufriedenheit. Nun, vorhin hat mich ein anderer Gast darauf aufmerksam gemacht, dass Sie der Schriftsteller Pit Ferman sind. Ich weiß nicht, ob Sie es schon wissen, aber ich veranstalte jeden Monat einen literarischen Abend in meinem Restaurant. Schriftsteller lesen aus ihren Werken. Der nächste Abend wäre Samstag, also in drei Tagen, und um ehrlich zu sein, stecke ich in gewissen Nöten. Eine Schriftstellerin hat ihren Auftritt für diesen Abend abgesagt. Gesundheitliche Probleme. Ach, es ist mir ein wenig peinlich, Sie zu fragen, aber würden Sie mir die Ehre erweisen, für meine Gäste aus Ihren Büchern zu lesen und mir quasi aus der Patsche helfen?"

Pit war perplex. Damit hatte er nun zuallerletzt gerechnet, und weil dem so war, blieb er stumm wie ein Fisch. Erst ein Schweißausbruch deutete an, dass die Botschaft in seinem Bewusstsein angekommen war. Unwillkürlich fühlte er sich von einer Welle heißen Lampenfiebers überschwemmt, und hilfesuchend tastete er nach Elizas Hand. Wie aus weiter Entfernung hörte er sie sagen: „Wir haben überhaupt keine Bücher dabei. Nicht ein Einziges."

Danke Eliza, dachte Pit, *für diese Antwort lege ich dir ein Königreich zu Füßen*. Dann wiederholte er Elizas

Worte, als wäre er deren Echo: „Wir haben überhaupt keine Bücher dabei. Ich bedaure."

Der Herr Geschäftsführer in einem hellen sommerlichen Leinenanzug zog einen Stuhl zu sich heran und setzte sich.

„Wenn das so ist, brauchen Sie sich wegen der Bücher keine Sorgen zu machen. Richter Stegemann, das ist der Gast von vorhin, kann all Ihre Bücher zur Verfügung stellen. Er sagte, er sei ein Fan von Ihnen, Herr Ferman, Frau Eliza. Daran sollte es also nicht scheitern."

Wenn ich rauskriege, wo dieser Idiot Stegemann wohnt, bringe ich ihn um, dachte Pit. Verdammt, er konnte dem Geschäftsführer doch nicht auf die Nase binden, dass er noch nie eine Autorenlesung veranstaltet hatte.

„Das wäre natürlich auch eine Ehre für uns", hörte er Eliza sagen, „aber wir können das hier und heute leider nicht entscheiden. Wir müssen erst einmal den Terminkalender ..."

„Verstehe ich vollkommen", fiel ihr Petersen ins Wort, „man hat als Künstler bestimmt eine Menge Verpflichtungen. Wenn Sie mir bis morgen Bescheid geben, reicht das für mich völlig aus. Richter Stegemann und seine Frau, mit denen ich übrigens sehr gut bekannt bin, wohnen wie Sie ebenfalls auf dem Campingplatz. Seit seiner Pensionierung als Richter vor ein paar Jahren ist er Stammgast dort. Sie sind somit ganz in der Nähe Ihrer Werke, Herr Ferman."

Dann weiß ich jetzt, wo auf dieser Insel man die nächste Leiche finden wird, Richter hin oder her, brütete Pit finstere Gedanken aus.

Petersen beugte sich vertraulich nach vorne und raunte geheimniskrämerisch: „Seine Frau und er haben sich auf dem Leuchtturm beim Schwedenhorn trauen lassen. Große Sache damals. Stand in allen Zeitungen. Tja, hier ist meine Telefonnummer." Er überreichte ihnen eine Visitenkarte. „Rufen Sie mich bis morgen bitte an, ja? Danke, vielen Dank, und die heutige Rechnung geht natürlich aufs Haus. Wunderbar." Herr Petersen erhob sich und eilte zurück ins Restaurant.

„*Man hat als Künstler bestimmt eine Menge Verpflichtungen*", äffte Pit den Geschäftsführer nach. „Man hat als Künstler auch Anspruch auf Urlaub, zum Donnerwetter! Künstler. Ich und Künstler. Paaah, da lachen ja die Hühner", schob er dann noch hinterher.

„Naja, ganz Unrecht hat er nicht, der Herr Petersen, was den Künstler anbelangt. Genau betrachtet bist du nämlich schon einer, auch wenn du von deiner Kunst nicht leben kannst. Aber das braucht ja niemand zu wissen."

„Papperlapapp! Wenn einer von uns beiden Künstler ist, dann doch wohl du, Eliza. Das weiß Melanie schließlich am besten. So, und nun Schluss mit dem Quatsch. Ich rufe jetzt den Kellner und bezahle unsere Rechnung. Von wegen *geht aufs Haus*. Ich will mich von diesem Herrn Petersen nicht unter Druck setzen lassen."

Die Sonne schickte sich an, hinter dem *Viekser Zacken* in Deckung zu gehen, als sie den Heimweg antraten. Die Luft hatte sich verändert. Der Dunst, den Pit noch vom Leuchtturm aus über dem westlichen Horizont gesehen hatte, war Vorbote einer Gewitterfront, die sich rasch näherte. Von Minute zu Minute schien es schwerer zu werden, Sauerstoff in die Lungen zu pressen, und es glich eher einem anstrengenden Ringen um die begehrten Moleküle als dem leichten Luftholen des Morgens. Jede Bewegung war wie ein Kampf gegen feuchte Bettlaken auf Wäscheleinen, in die man versehentlich gelaufen war und die sich nun klebrig und glitschig um einen schlangen.

Eliza, schweißnasse Haarsträhnen aus der Stirn wischend, meinte: „Das schaffen wir nicht bis zum Campingplatz, Pit."

„Lass es uns wenigstens versuchen. In der Nähe des Moores habe ich eine Art Schuppen gesehen. Eine Schutzhütte für Kühe oder Schafe oder so. Vielleicht können wir dort unterstehen, falls wir vom Unwetter überrascht werden sollten."

„Du bist lustig. Von Überraschung kann jetzt wahrlich nicht mehr die Rede sein. Wir radeln ja sehenden Auges direkt hinein. Also los." Eliza stieg aufs Fahrrad und trat in die Pedale.

Als sie den höchsten Punkt am *Viekser Zacken* überquerten, patschten die ersten fetten Regentropfen in den Staub des Weges, hüpften wie Wasserperlen auf einer heißen Herdplatte. Die Wolken über ihren Köpfen waren tintenschwarz. Der erste Blitz zuckte hernieder, und Pit zählte fünf Sekunden bis zum Donnerschlag. Eineinhalb Kilometer, sagte er sich, und der erwähnte Unterstand war schätzungsweise noch einen Kilometer entfernt. Das konnte knapp werden. „Eliza, fahr´, was das Zeug hält", rief er ihr zu.

Sie warfen die Räder zur Seite, als der Holzverschlag vor ihnen auftauchte, und rannten vom Weg über das Gras der Salzwiese zu dem überdachten Unterschlupf, der tatsächlich eine Art Schutzhütte für Vieh oder Schafe war, also ein Dach über dem Kopf aufwies und an drei Seiten geschlossen war. Schwer atmend drückten sie sich in einer Ecke an die Holzwand, keinen Augenblick zu früh, denn nun krachte der Donner ununterbrochen und Pit ließ das Zählen der Sekunden sein, weil er Blitze und Donner nicht weiter einander zuordnen konnte.

Das Unwetter dauerte bereits mindestens zwanzig Minuten.

„Hast du eine Zigarette?", fragte Eliza.

Pit fummelte in der Brusttasche seines Hemdes und zog eine Packung hervor. „Zünd´ mir bitte auch eine an", sagte er.

„Sie sind ganz feucht", konstatierte sie, und die Zigaretten glommen lausig, qualmten mehr als dass sie glühten, aber sie stellten doch so etwas wie eine Belohnung oder eine Rettung dar.

Die offene Seite des Unterstandes zeigte Richtung Moor, das im prasselnden Regen zu kochen schien. In den wenigen offenen Lachen brodelte das Wasser und Nebelschwaden waberten mystisch zerrissen über die nun unheimliche Landschaft. Pit wartete insgeheim auf ein Rudel Wölfe oder wilder Hunde mit feurigen Augen, heißem Atem und weiß blitzenden Reißzähnen. Oder gleich auf den Hufbeinigen.

Das Gewitter war weitergewandert, aber es goss noch in Strömen.

„Es hat keinen Sinn, länger auf das Ende des Regens zu warten. Ich denke, wir fahren los", schlug Pit vor. „Werden wir halt nass."

Sie wateten durch das Gras zu den Fahrrädern, stiegen auf und radelten mit gekrümmten Rücken, gesenkten Köpfen und zusammengebissenen Zähnen zurück zum Campingplatz. Die Räder strotzten vor Dreck, als sie sie abgaben, doch der Verleiher blieb gelassen und spritzte die Fahrräder umgehend mit einem Wasserschlauch ab. Eliza und Pit beeilten sich, ins Trockene zu gelangen, wo sie feststellten, dass auch sie von den Knien abwärts aussahen wie Sau.

Vom Pförtner an der Schranke erfuhren sie, dass wegen des Gewitters der Strom auf dem gesamten Campingplatz ausgefallen war. Pit zuckte die Schultern. „Und? Ist er wieder da, der Strom?", fragte er beiläufig.

„Ich sag´s nur zur Information, falls sie irgendwelche elektrischen Geräte angeschlossen haben sollten. Jetzt läuft´s wieder."

Einige Zeit später saßen sie geduscht und frisch gekleidet im Wohnmobil. Pit hatte einen *Steifen Grog* zubereitet, frei nach dem Motto: *Rum muss, Zucker kann, Wasser braucht nicht sein,* aber Hauptsache heiß. Er schlürfte mit gespitzten Lippen aus dem dampfenden Glas und kam zum Thema Autorenlesung zurück.

„Was mach´ ich denn nun? Stegemann wird garantiert bald auf der Matte stehen und mir meine eigenen Bücher unter die Nase halten. Oder was meinst du?"

„Wir könnten uns beim Lesen abwechseln, wenn es das ist, was du meinst", antwortete Eliza. „Du liest als Pit Ferman aus deinen Kriminalromanen, und ich lese Gedichte und Kurzgeschichten von Peter Siefermann."

„Mir graut´s davor."

„Dass ich lese?", grinste sie.

„Quatsch, nein. Dass ich so ans Licht gezerrt werde. Ich bin doch kein öffentlicher Mann."

„Weißt du was? Zeigen wir den Leuten einfach, wie souverän wir sind. Profis, verstehst du? Als wären wir auf Vortragsreise, oder wie das heißt. Und vielleicht findest du sogar Gefallen daran und willst in Zukunft überhaupt nichts anderes mehr machen. Deine Verkaufszahlen würden in die Höhe schnellen wie eine Aktie, die frisch auf dem Markt ist."

Pit starrte sie an, als sei sie das Mondkalb. „Du meinst das jetzt aber nicht im Ernst, oder?"

Sie lächelte geheimnisvoll. „Oh, ich könnte mir dich mit deinem Charakterkopf und einer Spur aufgesetzter künstlerischer Arroganz ganz gut bei einer Lesung vorstellen. Deine Fans würden geradezu gebannt an deinen Lippen hängen und ..."

„Und du wärst meine Managerin, die die Termine verwaltet und die Verehrerinnen abschreckt, nicht wahr, meine Schöne?"

Eliza gluckste. „Ich sehe schon: Du bist ein Naturtalent. Gib mir auch einmal von deinem Gesöff."

Pit reichte ihr das Glas mit dem heißen Rum. „Pass´ auf, dass du dir mit dem Kaffeelöffel im Glas nicht das Auge ausstichst."

„Danke für die Warnung, aber ich werde von dem einen Schluck wohl nicht gleich besoffen sein, oder?" Doch der erste Schluck trieb ihr Tränen in die Augen. „Boah, Mann, ist der stark und pappsüß."

„So muss er sein", sagte Pit vergnügt. „Sagen wir also zu? Der Lesung, meine ich."

„Lass´ es uns probieren. Wir machen es so, wie ich vorgeschlagen habe. Einverstanden?"

Pit zuckte ergeben mit den Schultern. „Okay, einverstanden." Er schob den Vorhang zur Seite und schaute aus dem Fenster. „Aber ich will nicht warten, bis Herr Stegemann sich bequemt, zu uns zu kommen. Petersen hat doch erwähnt, dass Stegemann hier auf dem Campingplatz wohnt. Es hat aufgehört zu regnen. Wollen wir ihn suchen gehen?"

„Warum fragen wir nicht bei der Campingplatzverwaltung nach seinem Standplatz?"

„Das können wir immer noch, falls wir ihn so nicht finden sollten. Ich bummle gern an den Wohnwägen entlang."

Nach einem Regenguss gab es bei den Campern immer Betrieb. Die einen stellten ihre Campingmöbel wieder ins Freie, die nächsten stocherten angesammeltes Regenwasser von ihren Zeltdächern, wieder andere deckten ihre teuren Gasgrillgeräte ab oder wischten Blätter und Kiefernnadeln von den Dächern der Mobilheime.

Eliza und Pit schlenderten Hand in Hand die Parzellen ab, grüßten hierhin und dorthin, hielten für einen kurzen Plausch übers Wetter, kehrten am Ende der ersten Reihe um und wandelten die gegenüberliegende Seite retour, bis sie vor dem Verwaltungspavillon standen.

„Jetzt frag´ ich doch, welche Platznummer Stegemanns haben", sagte Eliza und betrat das flache Gebäude neben der Schranke, dem ein Kiosk und der Fahrradverleih angeschlossen waren. Im Nu kam sie wieder zurück.

„Es ist in der nächsten Gasse. Nummer dreißig. Der letzte Platz auf der rechten Seite. Der Typ am Empfang meinte, dass die Stegemanns wohl begehrte Leute sein müssten.

Ich sei bereits die zweite Person innerhalb von drei Stunden, die sich nach ihnen erkundigt hat."

Sie bogen in die zweite Gasse ein, entlang derer im gleichen Muster wie zuvor die Wohnanhänger links und rechts standen. Da sie nun wussten, wohin sie mussten, gingen sie etwas zielstrebiger.

Auf dem letzten Platz der rechten Seite stand ein großer, zweiachsiger Wohnwagen mit einem dunkelgrünen Vorzelt, das über die gesamte Länge des Wohnanhängers reichte. Daneben parkte ein roter Volvo Geländewagen, neuestes Modell, Hamburger Nummer.

Pit fiel sofort auf, dass sich auf dem Dach des Vorzeltes eine enorme Menge Wasser gestaut hatte und eine tiefe Beule ins Dach drückte. Der Reißverschlusseingang stand offen. Ein Kippfenster des Wohnwagens war nach außen gestellt, ebenfalls ein Dachfenster nach oben geklappt. *Das will nichts heißen*, dachte Pit, *vielleicht lüftet Stegemann gerade.*

Er ging zum Eingang des Vorzeltes, streckte den Kopf hinein und rief: „Hallo, jemand da?"

Keine Rückmeldung. „Hallo? Herr Stegemann? Pit Ferman hier. Ich komme wegen der Lesung."

Er drehte sich zu Eliza um. „Keine Antwort. Was machen wir? Drehen wir um und gehen zurück?"

Eliza streckte ihrerseits den Kopf ins Vorzelt. „Die Wohnwagentür steht offen", sagte sie.

„Ja, hab´ ich auch gesehen. Ruf´ nochmal."

„Hallo? Stegemann? Eliza ist hier. Sind Sie zu Hause?"

Sie wartete, lauschte. Nichts. „Ich geh´ jetzt da rein", sagte sie, und betrat das Vorzelt. Langsam näherte sie sich der Wohnwagentür. Rief noch einmal, jetzt mit zaghafter Stimme: „Hallo? Herr Stegemann? Frau Stegemann?"

Sie stieg auf den kleinen Hocker, der als Stufe vor der Wohnwagentür stand, hielt sich mit beiden Händen am Türrahmen fest und beugte sich hinein. Es herrschte schummriges Licht im Innern. Sie konnte nichts erkennen. Also musste sie ganz hinein.

Das Blaulicht des Streifenwagens verkündete die unheilvolle Botschaft über den Campingplatz, und die meisten Bewohner waren seinem Ruf gefolgt und aus ihren Wohnwagen und Zelten zum Ort des Geschehens geeilt, um sich nichts entgehen zu lassen. Spannung und Crime im Urlaub bekommt man sonst ja nicht gratis geboten, und das praktisch vor der eigenen Haustür. Die Gaffer, darunter Kinder jeden Alters, standen und lauerten entlang der Polizeiabsperrung und verfolgten und kommentierten jede Bewegung innerhalb der Sperrzone. Mutmaßungen machten die Runde, Gerüchte wurden gestreut, wie immer wussten einige mehr als andere. Am nervigsten waren die Leute mit den Handys, die jeden Winkel und auch sich gegenseitig filmten oder fotografierten.

Eliza kauerte auf einem Plastik-Campingstuhl außerhalb des flatternden Plastik-Absperrbandes der Polizei. Pit stand hinter ihr, die Arme um ihren Oberkörper geschlungen. Eliza trank heißen Tee, den ihr eine freundliche junge Frau vom benachbarten Stellplatz gebracht hatte. Sie durfte noch nicht nach Hause. Alle, auch die zwei uniformierten Beamten des hiesigen Inselpolizeireviers, warteten auf den zuständigen Kommissar aus *Deuzin*, der nächstgelegenen Stadt auf dem Festland. Die Inselpolizisten hatten lediglich für die Absperrung und Sicherung des Tatorts gesorgt, denn daran, dass es ein Tatort war, gab es keinen Zweifel.

„Wenn einer dieser fotografierenden Idioten sein Handy auch nur für eine Sekunde in deine Richtung hält, stampf´ ich das Scheißding eigenfüßig in den Boden", maulte Pit angewidert und schaute auf seine Armbanduhr. „Wie lange braucht denn der Kommissar noch?"

Nachdem Eliza in den Wohnwagen der Stegemanns gestiegen war, hatte es keine fünf Sekunden gedauert, bis sie wieder herausgestürzt kam. Eine Hand vor den Mund gepresst, war sie durch das Vorzelt nach draußen getaumelt und hatte sich neben einem Baum erbrochen.

Pit hatte sich natürlich sofort um sie gekümmert und gefragt, was denn geschehen sei, aber Eliza hatte mit einem Arm zum Wohnwagen gewiesen und mit Mühe nur ein Wort aus sich herausgepresst: „Tot."

„Bleib´ hier stehen, Eliza. Ich schaue selber nach."

Also war er in den Wohnwagen geklettert und sah bestätigt, was Eliza so schockiert hatte. Mitten im Flur des Wagens, zwischen Küchenblock und Sanitärbereich, lag Herr Stegemann auf dem Rücken. Aus seiner Brust ragte ein langer dünner Metallstiel mit einem Holzgriff. Der Bereich um die Brust war voller dunklen Blutes. Mit dem Rücken an die Wohnsitzgruppe gesunken, entdeckte er eine zweite Person. Ihr Kopf war eine einzige blutige Masse und nach vorne auf ihre Brust gekippt. Pit konnte das Gesicht nicht erkennen. Handelte es sich um Frau Stegemann? Was sollte er tun? Feststellen, ob noch jemandem zu helfen war? Durfte er das? Leben ist wichtiger als eventuelle Spuren, dachte er.

Er bückte sich über den Mann und fühlte am Hals nach einem Puls, lauschte nach einem Atemgeräusch. Beide Male negativ. Widerwillig stieg er über den Mann am Boden hinweg, nur um bei der Frau das gleiche Ergebnis festzustellen. Keine Lebenszeichen. Vorsichtig turnte er wieder über Herr Stegemann weg und hastete aus dem Wohnwagen und dem Zelt. Eliza hatte sich in der Zwischenzeit an den Baum gelehnt und blickte ihm mit wächsernem Gesicht entgegen.

„Tot?"

Pit nickte knapp. „Ja, du hattest recht. Komm´, wir müssen die Polizei verständigen." Er grub sein Handy aus den Tiefen der Schenkeltasche seiner Cargohose und wählte den Notruf.

Bald darauf kam der Streifenwagen auf den Campingplatz gefahren, am Steuer eine junge Polizistin mit blondem Haar. Ihr Kollege, der auf dem Beifahrersitz gesessen hatte, konnte nicht viel älter sein. Pit hatte mit wenigen Worten geschildert, wie Eliza und er die Toten aufgefunden hatten, wonach die Polizisten sich selbst ein Bild von der Situation machten. Während die Polizistin im Anschluss telefonierte, vermutlich mit der Kripo, sperrte ihr Streifenpartner den Raum um den Wohnwagen großzügig ab.

Eliza und Pit wurden zum Streifenwagen gebeten, wo man ihre Personalien aufnahm und ihre Fingerabdrücke in einen Laptop scannte. Sowohl Eliza als auch Pit hatten nicht ausschließen können, beim Betreten oder kurzen Aufenthalt im Wohnwagen Möbel oder Gegenstände berührt zu haben. Danach hieß man sie, außerhalb des Sperrbezirks zu warten, bis die Kriminalpolizei eingetroffen sei. Das war vor fast einer halben Stunde gewesen.

„Wenn die Leute von der Kripo nicht bald antanzen, pinkle ich noch in die Hose", raunte Eliza Pit zu, und als hätte sie es mit diesen Worten erzwungen, rauschten zwei Fahrzeuge durch die Gasse heran. Das erste war ein alter flaschengrüner *VW Passat*, der dicht an die gaffenden Menschen heranfuhr, hupte, und sich so den Weg durch die widerwillig zur Seite tretenden Leute bahnte. Ihm dicht am Auspuff folgte ein blau lackierter Ford Transit, aus dem unmittelbar, nachdem er die Absperrung passiert hatte, drei in graue Overalls gekleidete Männer sprangen und sich von der blonden Polizistin anweisen ließen. Sie begaben sich umgehend zum Vorzelt und Wohnwagen und begannen mit ihrer technischen Arbeit.

Aus dem *VW Passat* stiegen ein Mann um die vierzig, kurze graue Haare, drahtige Figur, Sonnenbrille auf der Stirn, im Jeans-Anzug, sowie eine schlanke Frau zwischen dreißig und vierzig, braune Pferdeschwanzfrisur, dunkelrote Jeans und leichter Sommerblouson. Vermutlich die Kripobeamten. Auch sie ließen sich die Situation erklären. Pit erkannte, indem die Kripobeamtin ihren Blick in seine und Elizas Richtung wandte, dass die Aufmerksamkeit auf sie gelenkt worden war.

„Okay", sagte er, „wir werden gleich Besuch erhalten. Geduld noch, Liebes."

Und schon steuerte die Beamtin auf sie zu. „Guten Abend", sagte sie, „mein Name ist Birke Klang, Kriminaloberkommissarin aus *Deuzin*. Sie haben die Personen gefunden? Dann bitte ich Sie mir zu folgen. Wir brauchen uns ja nicht mitten unter all diesen Leuten zu unterhalten."

Sie hob für Eliza und Pit das Sperrband hoch und ging ihnen zum Ford Transit der Techniker voraus. Sie bat sie, drinnen auf einer eingebauten Sitzgruppe Platz zu nehmen.

„Diese Gaffer sind unmöglich", meinte sie und schüttelte sich, als würde sie sich ekeln. „Herr Ferman, Frau Wohlbrecht, wie kam es dazu, dass Sie die Leute in ihrem Wohnwagen gefunden haben. Erzählen Sie einfach von Anfang an."

Pit und Eliza schauten sich rasch an. Er ermunterte sie zu sprechen. „Wir sind erst vorgestern hier angekommen. Wir kennen die Stegemanns eigentlich nicht, sind ihnen früher nie begegnet. Heute haben wir in Petersens Fischrestaurant in *Vieksen* gegessen. Am benachbarten Tisch saßen die Stegemanns. Wie gesagt, wir hatten sie vorher noch nie gesehen. Er, Stegemann, kam auf uns zu, weil er …weil er …er wollte Autogramme von uns."

„Autogramme?"

„Ja, Autogramme. Er hatte Pits neuestes Buch dabei und wollte, da er ein Fan sei, unsere Autogramme haben. Das Buch signiert haben. Er hatte Pit anhand des Fotos im Buch erkannt."

„Entschuldigen Sie, verstehe ich das richtig, Sie schreiben Bücher? Sind Sie Schriftsteller?"

„Ich bin Autor", legte Pit Wert darauf, „ich schreibe und veröffentliche Bücher. Ja."

„Aha, und Herr Stegemann hat Sie als Pit Ferman, den Schriftsteller, in Petersens Restaurant in *Vieksen* erkannt. Ist das richtig?"

„Ja, das ist richtig."

„Sie haben Stegemanns Ausgabe also signiert. Und dann?"

„Dann sind sie gegangen", sagte Pit.

„Wie kamen Sie dann dazu, die Stegemanns hier auf dem Campingplatz aufzusuchen?"

„Petersen, der Wirt, veranstaltet jeden Monat Autorenlesungen in seinem Restaurant. Stegemann muss ihn auf uns aufmerksam gemacht haben, denn Petersen kam zu uns an den Tisch und bat uns, ersatzweise in drei Tagen für eine erkrankte Autorin einzuspringen und bei ihm zu lesen. Leider haben wir überhaupt kein eigenes Buch dabei, wie sollten wir da vorlesen können? Deswegen sind wir zu Stegemanns Wohnwagen gegangen, weil er, nach Petersens Worten, angeblich alle Bücher von Pit Ferman besitzt und dabei hat."

„Bei dieser Gelegenheit haben Sie die zwei Toten dann entdeckt?"

„So ist es", sagte Eliza.

„Wie viel Uhr war es ungefähr, als die Stegemanns das Restaurant verließen?"

„Das war auf jeden Fall vor dem Gewitter. Ob sie mit dem Auto gefahren sind, wissen wir nicht. Wir waren mit den Fahrrädern unterwegs und wurden auf halber Strecke vom Gewitter überrascht. Wir sind für ungefähr eine gute halbe Stunde in einer Schutzhütte untergestanden. War es gegen halb fünf Uhr, als die Stegemanns gingen, Eliza?"

„Ja, das kommt hin. Wir sind ja auch nicht sofort zu ihrem Wohnwagen gegangen, sondern haben zuerst die Fahrräder abgegeben, uns umgezogen, etwas getrunken – jetzt ist es halb neun Uhr abends. Ja, vor einer dreiviertel Stunde ungefähr haben wir sie dann tot aufgefunden."

Die Oberkommissarin hatte mitgeschrieben und klappte nun ihr Notizheft zu. „Es ist nur, dass wir einen ungefähren Zeitraum haben, auf den wir uns konzentrieren können. Der Gerichtsmediziner kann die Todeszeit dann noch enger eingrenzen. Das wär´s vorerst. Vielen Dank Ihnen. Wenn wir noch Fragen haben ...ach so, wie lange bleiben Sie eigentlich noch hier?"

„Keine Ahnung", meinte Pit. „Am dritten September müssen wir auf alle Fälle zu Hause sein. Dann heiraten wir nämlich, und ohne uns geht das schlecht."

Frau Klang strahlte. „Oh, Glückwunsch. Aber ein paar Tage sind Sie doch schon noch hier?"

„Ein paar Tage sicher. Ääää, wegen der Bücher. Meinen Sie, Frau Klang, Sie könnten uns, wenn die Spurensicherung abgeschlossen ist, ein paar Bücher aus diesem Wohnwagen holen? Bücher von Pit Ferman und Peter Siefermann? Es ist wegen der Lesung in drei Tagen ..."

Sie saßen unter der Markise, Pits Standard-Wein in Gläsern vor sich, Kartoffelchips in einer Schale. Dem Regen des späten Nachmittags war eine angenehme leichte Brise gefolgt, die die allgemeine Lähmung der drückenden Schwüle vertrieb und die Leute zu unterschiedlichsten Aktivitäten animierte, auch wenn die Sonne schon untergegangen war. Im Schein der Gassenbeleuchtung wurde zwischen den Wohnwagen Fußball und Federball gespielt, wurden Frisbee-Scheiben geworfen, Mädchen spielten Gummitwist. Andere fühlten sich zu Spaziergängen angeregt, die verdächtig viele Neugierige an Elizas und Pits Wohnmobil vorbeiführte. Immerhin waren sie es, die das Verbrechen entdeckt hatten, und solche Leute muss man einfach gesehen haben. Wie sind sie, wie wohnen sie, wie sehen sie aus? Was ist an ihnen so besonders, dass sie den Vorzug bekamen, die Entdecker zu sein? Warum sie und nicht wir? Fragen, denen Eliza und Pit nichts abgewinnen konnten. Warum also sollten sie ihr Verhalten ändern und sich zum Beispiel ins Wohnwageninnere zurückziehen?

Die Neugier wurde noch einmal frisch befeuert, als Kriminaloberkommissarin Birke Klang mit dem flaschengrünen *VW Passat* vor ihrer Parzelle hielt und ihnen einen kleinen Stapel Bücher brachte. Insgesamt vierzehn Werke aus Pit Fermans und Peter Siefermanns Feder. Stegemann hatte tatsächlich alle vierzehn Titel besessen.

„Ich brauche Ihre Unterschrift, Herr Ferman, dass Sie die Bücher erhalten habe", sagte sie. „Sie müssen später wieder in die Hinterlassenschaft der Stegemanns überführt werden. Ich verlasse mich da auf Sie."

„Kein Problem und vielen Dank. Trinken Sie ein Glas Wein mit uns?", fragte Pit und deutete mit dem Kopf zum Wagen hin. „Ihr Kollege auch?"

„Wein ist nicht so mein Getränk", schüttelte sie den Kopf. „Ich bin ein Nordlicht und halte mich eher an Bier."

„Auch gut. Also auf ein Bier?", versuchte es Pit ein zweites Mal.

„Nein, lassen Sie. Es war ein langer Tag und er ist noch nicht zu Ende. Da brauch´ ich einen klaren Kopf. Danke trotzdem."

„Weiß man schon etwas über die Todesursache?" Hinter Pits Frage lauerte die Neugier des Krimi-Autors.

Birke Klang schien zu überlegen, ob und wie viel sie von den vorläufigen Ergebnissen preisgeben durfte. „Nun, Herr Stegemann ist an einem Stich direkt ins Herz gestorben. Das Tatwerkzeug war eine Grillgabel. Bei Frau Stegemann müssen wir die Obduktion abwarten. Sie hat massive Schläge auf den Kopf abbekommen. Mit welchem Gegenstand wissen wir noch nicht. Aber das bleibt unter uns, dass das klar ist." Sie drehte sich um, stieg zu ihrem Kollegen ins Auto und fuhr davon.

Kritaholm, 25. 08. 2022

Beide schliefen sie schlecht in dieser Nacht. Eliza fand einfach keine Ruhe. Alle angewandten Tricks verpufften, weil ihr im entscheidenden Moment stets der Anblick der beiden toten Menschen vor die Linse kam. Sie sah das grauenhafte Bild aus dem Wohnwagen in einer wiederkehrenden Schleife im Geiste vor sich.

   Pit hingegen fand keine Ruhe, weil ihn fröstelte und auch eine zweite Decke ihn nicht erwärmen konnte. Er träumte von einem Saal voller Menschen, dreihundert, vierhundert, es wurden immer mehr, und er saß allein auf einer Bühne an einem Tisch, sollte lesen und konnte nicht sprechen. Die Stimme versagte ihm den Dienst. Im Saal war es mucksmäuschenstill, alle starrten mit offenem Mund auf ihn, warteten, warteten, aber über seine Lippen kam kein einziger Ton. Dann kam *Pepsi,* Elizas und seine Glückskatze auf die Bühne spaziert und sagte: *Komm' nach Hause, Pit.*

   Beim Frühstück sahen sie aus wie durch die Mangel gedreht. Eine Unterhaltung kam nur sehr behäbig ins Rollen. „Heute Nacht hat mich *Pepsi* im Schlaf besucht", sagte Pit. Über sein Lampenfieber wollte er nicht reden, zumal er kein Fieber gehabt hatte, sondern kalte Füße, und somit durfte er nicht von Lampen**fieber** sprechen, dachte er.

Dankbar nahm Eliza das Thema auf. „Ach ja, *Pepsi*", antwortete sie. „Ich glaube, ich hab´ Heimweh nach ihr. Wollen wir wirklich noch eine Woche oder sogar länger hierbleiben?"

Pit dachte: *Wenn sie jetzt sagt, dass sie nach Hause will, stehe ich sofort auf und packe unsere Sachen.* Er sagte: „Wollen wir nicht zumindest bis zu dieser Lesung bleiben?"

„Dann müssen wir heute noch bei Petersen anrufen. Traust du dir das zu?"

„Anzurufen?"

„Quatsch. Das Vorlesen natürlich."

Pit schnaufte. *Scheiße, nein. Mist, ja.* Er musste auf andere Gedanken kommen, diesen Vorlesetermin aus dem Hirn verbannen. „Wollen wir heute eine Kahnpartie unternehmen? In *Flethow* kann man Ruderboote mieten und auf dem *Flether Bodden* herumkreuzen. Wir packen einen Picknickkorb und ...wie daheim auf unserem See."

„Und wie kommen wir dorthin?"

„Fahrräder?"

Der *Flether Bodden* war zwar mit der offenen See verbunden, durch die vorgelagerte Insel war das Gewässer jedoch sehr ruhig und ideal zum Paddeln oder Rudern. An der breitesten Stelle betrug die Distanz von Ufer zu Ufer nicht mehr als zweihundert Meter. Die niedrigste Tiefe befand sich direkt unter der achtzig Meter langen Straßenbrücke, einzige Verbindung auf die Insel, und das Wasser reichte einer erwachsenen Person gerade mal bis an die Brust. Wer hier ertrinken wollte, musste Kopfstand machen.

Eliza lag mit geschlossenen Augen rücklings im Heck des Ruderbootes, ihre Hände streiften beidseitig durchs Wasser. Pit ruderte, ihr vis-à-vis sitzend, als würde er tagein tagaus nichts anderes machen.

„Sind wir bald am Ziel, Fährmann?", fragte sie versonnen und lächelte, als spiele sie ein Spiel, dessen Regeln nur sie allein bestimmte.

„Nenne einen Kapitän niemals Fährmann. Das kommt einem Sakrileg gleich."

„Und wie lautet die Strafe dafür, Fährmann?"

„Kielholen."

„Au fein. Das wollte ich schon immer mal erleben, mein Fährmann."

„Ich glaube, du weißt nicht, was du da verlangst."

„Oh, sollte es eventuell gefährlich sein?" Eliza blinzelte durch die halbgeschlossenen Lider.

Pit schwenkte die Ruder ins Boot, richtete sich auf und beugte sich zu ihr hinüber. Das Boot schwankte bedenklich. Eliza entfuhr ein Schrei, als er die Hände neben ihren Körper stützte und sie küsste.

„Verflixt, dass es so gefährlich ist, hab´ ich nicht geahnt", stichelte sie und schlang die Arme um seinen Nacken.

Als er, derart eingeladen, engeren Körperkontakt aufnehmen wollte, verkrampfte er plötzlich. „Autsch, mein Kreuz", stöhnte er auf und verzog schmerzhaft das Gesicht. „Eieieieiei!"

Mühselig krabbelte er zurück und drückte eine Hand an seinen Rücken. „So ein Kahn ist halt noch lange kein Himmelbett", quetschte er hervor. In Zeitlupentempo richtete er sich auf. Eliza schaute erschrocken.

„Da hat der Leichtmatrose aber Glück gehabt, dass er nicht Kielholen musste. Aber aufgeschoben ist nicht aufgehoben", sagte er und konnte schon wieder grinsen.

„Versprochen?"

„Darauf kannst du Gift nehmen. Das schwöre ich."

Er nahm die Ruder wieder in die Hand und steuerte auf eine kleine Bucht zu, die vielversprechend für ein Picknick aussah. Ein Stück grüne Wiese zwischen zwei Trauerweiden. Sie zogen das Boot mit dem Bug an Land. Eliza breitete eine Decke im Gras aus, und schon wenig später lagen sie darauf und bedienten sich aus dem mitgebrachten Korb.

„Prost, meine Schöne", sagte er und hob ihr das Glas mit Weißwein entgegen.

„Ja, Prost, mein Kapitän."

„Die Einsicht kommt jetzt leider zu spät. Du kannst den Fährmann-Schaden nicht wieder gutmachen. Wär´ ja noch schöner", meinte er genüsslich.

„Kann man eigentlich auch an Land kielgeholt werden?", fragte sie spitzbübisch und blickte sich suchend in alle Richtungen um. „Ich glaube, es sind keine Zuschauer in der Nähe." Betont langsam knöpfte sie ihre Bluse auf, sodass ihm bloß keine Bewegung entging. „Na?"

„Das Seerecht hat an Land eigentlich keine Bedeutung", sagte er verschmitzt. „Nur in besonderen Fällen sind Ausnahmen erlaubt. Und wie ich gerade feststelle, ist das hier ein sehr besonderer Fall." Er zog sein T-Shirt über den Kopf und schleuderte es weit hinter sich ins Gras.

Wenn im Umkreis von hundert Metern absolute Ruhe und Friede herrschen, stellte sich Pit die Frage, *warum kann es dann nicht auch im Umkreis von zwanzigtausend Kilometern so sein? Mein Gott, es wären ja nur ein paar Nullen mehr. Wenn jeder Mensch einen anderen lieben und selbst geliebt werden würde, so wie er Eliza liebte und sie ihn - ? War das so abwegig?* Er gab sich selbst die Antwort: *Abwegig nicht, aber naiv. Daran krankt die Welt. An ihrer Naivität. Die Menschheit steckt, biologisch gesehen, noch immer in den Kinderschuhen. Im Brutkasten. Im Entwicklungsstadium. Wenn es Millionen Jahre gedauert hatte, aus einem Primaten einen Homo Sapiens zu schaffen, dann wird es vielleicht noch einmal so lange währen, um aus einem Homo Sapiens einen fertigen Menschen reifen zu lassen; einen Typus, eine Gattung, eventuell mit neuem Oberbegriff, meinetwegen Homo Perfectus, dem Neid, Missgunst, Vorteilnahme, Konkurrenz, Gier, Feindschaft und Hass fremd sind.*
Etwas krabbelte an Pits Ohr. Er scheuchte es mit einer Handbewegung weg. *Zehntausend Jahre von der Steinaxt bis zum Computer. Welch ein wahnsinniges Tempo. Das konnte ja nicht gut gehen. Gesten, Gebärden, Mimik und Körpersprache verharren entwicklungsmäßig noch immer in der Zeit, in welcher der Neandertaler durch die Wälder streifte. Und im Prinzip sind die intellektuellen Leistungen auch nicht wirklich weit gediehen, geht es nach wie vor in der Regel nur darum, mehr zu haben oder schneller und stärker zu sein als der andere. Geändert haben sich*

lediglich die Mittel, um die Ziele zu erreichen. Der Mensch ist effizienter geworden. Ein fragwürdiger Fortschritt unter der Fuchtel eines unvollkommenen und unzuverlässigen Gehirns.

Wieder dieses Krabbeln. Oder Kitzeln. Er schlug sich gegen das Ohr, dass es im Schädel dröhnte. Weg damit, zum Donner. Wo war er stehen geblieben? Ach Mist, jetzt hatte er den Faden verloren. Lohnte es, die Angel oder das Netz nach dem Thema auszuwerfen? Vielleicht erwischte er es noch einmal. Aber nein, er sah es bereits in weiter Ferne entschwinden, uneinholbar für heute. *Dann sei es so*, dachte er. Ein Zettel lag auf dem Weg seines gedanklichen Rückzugs. Er hob ihn auf und las die Worte, die drauf standen: *Auch du bist naiv, Pit*. Er lächelte. *Warum nicht*, dachte er, *wie sonst könnte ich träumen?*

Wieder spürte er das Krabbeln an seinem Hals. Er schlug die Augen auf und drehte sich aus der Rücken- in die Seitenlage. Eliza reagierte zu spät, sodass er den Grashalm in ihrer Hand bemerkte.

„Ach, du bist das verflixte Krabbelvieh", sagte er in ihr unschuldig dreinschauendes Gesicht.

Sie kicherte. „Nein nein, das war ein riesengroßes Insekt, blaugelb gestreift mit langen Borsten und Zähnen wie ein Säbelzahntiger. Ich habe es gerade verscheucht. Dort fliegt es davon, schau."

„Du fliegst auch gleich, meine Schöne."

„Du bist so süß, wenn du schläfst."

„Ich habe nicht geschlafen", maulte er, „ich habe die Probleme der Welt erörtert und einen Plan für eine neue Welt erarbeitet."

„Und? Hast du daran gedacht zu korrigieren, was mit der alten Welt alles falsch läuft?"

Er nickte mit dem Kopf. „Gib mir sechs Tage. So lange dauert es, wie gemeinhin bekannt ist."

„Schaffst du es auch in fünf Tagen? Sonst reklamiert die Gewerkschaft."

„Ich glaube nicht, dass ich Kraft meiner Stellung an irdische Gewerkschaften gebunden bin, wenn du verstehst, was ich meine."

„Gut, dass du es erwähnst. Kraft deiner Stellung war das Kielholen vorhin sehr schön."

„Ja", sagte er träumerisch, „es war tatsächlich himmlisch. Wir müssen verrückt sein."

Sie barg ihr Gesicht an seinen Hals und schnurrte: „Willst du nochmal verrückt sein?"

Pit lachte hell auf. „Gnade mir, ich bin fast siebzig. Wie soll das funktionieren?"

„Das", schmunzelte sie, „lass´ mal meine Sorge sein."

Pit ruderte wieder. Eliza stand im Bug und hatte die Arme ausgebreitet wie Kate Winslet im Film *Titanic*.

„Schneller!", rief sie. „Schneller!"

Will sie mich heute ruinieren?, dachte Pit.

Sie fuhren am Festlandufer entlang in östliche Richtung, bis sie an der vorgelagerten Insel vorbei aufs freie Meer schauen konnten. Dann überquerten sie den Bodden und ruderten nah am Inselufer zurück nach *Flethow*.

Eliza hatte den Platz gewechselt und lag nun wieder im Heck des Ruderbootes. Unauffällig studierte sie Pits Bewegungen am Ruder. Seit sie sich auf der kleinen Wiese am Ufer geliebt hatten, befand sie sich in einer Art euphorischem Zustand. Ihr ganzer Körper schien zu summen, als stünde er unter Starkstrom, und jedes Mal wenn sie Pit ansah, durchfuhr sie ein kribbelnder Schauer von den Schenkeln bis unter die Kopfhaut. *Das ist das Echo*, dachte sie, *und eigentlich müsste er es ebenso hören wie ich. Sie lächelte verträumt. Echo ist gut. Ssssummmmm.*

Für besondere Ereignisse braucht es manchmal viele Dinge, die zusammenpassen müssen, dachte sie, *wie zum Beispiel heute: Das Wetter, die Luft, der Ort, die Stimmung, die Laune, und dann vielleicht noch ein bisschen Spielerei, dazu ein neckisches Wortgeplänkel, wie sie es mit Pit so gut zu führen verstand, und zum Schluss ein überspringender Funke. Und natürlich den richtigen Mann. Einen, den man nicht erst lernen musste zu lieben, sondern ihren Pit, den sie so bedingungslos liebte, wie man als Frau nur irgend lieben kann; mehr als sich selbst, mehr als das Leben und über den Tod hinaus. Ssssummmmm.*

Ja, ja, ja! Gesülze, Schmonz und Honigsüße! Wenn es aber nun mal so ist? Das ist meine Art von Weiblichkeit, und ich betone sie, ich lebe sie. Dachte Eliza. Sie hielt nicht viel von der uniformen Hysterie um die Emanzipation. Gewiss hielt auch sie es für richtig, Gleichberechtigung dort einzufordern, wo Frauen eindeutig benachteiligt wurden. Aber dass sie eine

Frau war und als solche wahrgenommen werden wollte, ließ sie sich nicht nehmen, denn sie liebte es, eine solche zu sein. Ganz besonders mit dem Mann, der ihr gegenüber saß und ruderte, der sie gleichberechtigt behandelte und – mehr noch – sie ohne Einschränkung liebte. Weder versuchte er sie zu verbessern oder zu erziehen, noch bevormundete er sie oder verlangte Dinge von ihr, die sie nicht tun könnte. Das gab ihr die Sicherheit und die Kraft, die Frau zu sein, die sie sein wollte. *Ssssummmmm*.

„Willst du mal rudern?" Pit hielt die Ruder über dem Wasser in der Schwebe.

„Oh, ich weiß nicht, ob ich das kann."

„Gewiss kannst du´s. Du brauchst nur das Wasser am Boot vorbeizuschieben. Den einen oder anderen Spritzer nehmen wir gelassen hin."

Vorsichtig tauschten sie in dem schwankenden Kahn die Plätze und kamen sich dabei so nahe, dass Eliza erneut eine Gänsehaut bekam. *Immer noch Echo*, dachte sie.

Nach wenigen Ruderschlägen hatte sie so etwas wie einen Rhythmus entwickelt.

„Rudern ist doof", motzte sie bald darauf. „Man sieht ja nicht, wohin man fährt."

„Nächstes Mal nehmen wir ein Paddelboot", antwortete Pit und lehnte sich behaglich zurück. „Aber du machst das ganz toll."

Ganz toll ruderte sie etwas später an den Steg des Bootsverleihs heran und nach einer flotten Fahrt mit den Fahrrädern passierten sie bald darauf den Eingang zum Campingplatz.

„Ich werde jetzt noch ein Glas Wein trinken und mich dann eine Stunde aufs Ohr legen", sagte Pit. „Irgendwie fühle ich mich total schlapp."

„Im Grunde eine gute Idee, der ich sofort zustimmen würde", antwortete Eliza und deutete unauffällig zu ihrem Wohnmobil, „aber ich glaube, wir haben Besuch."

Pit schob die Sonnenbrille auf die Stirn. „Oh verdammt, das ist dieser Petersen. Wir haben ihn nicht angerufen."

„Mach dir darüber keinen Kopf. Wir sind im Urlaub und wir können es ihm jetzt ja sagen", raunte Eliza ihm noch zu, bevor sie unter die Markise des Wohnmobils traten.

Petersen erhob sich vom Campingstuhl. Er trug wieder denselben hellen Leinenanzug wie gestern. „Ah, Frau Eliza, Herr Ferman, da hat sich mein Warten ja doch noch gelohnt. Ich habe mich bei der Campingplatzverwaltung nach Ihrem Standplatz erkundigt. Ich war in der Nähe und dachte, ich frage bei der Gelegenheit, wie Sie sich entschieden haben. Wegen der Lesung übermorgen, meine ich?"

Pit schloss als erstes die Wohnmobiltür auf, ging hinein und kam mit drei Gläsern und einer Flasche Weißwein, einer Flasche Mineralwasser und Zigaretten wieder heraus. „Ich weiß nicht, ob Sie es mitgekriegt haben, aber gestern Abend ist hier auf dem Gelände ein Doppelmord verübt worden. Vielleicht ist es keine so gute Idee, in diesem Zusammenhang eine Lesung aus meinen Kriminalromanen zu veranstalten. Pietätsgründe, Sie verstehen?"

Er rückte für Eliza und sich Stühle zurecht und ließ sich nieder. „Wein?"

„Ja, gerne, danke. Aber ganz im Gegenteil. Gerade jetzt sind die Leute doch für Krimis besonders empfänglich.

Stellen Sie sich das bloß vor: Ein echter Mord ist geschehen, die Leute unterhalten sich praktisch über nichts anderes, und dann haben sie noch die Gelegenheit, sich bei einer Lesung zusätzlich eine Gänsehaut zu holen. Eine bessere Werbung kann ich mir gar nicht vorstellen, wenn Sie verstehen, was ich meine." Er nahm einen Schluck Wein aus dem Glas. „Mhm, guter Tropfen."

„Was Sie meinen, verstehen wir sehr gut", sagte Eliza. „Ehrlich gesagt, klingt es in unseren Ohren schon recht makaber, wie Sie das Unglück anderer Leute zu Ihrem Vorteil ummünzen wollen. Für eine Lesung, so wir sie denn halten, haben wir noch reichlich anderes Material zur Verfügung, nicht wahr, Pit?"

Pit nickte und rauchte. „Seh´ ich genauso. Ich finde unabhängig davon, dass eine Lesung aus Kriminalromanen nur dann Sinn machen würde, wenn der interessierte Zuhörer im Anschluss die Möglichkeit hätte, die Krimis käuflich zu erwerben. Da wir überhaupt keine Exemplare mit uns führen, erübrigt sich das ohnehin. Und wer geht schon ins Kino und schaut sich nur den halben Film an? Ich schlage vor, dass wir uns an Kurzgeschichten und Gedichte halten. Das sind abgeschlossene runde Sachen, und wenn jemand unbedingt Bücher erwerben möchte, nehme ich gerne die Adresse auf und sende sie zu. So machen wir das, Herr Petersen."

Dass Petersen mit dieser Wendung nicht ganz zufrieden war, erkannte man an seinem hüpfenden Adamsapfel.

„Irgendwie schade", meinte er sich zu affektieren, „es wäre eine so treffende Verbindung gewesen. Aber Sie sind der Mastermind. Ich dachte halt auch ein wenig an Ihren Erfolg, Herr Ferman. Ihre Verkaufszahlen ..."

„Unsere Verkaufszahlen sind vollständig okay", fuhr Eliza ihm in die Parade. „Wir sind in der glücklichen Lage, verkaufen zu können an wen und wie viel wir wollen. Sagen Sie uns, um welche Uhrzeit die Lesung stattfinden soll, und wir werden rechtzeitig bei Ihnen sein. Und jetzt würden wir uns gerne zurückziehen. Wir hatten einen anstrengenden Tag."

„Anstrengender Tag", lachte Pit, nachdem Herr Petersen aufgebrochen war. „Ich fürchtete schon, du würdest ihm bildlich schildern, was so anstrengend für uns gewesen ist."

Eliza leerte ihr Glas. „Seltsamerweise halten die Leute es für völlig normal und unbedenklich, über perverse Morde zu reden. Da versäumen sie keine Details und es kann nicht blutrünstig genug sein. Aber über die intime Liebe zwischen zwei Menschen deckt man den Mantel des Schweigens, als wäre es unanständig, darüber zu sprechen. Dabei ist doch die Liebe die Normalität, oder sehe ich da etwas falsch?"

Pit zündete sich eine weitere Zigarette an. Er betrachtete Eliza nachdenklich, ließ ihre Worte auf sich wirken und musste ihr recht geben. Die Liebe stand in der kommunikativen Wertschätzung der Menschen auf gleicher Ebene wie ansteckende Krankheiten, ob sie nun Pest oder Cholera hießen. Man sprach nicht darüber, und wenn, dann verschämt hinter vorgehaltener Hand, versah Bilder von sich liebenden Menschen gar mit schwarzen Balken, wenn es sich nicht gerade gezielt um pornografische Darstellungen handelte. Die Berichte von Kriegen, Verbrechen oder Katastrophen produzierten viel dickere Schlagzeilen als Liebe allein es je könnte. *Bad news are good news.*

„Entschuldige, Eliza, das war blödes Geschwätz von mir. Ich wollte nicht den Verdacht erwecken, du seist eine Tratschtante. Einfach dumm. Sei mir nicht böse."

„Okay, mein Lieber", antwortete sie, „gerade noch mal die Kurve gekriegt. Aber lassen wir das. Wollest du nicht eine Stunde Pause machen?"

„Unbedingt, ja. Denn in der Tat fühle ich mich recht schlapp. Wollen wir später unseren Grill anwerfen?"

„Wenn der Herr nicht zu müde ist?"

*

Der Tisch war gedeckt. Teller, Besteck, Salz, Pfeffer, Weißwein, Tomatensalat mit Zwiebeln und Mozzarella. Eliza schnitt Weißbrot in Scheiben, Pit kauerte am Kugelgrill und blies Luft in die Glut der Holzkohle. Auf dem Rost lagen zwei Schweinesteaks und Bratwürste. Pit erhob sich und drehte sich suchend um, die Grillzange in der Hand. Er tappte um den Grill herum, an die Frontseite des Wohnmobils, an die Rückseite, bückte sich, um unter das Chassis zu schauen – blieb stehen. „Komisch."

„Was ist?", fragte Eliza, die sich mittlerweile mit seinen Suchritualen auskannte. „Suchst du was?"

Er zuckte mit den Schultern, schüttelte den Kopf, schwieg. Eliza konnte das überdimensionale Fragezeichen über seinem Kopf förmlich schweben sehen und lächelte in sich hinein. *Gleich wird er wie beiläufig fragen, ob ich dieses oder jenes gesehen hätte,* dachte sie.

Es verging keine Minute. „Eliza, hast du zufällig die Grillgabel gesehen?"

„Die brauchst du doch gar nicht", freute sie sich, „du hast doch die Zange."

„Ja, schon, aber wir hatten eine Grillgabel. Das weiß ich genau."

Eliza wusste, dass, wenn sie jetzt nicht gemeinsam mit ihm nach der Gabel suchen würde, er keine Ruhe fände. Also grasten sie nicht nur den Vorplatz unter der Markise zusammen ab, sondern gingen in die Knie, um hinter die Reifen zu gucken, öffneten alle Klappen am Wohnmobilaufbau, schoben die Sitze im Innern des Fahrzeugs nach vorne, hoben die Deckel aller Truhen an – aber die Grillgabel blieb verschwunden.

„Ich weiß genau, dass ich sie eingepackt habe."

Sei lieb zu ihm und tröste ihn, dachte Eliza, *er braucht Bestätigung*. „Stimmt, Pit. Ich hab´ sie vorgestern, gaub´ ich, auch noch gesehen."

„Na gut", gab er sich beruhigt, „vielleicht taucht sie wieder auf. Wenn nicht, kaufen wir eine neue. Ich denke, wir können essen."

Es war die Einfachheit dieser Lebensform, die Pit imponierte. Ein Feuer, eine Glut, brutzelndes Fleisch auf dem Rost, Brot und Salat, gekühlten Wein unter freiem Himmel – ursprünglicher konnte das Leben nicht sein. Allerdings fragte er sich, warum er dafür tausend Kilometer gefahren war, wo er Gleiches doch auch daheim vor der eigenen Haustür hätte haben können? Er beantwortete die

Frage mit einem Grunzen, das wiederum Eliza aufhorchen ließ und ihm einen fragenden Blick einbrachte.

„Was ist, Pit?"

Sie muss so etwas Ähnliches wie einen Seismometer eingebaut haben, dachte er. *Wie sonst könnte sie meine Schwingungen registrieren?* „Ich glaub', ich hab' Heimweh", gestand er und versuchte gleichzeitig, das Gesagte mit einem Lächeln zu entkräften, was ihm herrlich misslang. Zum Rosstäuschen war er einfach nicht geboren.

Sie spürte sogleich, dass es ihm ernst war. „Nach der Lesung brechen wir sofort die Zelte ab. Es ist zwar mal ganz angenehm so, aber daheim ist es einfach schöner. Ich bin dabei."

„Dann ist es beschlossen. Am Sonntag fahren wir zurück. Auf einen Rutsch und ohne Unterbrechung."

Eliza wollte gerade aufstehen und ihn in die Arme nehmen, als der bekannte flaschengrüne *VW Passat* älterer Bauart herangerauscht kam und auf der Gasse vor ihrem Standplatz zum Halten kam. Birke Klang stieg aus, und mit ihr der drahtige, grauhaarige Kollege im Jeans-Anzug.

Was wollte denn die Polizei noch von ihnen? Eliza und Pit schauten ihnen entgegen. Die Mienen der beiden Polizisten wirkten nicht gerade entspannt. Und dann kam es auch schon.

„Frau Wohlbrecht, Herr Ferman, stehen Sie bitte auf, Sie müssen mitkommen. Ziehen Sie sich andere Kleidung an und löschen Sie das Grillfeuer."

Eliza klappte der Kiefer nach unten. Pit fragte. „Wie bitte?"

„Tun Sie, was ich Ihnen gesagt habe. Machen Sie sich bereit zum Mitkommen. Genaueres erfahren Sie auf dem Revier. Auf geht´s. Fünf Minuten."

Eliza und Pit waren wie vor den Kopf gestoßen. Ratlos erhoben Sie sich von den Stühlen. Im gleichen Augenblick hielt der blaue Ford Transit hinter dem Wagen der Kommissarin. Männer in grauen Overalls stiegen aus.

„Ihren Fahrzeugschlüssel, bitte." Birke Klangs grauhaariger Kollege streckte die Hand aus.

„Können Sie mir sagen, was das soll?", entfuhr es Eliza.

„Auf dem Revier. Ziehen Sie sich um und kommen Sie. Je schneller, desto eher erfahren Sie, um was es geht."

„Und was wollen diese Männer in Overalls hier?"

Birke Klang hielt Eliza ein bedrucktes Blatt Papier vor die Nase. „Durchsuchungsbeschluss."

Eliza und Pit hatten sich in aller Eile umgezogen, hatten eine Flasche Wasser über das Grillfeuer gekippt und waren zu Birke Klang und deren Kollege in den *VW Passat* gestiegen. Während sie nach *Flethow* aufs Revier gebracht wurden, durchwühlten die Männer in den grauen Overalls ihren Wohnwagen. Die Fahrt verlief in vollkommenem Schweigen.

In *Flethow* angekommen, wurden sie in einen Raum geführt, dessen Fenster vergittert waren. Im Raum stand ein rechteckiger Tisch mit Resopal-Oberfläche, auf jeder Seite zwei Stühle, keine weiteren Möbel. Eliza und Pit nahmen Hand in Hand nebeneinander Platz. In einer Ecke hatte der uniformierte Polizist Aufstellung genommen, den sie am Vortag schon bei Stegemanns Wohnwagen gesehen hatten.

Ungefähr fünf Minuten später betrat Birke Klang den Raum. Bevor sie sich setzte, legte sie einen länglichen, in Klarsichtfolie verpackten Gegenstand auf den Tisch. Pit schaute genauer hin.

„Eliza, da ist sie ja", raunte er ihr zu.

„Wer? Ich versteh´ nicht."

„Die Grillgabel. Das ist unsere Grillgabel." Und an Birke Klang gewandt fragte er: „Wie kommen Sie zu unserer Grillgabel?"

Birke Klang räusperte sich: „Das ist der springende Punkt, Herr Ferman. Wir haben diese Grillgabel aus der Brust des toten Horst Stegemann gezogen. Dass es Ihre Grillgabel ist, bezweifle ich keinesfalls, denn Ihre Fingerabdrücke sind am Griff. Und nur Ihre Fingerabdrücke, Herr Ferman, wenn Sie verstehen, was das bedeutet. Als Autor von Kriminalromanen dürfte Ihnen hinlänglich bekannt sein, zu welchem Schluss wir zwangsläufig haben kommen müssen."

„Scheiße, ja", rutschte es Pit heraus.

„Genau deswegen sind Sie hier, Herr Ferman. Auf dem Tatwerkzeug sind Ihre Fingerabdrücke."

„Wir haben das Fehlen der Gabel erst heute festgestellt. Sie haben ja gesehen, dass wir gegrillt hatten", warf Eliza ein.

„Was nichts an den Tatsachen ändert", blieb Birke Klang gelassen. „Wir werden Ihnen noch einmal einige Fragen stellen müssen, insbesondere, ob Sie doch Verbindungen zu den Stegemanns hatten, und wenn ja, welcher Art diese waren. Hatten Sie den Grill während Ihrer Abwesenheit eigentlich im Wohnmobil stehen oder draußen?

Hätte jedermann Zugang zum Grillwerkzeug gehabt, oder war es weggeschlossen?"

Pit schüttelte den Kopf. „Der Grill stand Tag und Nacht draußen. Und um es vorwegzunehmen: Wir können leider nicht mehr zu der Angelegenheit beitragen als das, was wir gestern schon gesagt haben. Wir haben die Stegemanns lebend nur dort im Restaurant in *Vieksen* gesehen. Vorher nicht und später auch nicht. Wir sind auch gerne bereit, unsere Fahrt vom Restaurant zum Campingplatz nachzustellen. Wegen des Unwetters haben wir unterwegs in einer Hütte Schutz gesucht. Man müsste dort sogar noch Zigarettenkippen finden, weil wir dort geraucht haben. Welches Motiv sollten wir denn überhaupt gehabt haben, die Leute zu töten? Und wieso sollte ich so doof sein, erstens: Ein Verbrechen zu begehen; zweitens: So tun, als würde ich es entdecken und melden, und drittens: Das Tatwerkzeug mit den mich belastenden Fingerabdrücken am Tatort zurücklassen? Das ergibt für mich absolut keinen Sinn."

Über Birke Klangs Gesicht huschte ein knappes Lächeln, als würde sie solche Ausreden schon hundertfach gehört haben. „Keinen Sinn zu ergeben könnte durchaus auch Plan Ihrer Kalkulation gewesen sein. Was glauben Sie, mit wie vielen hirnverdrehten Vorgehensweisen wir es täglich zu tun haben, um die Polizei in die Irre zu führen? Mit Logik lösen wir heute die wenigsten Fälle. Aber gut, es ist natürlich Ihr Recht, Offensichtlichkeiten in Frage zu stellen. Die Fingerabdrücke auf der Tatwaffe sind offensichtlich, Herr Ferman."

„Wie ist es möglich, dass nur unsere Fingerabdrücke vorhanden sind, und nicht die des Täters? Hat er Handschuhe benutzt?"

„Handschuhe wären denkbar. Doch wer trägt im Hochsommer schon Handschuhe mit sich herum? Neben Stegemanns Leiche lag das zerknüllte Blatt einer Küchenrolle. Vielleicht wäre das die Erklärung. Darauf findet man natürlich keine Fingerabdrücke. Gehen wir einmal davon aus, dass Sie nicht der Täter waren. Wer könnte es dann sein, der Ihnen Schaden zufügen will? Haben Sie Feinde oder Neider? Oder Sie, Frau Wohlbrecht?"

„Ich bin Autor", sagte Pit. „Die Namen der in meinen Büchern vorkommenden Personen sind alle verändert, sodass ..."

„Entschuldigen Sie, wenn ich Sie unterbreche, aber könnte es nicht sein, dass sich trotzdem jemand durch Ihre Schilderungen in den Romanen an den Pranger gestellt fühlt? Oder das jemand in Stellvertreterfunktion für einen anderen sich an Ihnen zu rächen geschworen hat?"

„Dann müsste sich zuerst Edgar Schaaf vor einer Rache fürchten. Er und seine Frau sind die Einzigen, die mit ihrem richtigen Namen in den Büchern vorkommen. Ich gebe zu, in meinem letzten Roman sind auch unsere, also Elizas und mein Name, genannt."

„Was nicht ist, kann ja noch werden. Ich meine Rache an Edgar Schaaf."

Pit schüttelte den Kopf. „Es muss einen anderen Hintergrund geben. Dass unsere Grillgabel die Mordwaffe ist, halte ich für puren Zufall."

„Wissen Sie", insistierte Birke Klang, „ich glaube nicht an Zufälle. Stellen Sie sich vor: Jemand hat vor, die Stegemanns zu ermorden. Er betritt den Campingplatz und greift sich vom erstbesten Grill die Grillgabel, weil er damit zustechen will. Von Ihrem Grill, Herr Ferman. Dann geht er quer über den ganzen Platz, denn von Ihrer Parzelle bis zu Stegemanns Wohnwagen ist es ziemlich weit, mit der Gabel in der Hand, läuft Gefahr, damit gesehen zu werden. Dabei hätte er unterwegs noch etliche Male Gelegenheit gehabt, von einem verwaisten Grill die Gabel zu entwenden. So ein Vorgehen, tut mir leid, passt nicht ins Bild. Denkbar ist: Er nimmt Ihre Grillgabel, weil er Sie belasten will. Oder Sie waren es selbst, aus welchem Grund auch immer. Wir werden das herausfinden."

„Oh ja, das werden Sie. Das müssen Sie sogar. Denn diese Verdächtigung lasse ich nicht auf mir sitzen. Sie werden unser Leben nicht zerstören, nur weil es für Sie so bequem ist, mich als Täter präsentieren zu können. Im Übrigen: Wie soll ich Frau Stegemann ermordet haben? Woran ist sie überhaupt gestorben? Wurde Sie eventuell mit einem Grillhammer erschlagen? Einen Grillhammer besitzen wir nämlich nicht, wenn das für Sie als Indiz ausreicht." Pit wusste, dass er Birke Klang unterstellig provozierte, aber das war ihm im Moment egal.

Birke Klang wechselte in der Tat die Gesichtsfarbe.

„Werden Sie nicht gemein, Herr Ferman, und verderben Sie nicht meine Laune. Sie wissen ganz genau, wie die Fakten aussehen, und den Staatsanwalt interessieren nun mal die reinen Fakten, ganz gleich, wie empört Sie sich geben. Ich kann Sie sehr gut verstehen. Denken Sie nicht, Sie haben es mit einer seelenlosen Maschine zu tun. Zu Ihrer Information: Frau Stegemann wurde mit einem stumpfen Gegenstand erschlagen. Möglicherweise mit einem Totschläger und, ja, möglicherweise mit einem Hammer, wie Sie so treffend sagten. Das Tatwerkzeug haben wir noch nicht gefunden."

Eliza schluckte. „Und nun? Nehmen Sie uns fest, oder was?"

Birke Klang packte die Grillgabel. „Sie können gehen. Mein Kollege fährt Sie zurück zum Campingplatz. Aber Sie dürfen die Insel bis auf Weiteres nicht verlassen."

„Und wie lange soll das andauern? Wir müssen schließlich wieder nach Hause zurück. Wir haben nebenbei noch ein anderes Leben."

Die Oberkommissarin zuckte mit den Schultern.

*

Eliza und Pit saßen am Kiesstrand der Ostsee, ein paar Schritte nur von ihrem Wohnmobil entfernt. Zu ihrer Linken ragte im Gegenlicht, schwarz wie ein drohendes Unheil, der Leuchtturm des Schwedenhorns auf seinem Felsensockel in die Höhe und ließ seinen Lichtfinger übers Meer schweifen. Die Sonne war bereits untergegangen und deckte sich mit einem prachtvollen Abendrot zu.

Sie süffelten Wein und rauchten. Die Stunde war eigentlich wie geschaffen dafür, sie in Erinnerung zu behalten, wenn da nicht diese unsägliche Geschichte um die Stegemanns und die Grillgabel wäre.

Birke Klangs Kollege, sie wussten jetzt, dass er Andy Pasulke hieß, hatte sie mit dem *VW Passat* zum Campingplatz zurückgefahren. Schweigend hatten sie die Spuren beseitigt, die das Team der Kriminaltechnik hinterlassen hatte, wie zum Beispiel Reste von Magnesiumpulver überall dort, wo man als Mensch für gewöhnlich mit den Händen hingreift, aber auch Schubläden und Staufächer eingeräumt, die die Techniker ausgeräumt hatten. Pit stellte bei der Gelegenheit fest, dass sein Hammer aus der Werkzeugkiste fehlte, wahrscheinlich zwecks genauerer Untersuchung von den Overall-Männern mitgenommen. *Sie meinen es also wirklich ernst*, dachte er und notierte sich den fehlenden Hammer im Geiste.

„Was machen wir jetzt, Pit", fragte Eliza mit sorgenvollem Timbre in der Stimme, als sie mit Aufräumen fertig waren. „Ich hab´ zu nichts mehr Lust."

Pit ergriff eine Flasche Wein und seine Zigaretten. „Nimmst du bitte Gläser mit? Komm, wir setzen uns an den Strand."

Im Licht der untergehenden Sonne waren sie unter dem Nadeldach der Kiefern an den Strand gegangen und hatten sich auf dieselbe Decke gesetzt, auf der sie sich am Nachmittag noch geliebt hatten.

„In was sind wir hier nur hineingeraten? Wo sind wir hier bloß gelandet, Pit? Wir können nicht mal von hier fort."

Pit versuchte, einen Rauchring zu blasen, scheiterte aber kläglich. Er nahm kleine Kiesel in die Hand und schnippte sie ins Wasser. „Jetzt entsteht in Dänemark, Schweden und Finnland jeweils ein Tsunami. An Masse kaum nachweisbar, aber jeder Kieselstein, den ich hier ins Wasser werfe, verdrängt eine bestimmte Wassermenge, die in einer Art Kettenreaktion in rasender Geschwindigkeit durchs Meer rast und dort ans Ufer geworfen wird", referierte er und verursachte prompt den nächsten Tsunami.

„Pit, ich habe dich etwas gefragt."

„Würde ich einen großen Stein nehmen, wäre der Tsunami ..."

„Pit!"

„Mit einem ganzen Berg würde es dort echt brisant werden."

„Ich werde auch gleich brisant, dagegen sind deine Tsunamis harmlose kleine Wellen."

Er warf die Kieselsteine achtlos weg und nahm ihre Hand. „Entschuldige, ich wollte uns nur etwas ablenken. Wir beide wissen, dass die Verdachtsmomente der Polizei gegen uns blanker Humbug sind, nicht wahr? Wie also sollen wir uns aufstellen oder verhalten? Ich denke, wir brauchen uns nicht zu verstecken, denn wir haben nichts zu verheimlichen. Wir schauen jedem offen und freimütig ins Gesicht. Wir gehen aufrecht und selbstbewusst, und ich hoffe, wir finden heute Nacht den Schlaf der Gerechten."

„Aber was kann uns denn im schlimmsten Fall passieren? Ich meine, dass wir die Insel nicht verlassen dürfen ist schon hartes Brot. Die Stegemanns sind uns doch total fremd, oder kennst du sie oder ihn irgendwie aus deiner Vergangenheit? Hat da noch jemand eine Rechnung offen? Ich zermartere mir das Hirn, wie man ausgerechnet auf unsere Grillgabel kommt. Es will mir einfach nicht in den Kopf, dass dahinter keine Berechnung stecken soll. Verstehst du?"

Pit nickte. „Das ist der einzige Punkt, der mich ebenso irritiert."

„Irritiert?", schnaufte Eliza. „Mich beunruhigt das im höchsten Maße. Was also kann uns noch bevorstehen?"

Pit zündete für beide die nächsten Zigaretten an. „Ich will es mir gar nicht ausmalen, Eliza, aber gesetzt den Fall, dass sich morgen ein Zeuge bei der Polizei meldet, der behauptet, mich mit der Grillgabel gesehen zu haben, als ich den Tatort betreten habe. Dann sähen unsere Chancen schlecht aus. Von Seiten des wirklichen Täters wäre es nur konsequent, genau dieses Szenario zu arrangieren. Oder zumindest wäre es denkbar. Warum sonst hätte er unsere Grillgabel nehmen sollen, wenn nicht mit der Absicht, uns gezielt zu diffamieren? Für Geld ist schon mancher Meineid geschworen worden. Der Polizei bliebe nichts anderes übrig, als mich festzunehmen und über Staatsanwalt und Haftrichter in Untersuchungshaft zu stecken."

Eliza wurde bleich wie ein Quarzkiesel vom Strand.

„Hör´ auf, mir wird schlecht. Und ohne solch einen Zeugen?"

„Ohne Zeuge wird das Indiz Grillgabel kaum für eine Verhaftung ausreichen. Ich schlage vor, dass wir den gestrigen Tag noch einmal Minute für Minute rekonstruieren, und dann werden wir sehen, ob wir vom zeitlichen Ablauf her überhaupt als Täter in Frage kommen können. Die wahrscheinliche Tatzeit muss doch festgestellt worden sein. Wir werden morgen mit den Fahrrädern die gleiche Tour von gestern wiederholen. Beim Fahrradverleih wurde die Rückgabe der Fahrräder vielleicht sogar mit Uhrzeit bestätigt."

Eliza schlang die Arme um die angezogenen Knie.

„Mich fröstelt, Pit. Machen wir Schluss für heute. Gehen wir nach drinnen."

Pit klaubte die Zigarettenkippen aus dem Kies und trug sie in der hohlen Hand zum Wohnmobil. Danach dauerte es keine Stunde, bis sie, einander zugewandt, erschöpft eingeschlafen waren.

Kritaholm, 26. 08. 2022

Pit schielte auf die Armbanduhr, als er am Morgen aufwachte. Viertel vor zehn Uhr. Das Licht im Wohnmobil war grau wie gebrannte Grießsuppe. Er wälzte sich stöhnend auf die andere Seite, schaute Eliza ins Gesicht.

„Was ist? Warum stöhnst du?"

Er versuchte zu antworten, aber der Mund war zu trocken. Ächzend setzte er sich auf, griff nach der Wasserflasche und trank einen Schluck. „Ich fühle mich total zerschlagen", krächzte er hervor, „als hätte ich die Chinesische Mauer eigenhändig erbaut. Kann es sein, dass man von der geistigen Anspannung einen Muskelkater bekommt?"

Eliza schlüpfte unter der Bettdecke hervor und schob den Vorhang zur Seite und guckte nach draußen. „Ach, nicht schon wieder."

„Was meinst du?"

„Wir haben schon wieder Besuch von der Staatsgewalt. Frau Klang sitzt draußen."

„Die hat vielleicht Nerven", murmelte Pit, stieg aus dem Bett und öffnete die Wohnmobiltür. „Guten Morgen", rief er hinaus, „trinken Sie einen Kaffee, Frau Klang?"

„Gerne", schallte es zurück.

„Fünf Minuten", sagte er und schloss die Tür wieder. Während Wasser auf dem Gaskocher heiß wurde, löffelte er lösliches Kaffeepulver in zwei Tassen und zog sich in Windeseile notdürftig um. Hose, T-Shirt, Haargummi, fertig. Duschen würde er später. Was konnte die Polizistin wollen?

Pit trug zwei dampfende Tassen Kaffee zum Sitzplatz unter der Markise. Eliza ging unterdessen mit Handtuch und Necessaire zum Sanitär-Pavillon.

„Nochmal guten Morgen. Ich hoffe, Sie haben Neuigkeiten?", fragte er und zündete sich die erste Zigarette des Tages an.

Frau Klang nahm die Kaffeetasse entgegen.

„Gewissermaßen ja. Danke für den Kaffee." Sie deutete auf eine Plastiktüte, die auf dem Tisch lag. „Ich habe Ihnen den Hammer wieder gebracht, den unsere Techniker mitgenommen hatten. Er ist nicht die Tatwaffe."

Pits Gesicht erstrahlte künstlich. „Na, das ist doch immerhin etwas, nicht wahr?"

„Ja, und der Gerichtsmediziner konnte Sie ebenfalls entlasten. Er hat die Tatzeit nämlich ziemlich genau zwischen halb sechs und sechs Uhr abends eingegrenzt, also in etwa gerade zur Zeit des heftigen Gewitters. Vielleicht ist das auch der Grund, weshalb wir so gut wie keine Augenzeugen finden konnten. Offensichtlich waren alle auf das Gewitter konzentriert. Ich war so frei und habe mich beim Fahrradverleiher erkundigt, wann Sie vorgestern die Fahrräder zurückgebracht hatten. Es war kurz nach halb sieben Uhr. Und ich habe auch die Kippen gefunden, die Sie in der Schutzhütte geraucht haben."

„Heißt das, wir können uns wieder frei bewegen? Die Insel verlassen?"

Birke Klang nickte. „Wenn Sie wollen. Ich wollte Ihnen die Nachricht so rasch wie möglich überbringen. Entschuldigen Sie die frühe Störung."

„Früh ist gut", atmete Pit erleichtert aus. „Die Sache hat uns ganz schön mitgenommen, wie Sie sich denken können. Wir sind spät ins Bett und haben geschlafen wie Steine."

Birke Klang blinzelte gegen die Sonne. „Ich habe mir erlaubt im Internet nach Ihnen zu recherchieren. Sie haben ja schon vier Kriminalromane geschrieben, Herr Ferman."

Sie erwartete vermutlich, dass Pit Stellung beziehen würde, aber er hatte keine Lust, sich dazu zu äußern. Hartnäckig hakte sie nach. „Kommt da jetzt was von Ihnen, oder ...?"

Pit schlürfte von seinem Kaffee. „Nehmen Sie das *Oder*", erwiderte er knapp, aber nicht unfreundlich.

„Erfundene Geschichten?"

Er verzog das Gesicht. „Sie geben wohl nicht auf. Nein, reale Geschichten, Frau Klang. Wenn es Sie interessiert, dann kommen Sie morgen Abend zum Fischrestaurant von Herrn Petersen in *Vieksen*. Dort lesen meine Frau und ich vor. Aber keine Krimis, sondern aus unseren anderen Büchern. Erfundene Geschichten, um genau zu sein."

„Ihre Frau?", staunte sie. „Meines Wissens sind Sie nicht verheiratet."

Er lächelte. „Stimmt. Aber bald. In ein paar Tagen. Hauptsächlich der Grund, weshalb wir übermorgen nach Hause fahren werden."

Die Polizistin erhob sich. „Glückwunsch, Herr Ferman. Sie und Frau Wohlbrecht geben ein schönes Paar ab. Grüßen Sie sie von mir. Vielleicht sehe ich Sie morgen Abend nochmal. Aber Sie wissen ja: Dienst ist Dienst ... Danke für den Kaffee."

Auch Pit erhob sich und reichte ihr die Hand. „Ja, vielleicht."

Eliza kam mit nassen Haaren von der Dusche zurück. Dampfender Kaffee wartete bereits auf sie. „Oh, du bist noch da? Hat sie dich nicht verhaftet?" Sie sank auf den Stuhl und streckte die Beine aus. „Herrlich, ein Kaffee. Gerade richtig."

„Mal´ den Teufel nicht an die Wand" sagte er, den zweiten Kaffee des Morgens in der Hand. „Wir sind entlastet. Frau Klang hat die Rückgabezeit unserer Mietfahrräder gecheckt. Die Morde sind vorher begangen worden."

„Ach, das ist beruhigend", meinte sie zynisch. „Das heißt, wenn wir zu Fuß unterwegs gewesen wären, hätten wir überhaupt keinen Nachweis gehabt. Und keine Chance auf unsere Unschuld."

„Pssst, nicht so laut. Nicht dass noch jemand auf die Idee kommt und hanebüchene Phantasien entwickelt. Das würde uns gerade noch fehlen. Wie ist der Andrang in der Dusche? Kommt man ohne Schlange stehen dran? Dann würde ich nämlich auch rasch gehen. Kümmerst du dich ums Frühstück, bitte?"

*

Sie wanderten an der nördlichen Küste *Kritaholm*s den Uferpfad entlang. Ihr Plan war, über *Schwedamm* nach *Vieksen* zu gelangen, um dort in Petersens Restaurant die Örtlichkeit, in der die Lesung stattfinden sollte, in Augenschein zu nehmen. Pit trug nur leichtes Gepäck; einen Rucksack, in dem sich eine Flasche Wasser, ein Fernglas, ein Notizheft, eine Packung Kekse und eine Tüte saure Drops befanden. Eliza begnügte sich mit einer Gürteltasche. Beide gingen in luftiger Sommerkleidung, Strohhüte auf den Köpfen.

Es war ein schmaler Weg, zu eng, um nebeneinander zu gehen, dafür mit weichem Untergrund aus unzähligen Schichten verrotteter Kiefernnadeln; ein Gefühl, als ginge man auf Sprungfedern. Eliza hatte die Führung übernommen, da Pit doch des Öfteren stehen blieb, um übers Meer zu schauen und sie, in Gedanken versunken, schon zweimal auf ihn aufgelaufen war. Pit könnte stundenlang so dahintrotten. Wenn er seine Blicke gerade nicht über die Ostsee hinaus schickte, konzentrierte er sich auf Elizas elegante Bewegungen vor sich, den schlanken Hals, ihre zarten Schultern, die schmale Taille, den Hüftschwung, die nackten Fesseln. Waren es wirklich nur noch knappe eineinhalb Wochen bis zu ihrer Hochzeit? Wenn er daran dachte, durchströmte ihn ein wohliger Schauer. Jetzt war er noch keine Spur nervös. Alles, was an Vorbereitungen notwendig war, hatten sie erledigt. Keine große Sache an Aufwand. Beide wollten es so.

Sie erreichten *Schwedamm* gegen dreizehn Uhr dreißig. Auf der hölzernen Landungsbrücke, einem baulichen Relikt vergangener DDR-Zeiten, nach der Wende liebevoll und detailgetreu restauriert und von weitem sichtbares

Denkmal, rasteten sie für Kaffee und Speiseeis. Hier brummte das Geschäft mit den Touristen. Rund um den pittoresken Pavillon etwa in der Mitte des Stegs, der wie ein Finger in die Ostsee ragte, reihte sich ein Souvenirladen an den anderen. *Man kann sich unter so vielen Menschen ganz gut verstecken, so man denn die Absicht dazu hat*, dachte Pit.

Der Trubel rückte ihnen bald zu sehr auf die Pelle. Die Geräuschkulisse grenzte an Lärm. Sie verließen den Ort ostwärts und folgten wieder dem ausgeschilderten Küstenpfad. Bald hob sich das Gelände bis zu vier, fünf Meter über Meeresniveau – sie hatten die Kreideküste erreicht, derentwegen die Insel ihren Namen ableitete: *Kritaholm*.

Der Weg schwenkte allmählich in südliche Richtung. Nach *Vieksen* sollten es, wie an einem Wegweiser abzulesen war, noch drei Kilometer sein.

Ungefähr eine Stunde später betraten sie Petersens Restaurant von der Hafenseite aus. Pit steuerte schnurstracks auf den Wirtshaustresen zu, hinter dem eine junge Frau Gläser polierte. Er nannte seinen Namen und bat, den Chef des Hauses sprechen zu dürfen.

„Herrn Petersen? Gehen Sie einfach dort drüben durch die Tür", sagte sie freundlich und wies mit dem Polierlappen in die angesprochene Richtung. „Sie kommen in einen Flur. Links sehen sie den Hintereingang zur Reusengasse mit den Parkplätzen, und die Treppe zu seinen Privaträumen. Geradeaus über den Flur befindet sich unser Veranstaltungssaal. Herr Petersen müsste eigentlich dort sein."

Eliza und Pit taten wie geheißen. Pit wagte einen kurzen Blick durch den Hintereingang die Reusengasse entlang.

Links und rechts parkende Autos und Lieferwagen. Bis hierher hatte das idyllische Bild des Hafens nicht abgefärbt.

Es eröffnete sich ihnen ein ansehnlicher Raum, der augenblicklich noch gaststättenmäßig bestuhlt war. Petersen war offensichtlich gerade dabei, Tische aus der Mitte des Raumes an die Wände zu schieben. Pit erkannte an einer der Fensterfront gegenüberliegenden Seite eine kleine Bühne, gerade groß genug für eine kleine Musikkapelle von nicht mehr als sechs Personen. Ihm wurde heiß. Wenn das der Ort ihrer Lesung sein sollte, dann ... Ihm entglitt ein tiefer Seufzer. Wie von Zauberhand fand Elizas Hand die seinige und drückte sie wie eine gute Fee.

Petersen bemerkte sie. „Ach, Eliza und Herr Ferman, da sind Sie ja am Ort Ihres morgigen Verbrechens, hahaha – oh, entschuldigen Sie, wie pietätlos von mir. Ich meine natürlich Ihres Auftritts. Tja, hier wird es stattfinden. Ich bin gerade dabei, Stühle in Reihe zu stellen."

Pit drehte sich um die eigene Achse. „Recht groß, die Örtlichkeit für einen unbekannten Autor, will mir scheinen."

Petersen hielt mit der Arbeit inne, wischte sich die Hände an den Hosenbeinen ab und begrüßte Eliza und Pit per Handschlag. „Haben Sie die Plakate in der Ortschaft und auf der Insel gesehen? Sie werden sich wundern, wie viele Leute kommen werden. Ich werde so an die achtzig Stühle aufstellen. Vielleicht auch mehr."

Eliza legte eine Hand auf Pits Schulter. „Ja, wir wollten uns die Räumlichkeit vorher anschauen, damit wir nicht völlig unvorbereitet sind", sagte sie. „Lesen wir auf der Bühne?"

„Ja, natürlich. Wir stellen einen Tisch hoch. Zwei Mikrofone, für jeden eins. Ich zeige Ihnen gleich, wie sie funktionieren, denn die Technik wird nagelneu sein. Mikros und Lautsprecheranlage, alles vom Feinsten. Seit Dienstag ist ein Studiotechniker am Werk, zieht Leitungen unter Wandverkleidungen, legt Anschlüsse, eine Heidenarbeit, aber morgen wird er fertig, hat er gesagt. Sie werden die Ehre haben, die Anlage einzuweihen."

„Und wann soll Beginn der Lesung sein?", fragte Pit, „und wie lange dauert es bei Ihnen für gewöhnlich?"

„Ausgeschrieben haben wir den Beginn auf halb acht Uhr. Am besten, Sie kommen ungefähr eine halbe Stunde vorher. Wenn Sie früher erscheinen, spielt es auch keine Rolle. Sie können ja gerne bei uns essen und trinken, nicht wahr? Die Dauer? Eine Stunde, anderthalb, das merken Sie selber, wie sich das Publikum verhält. Wenn Sie es wünschen, hole ich Sie selbstverständlich am Campingplatz ab."

Eliza und Pit schauten sich an. „Ja, das wäre uns am liebsten", tönten sie unisono.

Sie hatten sich von Petersen, nachdem er sie in die Audiotechnik der Bühne eingewiesen hatte, zu einem Getränk am Tresen überreden lassen, waren danach aber Richtung Campingplatz aufgebrochen. Auf der Strecke vom Hafen zum *Viekser* Ortsrand entdeckten sie dann fast an jeder Hausecke tatsächlich ein Plakat, das für den morgigen Abend mit Pits Namen warb.

„Komisch. Vorhin auf dem Herweg ist mir kein einziges aufgefallen. Dir etwa?"

Pit schüttelte den Kopf und schlurfte mit hängenden Schultern neben Eliza her. „Nicht die Bohne. Sag´ mal, hast du noch Lust zu laufen? Gegen ein Taxi hätt´ ich jetzt absolut nichts einzuwenden."

„Der große Saal hat dich umgehauen, stimmt´s? Ich glaub´, es gibt sowas wie einen Insel-Rundbus, der jede Stunde fährt. Hinterm Hafen hab´ ich eine Bushaltestelle gesehen. Wollen wir zurückgehen und ..."

„Oh, ja, bitte. Zurückgehen. Bus fahren. Danke, mein Schatz, du bist meine Rettung."

Kritaholm, **27. 08. 2022**

Den folgenden Tag verbrachten Eliza und Pit überwiegend am Strand, in Sichtweite des Wohnmobils. Sie beratschlagten, welche Passagen aus den Büchern, welche Gedichte sie dem Publikum zu Gehör bringen wollten. Unterbrochen von einigen Pausen, hatten sie am Nachmittag ein Programm zusammengestellt, von dem sie meinten, dass es Gefallen finden könnte. Sie versorgten sich aus dem nahen Wohnmobil mit Essen und Trinken und dösten die übrige Zeit, eingelullt vom sanften Plätschern der Wellen.

Gegen sechs Uhr abends packten sie ihre Siebensachen und machten sich für die Lesung in Petersens Restaurant bereit, gingen duschen, wechselten vom legeren Strandlook zu etwas seriöserer Kleidung, und warteten. Warteten darauf, dass Petersen sie, wie abgesprochen, abholen käme.

Als es auf sieben Uhr zuging, begann Pit die Minuten zu zählen. Hatte Petersen nicht gesagt, dass man am besten eine halbe Stunde vorher erscheinen sollte?

Fünf Minuten nach sieben Uhr stand Pit vom Stuhl auf und tigerte nervös hin und her.

„Wenn ich mich schon einmal zu solch einer Lesung breittreten lasse, muss ja etwas schiefgehen", maulte er. „Wie könnte es auch anders sein."

„Beruhige dich, Pit. Er wird gleich um die Ecke biegen."

Zehn nach sieben warteten sie noch immer, und sie warteten auch noch um viertel nach sieben.

„Ich ruf´ ihn jetzt an. Wir haben doch seine Nummer noch?"

Eliza hatte Petersens Nummer noch. Pit tippte die Nummer auf seinem Handy und lauschte.

Verdächtig lange, dachte er und wollte den Anruf schon unterbrechen, als er doch noch angenommen wurde.

„Hallo?" Eine Frauenstimme.

Womit Pit nicht gerade gerechnet hatte. *Hab´ ich mich eventuell verwählt*? „Hier ist Pit Ferman", sagte er, „ich habe die Nummer von Herrn Petersen gewählt. Kann ich ihn bitte sprechen?"

„Die Nummer ist richtig", erwiderte die Frauenstimme, die Pit irgendwie bekannt vorkam. „Sie sprechen mit Birke Klang. Leider können Sie Herrn Petersen nicht sprechen, Herr Ferman. Er ist tot. Wo sind Sie im Augenblick?"

Pit fiel das Handy aus den Fingern, landete im Sand. Während er sich danach bückte, hörte er es aus dem Gerät quäken. „Herr Ferman? Sind Sie noch da?" *Tot*, dachte er, *wie kann jemand tot sein, der uns doch abholen sollte?*

„Ich bin noch da", antwortete er, das Handy wieder am Ohr. „Wo wir sind? Auf dem Campingplatz natürlich. Wir warten, dass er uns abholt. Die Lesung ..."

„Es wird heute keine Lesung geben", vernahm Pit die Stimme entfernt, als würde sich jemand beeilen. „Bleiben Sie wo Sie sind", sagte Frau Klang mit fliegendem Atem, „ich komme zu Ihnen."

Grünweiler, 03. September 2022

„Dieser Stegemann hat *mich* grüßen lassen? Ich kenne keinen Mann dieses Namens." Edgar drehte die Bierdose um, mit der Öffnung nach unten. Ein letzter Tropfen fiel ins Gras.

„Er muss die Romanfigur Edgar Schaaf meinen. So hab´ ich es wenigstens interpretiert", antwortete Pit.

„Würde mich auch wundern", brummte Edgar in seinen Bart. „Ist Petersen in seinem eigenen Restaurant erstochen worden?" Edgar quetschte eine Wespentaille in die leere Bierdose. Pit und er wanderten nun im Schein der Nachmittagssonne am Waldrand entlang talwärts. Für September war es noch sehr warm. Aus dem hohen Gras, durch das sie stapften, stiegen etliche fliegende Plagegeister auf und piesackten die beiden.

„Nein, in seiner Wohnung, die sich über dem Restaurant befindet. Sonst wäre er mit Sicherheit vom Personal früher gefunden worden. So aber lag er mindestens zwei Stunden tot in seinem Wohnzimmer, bevor der Thekenfrau aufgefallen war, dass er schon längst hätte anwesend sein sollen. Sie war also nach oben gegangen – die Wohnungstür stand offen – sie hat dann sofort die Polizei verständigt. Frau Klang, die Kriminaloberkommissarin, hat uns natürlich nicht in alle Einzelheiten des Falls eingeweiht. Nur, dass die Tatwaffe ein Schraubendreher gewesen sein soll. Der Mörder hat ihn in der Brust des Opfers stecken lassen."

„Wahrscheinlich ohne Fingerabdrücke."

„Wahrscheinlich", bestätigte Pit.

„In den Zeitungen und im Internet stand darüber auch nichts Erhellendes. Und meine Vitamine reichen nun mal nicht bis an die Ostsee, wenn du verstehst, was ich meine."

Auch Pit zerdrückte die leere Bierdose. „Komm´, Edgar, die Stechfliegen werden mir zu lästig. Gehen wir wieder zu unseren Gästen." Sprach´s, und bog auf den Zufahrtsweg zu seinem Haus ein, um wohlwollend festzustellen, dass sein Sohn mittlerweile mit Christina Federball spielte. Es schien beiden enormen Spaß zu bereiten, denn das Gelächter war nicht zu überhören. *Na also*, dachte Pit zufrieden, und wandte sich mit einer letzten Frage an Edgar:

„Wie weit bist du denn mit deinen Recherchen gekommen? Und sag´ mir nicht, du hättest nicht recherchiert."

Edgar blieb stehen. „Genauso weit wie die Kriminaloberkommissarin Klang in *Deuzin*, nämlich keinen Schritt. Die Namen sagen mir alle nichts, einen Richter Stegemann gibt es in keinem juristischen Verzeichnis. Fotos der Toten rückt die Polizei nicht raus. Weiß der Teufel, was dieser Petersen dir von einem *Richter* Stegemann erzählt hat. Vielleicht hat er sich versprochen oder du hast dich verhört, Pit. Und über Frau Stegemann habe ich nur herausgefunden, dass sie eine vermögende Kauffrau und Inhaberin einer Gewürzhandelsfirma in Hamburg ist. Lebt zurückgezogen. Es existieren keine aktuellen Fotos im Netz. Die Geschäfte führt aber ihr einziger Sohn. Ich erkenne da kein Motiv, das sich aufdrängen würde. Beim Mord an Sven Petersen sieht es ein bisschen anders aus. Laut Zeitung gibt es einen familiären Hintergrund: Eine Schwester mit Ehemann. Eine solche Gemengelage zieht Ermittlungen erfahrungsgemäß in die Länge. Schau mal, dein Sohn und Christina steigen ins Ruderboot."

Er hatte recht. Soeben stieß Charly das Boot mit dem Fuß vom Ufer ab. Es schwankte, und Christina quiekste vor Begeisterung. Geschickt drehte Charly den Kahn und ruderte auf die kleine Insel zu. *Genau wie bei Eliza und mir*, dachte Pit und lächelte versonnen. *Ob Silvio das auch so locker sieht?* Er suchte seinen Freund und Trauzeugen mit den Augen. Tatsächlich saß dieser mit dem Rücken zum Tisch auf der Bank und beobachtete seine Tochter und Pits Sohn.

„Wirst du weitermachen?" Eigentlich eine überflüssige Frage, denn Pit wusste, dass es bei Edgar keine ungelösten Fälle geben durfte. Erst recht nicht, wenn jemand aus seiner nächsten Bekanntschaft davon betroffen war, und Eliza und Pit zählten zu diesem engeren Kreis.

Edgar Schaaf antwortete nicht, hatte stattdessen den Blick aufgesetzt, mit dem er bis zum Urknall zurückschauen konnte, und Pit Ferman beließ es dabei. *Er wird schon seine Gründe haben*, dachte Pit, *aber wenn er einen*

Plan oder eine Absicht verfolgt, muss er mit mir reden, denn schließlich bin ich so etwas wie sein Biograph und sein Privatsekretär. Die Frage müsste eher lauten: „Wie wirst du weitermachen?"

Sie kamen zur Hochzeitsgesellschaft zurück. Kaffeekannen standen mittlerweile auf dem Tisch und Melanie verteilte Kuchenstücke auf die Teller. Eliza und Pit hatten sich gegen eine Hochzeitstorte entschieden. Drei Sorten Kuchen mussten genügen.

Eliza schaute Pit aufmerksam entgegen, versuchte in seinem Gesicht zu lesen, ob er eventuell mit Neuigkeiten vom Rundgang mit Edgar aufwarten konnte, doch dem war nicht so, weswegen Pit stumm den Kopf schüttelte. Eliza aber wollte dem Frieden nicht so arglos trauen, wie Pit ihr zu suggerieren versuchte, denn wenn sie Edgar ins Auge fasste, sah sie in seinen Augenwinkeln jene Unruhe sitzen, die ihn untrüglich als geborenen Jäger verriet. *Er hat schon längst Lunte gerochen*, dachte sie, *ich seh´s ihm an der Nasenspitze an. Sein Jagdinstinkt ist erwacht, und er wird keine ruhige Minute mehr finden, bis Melanie ihn von der Leine lässt.*

„Na, ihr beiden, Kaffee, Kuchen?", fragte sie so harmlos wie möglich.

„Ja, unbedingt", antwortete Edgar, ohne geziemenden Enthusiasmus zu zeigen. Er machte ein Gesicht, als sei er neidisch auf Eliza und Pit, die ein so spannendes Abenteuer erlebt hatten, während er untätig zu Hause hatte herumsitzen müssen. Was freilich nicht zutraf, denn mit der Kunstgalerie im eigenen Kellergewölbe und einem riesigen Garten konnte es ihm nicht langweilig werden. Nur – es passierten in Keller und Garten so wenig Verbrechen.

„Setzen wir uns neben den Kuchen", antwortete Pit und hielt gleichzeitig Ausschau nach Christina und Charly. Sie hatten nun die kleine Insel erreicht und kletterten umständlich an Land. Gespielt umständlich, wenn Pit sich das genauer überlegte, denn es gab bestimmt rationellere Vorgehensweisen mit erheblich weniger erforderlichen Hilfestellungen und Berührungen. *Aber vielleicht*, dachte er, *ist das Teil des Systems, und die beiden sind eher clever als umständlich.*

Eine Hand legte sich auf Pits Schulter. „Haste scho geseh´, Pit? Drübe dine Insel. Iste Christina un dine Sohn Sarli."

Pit nahm Silvios Hand in die seinige. „Ja, Silvio, ich habe es schon gesehen. Ein schönes Paar, die zwei, findest du nicht?"

Silvio ließ sich neben Pit nieder. „Was wi soll´ make, wenn sie woll´ make Amore? Christina und Sarli i mein´."

„Hm, schwierige Frage, Silvio. Ist nicht einfach, oder?"

„Si, iste nixe einfa´. Sarli wohn´ in Svizzera, Christina wohn´ *Offebur*. Iste weite Weg."

„Ach, du meinst wegen der Entfernung. Da kann ich dich beruhigen. Charly fährt für sein Leben gern Auto. Ich dachte schon, du hättest was gegen Charly."

Silvio erschrak geradezu. „Nei, Pit, nei, nixe i hab´ gege Sarli, iste Sohn vo mine beste Freund Pit, nei, nit in Lebe. I denke, Christina iste nixe gut für Sarli, versteh´?"

Daher wehte der Wind. „Du meinst, sie ist nicht gut genug für ihn, hab´ ich recht?"

Silvio nickte verschämt.

„Hör´ zu, mein Freund. Vor Christina müssen die Männer auf die Knie fallen, wenn sie sie bloß anzuschauen wünschen. Deine Christina ist eine Königin. Und wenn mein Sohn das nicht zu würdigen weiß, trete ich ihm höchstpersönlich in den Hintern."

Ein subtiles Lächeln kräuselte Silvios Lippen. „Ach Pit, du biste gute Mens, du wisse? Dank´ di, Pit."

„Weißt du, Silvio, ich fände es überhaupt nicht verkehrt, wenn ich Christinas Schwiegervater werden würde."

Da strahlte Silvio. „Ha, dann i wäre Swiegerpapa vo dine Sarli."

Pit lächelte zufrieden. „Genau, Silvio, genau."

Silvio blieb der Bequemlichkeit halber gleich neben Pit sitzen, bediente sich mit einer Zielsicherheit an Kaffee und Kuchen, die Pit dem zaghaften Mann vorher nicht zugetraut hätte. Später würde Pit bestätigen, dass diese Stunde der Beginn von Silvios Veränderung war, denn plötzlich beteiligte sich der sonst zurückhaltende Italiener an den Tischgesprächen, schämte sich nicht länger seiner begrenzten Deutschkenntnisse, lächelte nicht mehr nur still vor sich hin, sondern lachte lauthals heraus, dass er aller Blicke auf sich zog.

Als Christina von ihrer Ruderpartie an den Kaffeetisch zurückkehrte, fragte sie ihren Papa argwöhnisch, ob er ein Gläschen zu viel getrunken habe.

„Nixe die Bohn´", lachte Silvio, „bin i einfa froh, bambina, versteh´?"

Wurst, Fleisch, Fisch, Salate und diverse Brotsorten vom Kalten Büffet rundeten den kulinarischen Teil des Festes ab. Gegen neunzehn Uhr packten die Leute vom Catering-

Service die Reste ein, die unter den Gästen und bei Eliza und Pit keine Abnehmer gefunden hatten. Danach blieb man bei Weinschorle, Wein und Bier noch zwanglos zusammen sitzen. Eliza zeigte Mila und Geraldine den frisch angelegten Garten; während Christina und Charly mit einander zugeneigten Häuptern ihren eigenen Kosmos verhandelten. Um neun Uhr abends schaute Silvio auf die Armbanduhr, unmissverständliches Zeichen für Aufbruch.

Charly sagte seinem Papa: „Ich fahre Silvio und Christina nach *Offenburg*, komme aber gleich wieder hierher, okay?"

„Ob gleich oder nicht gleich, Hauptsache du kommst. Wie sollen Geraldine und Mila morgen sonst nach Hause kommen? Wie stehen die Aktien denn so?"

„Aktien?"

„Tu´ nicht so, als wüsstest du nicht, was ich meine. Musst mir aber nichts erzählen, was mich nichts angeht."
Sieh´ einer an, da wird noch einer rot vor Verlegenheit.

„Tolle Frau", sagte Charly knapp.

Pit nickte. „Gut. Das ist sie. Pass´ auf sie auf, Sohn. Sie hat gerade erst schmerzliche Erfahrungen durchgemacht."

Charly klopfte ihm auf die Schulter. „Sei beruhigt, Papi, ich weiß. Hab´ doch dein Buch gelesen."

Genevieve und Albert bedankten und verabschiedeten sich; gleichzeitig brachen Melanie und Edgar auf, die den letzten Bus nach *St. Paulsberg* und dort den Anschluss nach *Gengenbach* erreichen mussten. Um halb zehn Uhr waren Eliza und Pit mit Geraldine und Mila allein. Mila durfte so lange aufbleiben, bis Onkel Charly aus *Offenburg* zurück sein würde, und dann musste natürlich Eliza die Kleine ins Bett bringen. Charly richtete sich für die Nacht auf dem Sofa im Wohnbereich ein.

„Denkst du, du kannst schlafen, oder bist du noch zu aufgeregt dazu?", fragte Pit Eliza bei einer letzten Zigarette auf der Bank vor dem Haus.

„Ich werde schlafen wie eine Haselmaus im Winter", antwortete sie. „Heute ist alles nur Glück, und ich glaube, dass ich im Schlaf noch lächeln werde."

„Danke, mein Schatz, für dieses wunderbare Geschenk."
„Geschenk?"
„Ja, für dein Wort."
„Es ist gegeben. Von uns beiden."

Pit hatte es früh aus dem Bett getrieben. Irgendetwas hatte seinen Schlaf unterbrochen. So leise wie möglich schlich er aus dem Schlafzimmer. Seit dem nächtlichen Überfall in diesem Sommer, bei dem er und Eliza schwer verletzt und Eliza zudem entführt worden waren, reagierte er bei Geräuschen, die er nicht den üblichen Kontraktionen und Dehnungen des Holzhauses zuordnen konnte, empfindlich. Und tatsächlich, er hörte Stimmen. Oder zumindest eine gedämpfte Stimme. Die Haustür stand offen. Auf Zehenspitzen und angespannt bis in die Haarspitzen stakste er zur Tür, schielte vorsichtig um die Ecke. Entwarnung. Es war Charly, der am Handy Süßholz raspelte. Es war nicht schwer zu erraten, mit wem.

Durchatmen. Er winkte seinem Sohn zu, fragte mit einer pantomimischen Geste, ob er einen Kaffee trinken würde, aber Charly lehnte ab. Sich selber jedoch gönnte er eine Tasse Kaffee und eine Zigarette, und lauschte dabei Charlys Gemurmel, der zwischen Haus und See hin und her pendelte und bereits einen deutlich sichtbaren Trampelpfad in den Hahnenfuß getreten hatte. *Wie lange telefoniert er eigentlich schon? Ach, wie ich ihm diese Liebe gönne*, dachte Pit.

Bevor er wieder nach oben ins Schlafzimmer stieg, schaute er auf dem Handy nach eventuellen Whatsapps. Die Zeitanzeige stand auf sechs Uhr fünfzehn. Eine ungelesene Nachricht, eingegangen um vier Uhr drei. Mitten in der Nacht. Absender Edgar Schaaf. **Pit, ich kaufe das Wohnmobil. Wie viel?**

Komisch. Hat er das gestern Abend noch nicht gewusst? Oder was bewog ihn zu nachtschlafender Zeit zum Kauf eines Wohnmobils?

Elizas Augen spiegelten das helle Rechteck des Fensters, als Pit neben ihr unter die Decke schlüpfte. „Alles okay?", fragte sie leise.

„Charly", raunte er. „Bei ihm hat´s *Zoom* gemacht. Er telefoniert draußen mit der Angebeteten."

„Wie schön", sagte sie. „Für beide."

„Ja, besser kann man es nicht sagen. Und Edgar hat eine Nachricht geschickt. Er will das Wohnmobil kaufen, stell´ dir das bloß vor."

„Ups, was hat ihn denn auf diese Idee gebracht? Sag´ jetzt aber nicht, dass er mit dem Wohnmobil auf Verbrecherjagd gehen will."

„Sagen tu´ ich´s nicht, aber denken schon", grinste Pit.

„Soso, und was denkt der Herr Pit über unsere erste Nacht als anständige Eheleute?"

„Oha, verflixt, er denkt, dass die Nacht noch nicht zu Ende ist." Er sprang aus dem Bett, zog den Vorhang vors

Fenster, kroch wieder unter die Decke und rückte seiner Frau verdächtig nah ans Nachthemd.

Teil II

Kritaholm, 21. September 2022

Melanie beugte sich über das Geländer des Leuchtturms. *Ui, von oben sieht es höher aus als von unten*, dachte sie. Trotz des Handycaps mit dem verkürzten linken Fuß, den sie sich bei einem Motorradunfall eingehandelt hatte, war sie die über hundert Stufen nach oben gestiegen und hatte sich vom sogenannten Leuchtturmwärter die Insel mit ihren Eigenheiten erklären lassen. Nun schaute sie aus der Vogelperspektive nach unten, direkt auf Edgars Strohhut. Er stand bis zu den Waden im seichten Wasser der Uferzone und warf Stöckchen hinaus in die Ostsee, die von *Lydia* und *Müller*, ihren Hunden, schwimmenderweise und mit sichtlicher Begeisterung wieder zurückgebracht wurden. *Wenn Edgar das Spiel nicht beendet, können die Energiebündel das stundenlang aushalten.*

Mit erhöhter Vorsicht stieg sie die steile Treppe nach unten.

„Und? Wie war´s?", fragte Edgar, als sie sich zu ihm gesellte. „Erzähl´ mir aber nichts von Dänemark und Schweden."

„Dänemark und Schweden? Warum sollte ich?"

„Naja, die Aussicht von solch einem Turm verleitet manchen dazu, die Welt kleiner zu sehen als sie in Wirklichkeit ist."

Melanies Gesicht nahm einen verklärten Ausdruck an. „Die Aussicht ist großartig", meinte sie. „Man kann am Horizont *Helsinki* ..."

„Melanie, beleidige nicht meine Intelligenz", unterbrach er sie.

„Hahaha", schallte es glockenhell übers Meer.

Es war ihr erster Tag auf *Kritaholm*. Mittwoch. Den Standplatz für das Wohnmobil hatten sie sich aussuchen dürfen, denn die Sommerferiensaison war zu Ende. Nur wenige Plätze waren belegt und sie hatten sich für den Platz entschieden, der dem Wasser am nahesten lag. Das Areal unter den Kiefern, wo normalerweise die Campingzelte standen, war leergefegt. Über dem Campingplatz lag eine bemerkenswerte Ruhe.

Wäre es nach Edgar Schaaf allein gegangen, wäre er schon eine Woche früher hierher gefahren, aber zum einen war Melanies feste Vertretung für ihr Gengenbacher Geschäft *„Aquarelle und Poesie"*, Frau Holzer, vorher nicht verfügbar gewesen, zum anderen wollte Melanie ihren dreiundsechzigsten Geburtstag am achtzehnten September unbedingt zu Hause feiern. Da ließ sie nicht mit sich diskutieren. Also übte Edgar sich in Geduld, bereitete das Wohnmobil, nachdem er es gekauft und zugelassen hatte, akribisch auf die Reise vor, verbrachte zur Probe einige Nächte in dem Vehikel, kümmerte sich um die Bettwäsche, die Gasflasche, und besorgte die Vorräte für Menschen und Tiere.

Er hatte nicht vor, das Wohnmobil länger als nötig zu behalten. Wahrscheinlich würde er es nach Beendigung ihres Aufenthalts auf *Kritaholm* wieder verkaufen. Grundsätzlich war er nicht der Typ, für den Camping die ultimative Art Urlaub zu machen war. Er brauchte Platz um sich herum. Aber da Melanie und er in diesem Jahr über Urlaub noch nicht einmal nachgedacht, geschweige denn gesprochen hatten, kam ihm das Wohnmobil sehr gelegen.

Und natürlich die damit verbundene Möglichkeit, seine Nase in einen merkwürdigen Kriminalfall auf *Kritaholm* zu stecken. Urlaub und Hobby in einem Aufwasch, wie er es sich vorstellte. Oder sollte er sagen: Urlaub und Obsession?

Noch in der gleichen Nacht, unmittelbar nachdem Melanie und er von Pits Hochzeitsfeier nach Hause gekommen waren, hatte er seinen Computer hochgefahren. Ein Hinweis war es, dem er nachzugehen gedachte, und zwar dem von der Hochzeit der Stegemanns auf dem Leuchtturm am Schwedenhorn. Pit hatte es nur beiläufig erwähnt, als er von seinem Aufenthalt auf *Kritaholm* berichtete: *Große Sache damals. Stand in allen Zeitungen.*

Stand in allen Zeitungen. Wenn ich nicht auf direktem Weg an Informationen über die Stegemanns gelange, dann vielleicht auf Umwegen, dachte Edgar, und blätterte mit einer Engelsgeduld die standesamtlichen Nachrichten der *Flethower Inselrundschau* durch. Zwischenzeitlich verabschiedete sich Melanie ins Bett, wohlwissend, dass er mit seinen Recherchen nicht vorher aufhören würde, bis entweder definitiv feststand, dass die Suche erfolglos war, oder aber er einen Treffer gelandet hätte.

Er entdeckte die Nachricht in der Nacht um Viertel vor vier in einer Ausgabe des Monats August aus dem Jahr 2020. Eheschließung am achten August zwischen Helga Stegemann und Horst Stegemann geb. Bitterle.

Geborener Bitterle. *Horst Bitterle?*

Am elften August erschien im lokalen Ereignisteil der Zeitung tatsächlich ein kurzer Artikel über die Hochzeit auf dem Leuchtturm, mit einem Foto des Paares und des Standesbeamten vor dem Eingang des Leuchtturms.

Edgar Schaaf hatte ihn sogleich erkannt. Horst Bitterle, seines Zeichens Richter für Strafrecht, und seit mindestens fünf Jahren, wenn nicht mehr, außer Dienst. Auch wenn die Haare etwas länger und der Bart etwas grauer geworden waren – er war es eindeutig. Richter Bitterle. *Da hätte ich lange suchen können*, dachte Edgar. *Nimmt der den Namen seiner Frau an. Genützt hat es ihm nichts, wenn eine Überlegung dahinter gesteckt haben sollte.* Übergangslos und ohne es zu merken war er in den Ermittlermodus gerutscht. Einmal Bulle, immer Bulle. Er nahm sein Handy und schickte Pit Ferman eine Nachricht. **Pit, ich kaufe das Wohnmobil. Wie viel?**

Edgar Schaaf kannte Richter Bitterle persönlich. Nicht privat, aber aus einigen Gerichtsverhandlungen, in denen er als Zeuge gegen Ganoven aufgetreten war, die er einst selbst verhaftet hatte. Das lag allerdings schon etliche Jahre zurück. Edgar war damals noch Kriminalkommissar oder – oberkommissar gewesen, denn Richter Bitterle war um die Jahrtausendwende ans Strafgericht nach Darmstadt versetzt worden, beziehungsweise hatte er sich nach einer Familientragödie dorthin versetzen lassen, während Edgar in Offenburg Kriminalhauptkommissar geworden war. Dennoch war ihm der Mann nachhaltig in Erinnerung geblieben.
Wenn Sie den Kriminalhauptkommissar Edgar Schaaf wieder einmal treffen, dann grüßen Sie ihn bitte von mir.
Jetzt wurde aus dem gelegten Ei ein Huhn.
Richter Bitterle war seinerzeit von den Kriminellen gefürchtet, um nicht zu sagen gehasst. Einerlei, ob es sich um kleine Ganoven oder um *Große Nummern* der Branche

handelte - Bitterle kannte keine Gnade, er verhängte die nach dem Gesetz möglichen Höchststrafen, und an entsprechenden Morddrohungen mangelte es ihm nicht. In der Szene kursierten einige saloppe Sprüche über ihn, im Tenor sich im Prinzip durchweg ähnlich:

Hast du ´n Termin beim Bitterle,
sitzt du bald hinterm Gitterle.

Bei **dem** Namen und dem Bezug freilich ein Selbstläufer für jemand, der poetisch werden wollte.

Vor Edgars innerem Auge entstanden Bilder aus früheren Zeiten. Gesichter tauchten auf, die er in Verbindung mit Richter Bitterle bringen konnte. Von kleinen Gaunern, deren Gesichter bei Verkündigung des Urteils bleich vor Entsetzen wurden; von gefährlichen Verbrechern, die dem Richter und Edgar selbst noch im Gerichtssaal ewige Rache schworen. Selbst unter den Richterkollegen galt Bitterle als *harter Hund*, und einige sahen den guten Ruf des Gerichts unter seiner Ägide schrumpfen, wenn nicht gar gefährdet. Andere Strömungen in der Gesellschaft priesen jedoch seine rigorose und stringente Anwendung des Rechts in höchsten Tönen. Auf solch einen Richter hatte man lange gewartet, denn Bitterle war endlich einer, der durchgriff.

Wenn er an die pure Anzahl der allein von ihm verhafteten und von Richter Bitterle verurteilten Kriminellen dachte, dann handelte es sich um ein weites Feld. Rechnete er die Anzahl der Fälle ehemaliger Kollegen in *Offenburg* dazu, plus die Summe derer, die von Richter Bitterle in Darmstadt verhandelt worden waren, dann ergab das eine Menge, die dem häufig strapazierten Heuhaufen recht ähnlich sah. Polizeiarbeit, und das wusste Edgar Schaaf, glich in dem meisten Fällen nun mal der Suche nach der Nadel. Er war geneigt, Horst und Helga Stegemanns Mörder im Kreis der *üblichen Verdächtigen* zu suchen. Wobei es unter den *üblichen Verdächtigen* in der Regel immer einen gab, der noch *üblicher* war als die anderen. Er hatte auch schon eine Idee.

*

„Bist du von allen guten Geistern verlassen, Edgar Schaaf?", fragte Melanie am Sonntagmorgen, vierter September 2022, beim Frühstück. „Ein gebrauchtes Wohnmobil zu kaufen? Wie kommst du denn auf diese Schnapsidee?"

Er wusste, dass, wenn sie ihn mit vollem Namen anredete, höchste Konzentration von ihm gefordert wurde.

„Wir haben dieses Jahr noch keinen Urlaub gemacht, und wir sind langsam in dem Alter ..."

„Jetzt pass´ aber auf, was du sagst, Edgar Schaaf", unterbrach sie ihn mit gefährlich leiser Stimme, für die sie normalerweise einen Waffenschein besitzen müsste.

„... ääh - in – äääh - dem - Alter, in - dem - wir es uns leisten können. Fünfundachtzig Prozent aller wohlsituierten Rentner über fünfundsechzig schaffen sich ein Wohnmobil an, sagt die Statistik. Weil es so bequem ist und unabhängig macht."

„Du und deine Statistik. Ich bin erstens noch keine Rentnerin, und ich bin zweitens auch noch keine fünfundsechzig, wenn ich das bemerken darf."

„Ja, genau, deswegen kaufe *ich* ja das Wohnmobil, wenn du verstehst, was ich meine."

Melanie schwieg bedeutungsschwer. Das konnte sie sehr gut.

„Und ich lade dich zum Campingurlaub ein. Nächste Woche fahren wir los."

„Das geht nicht."

„Das geht nicht?" Edgar legte die Stirn in Falten.

„Frau Holzer, meine Vertretung, du weißt, kommt erst Freitag übernächster Woche aus ihren Ferien zurück. Darum geht's nicht."

Nun war Edgar an der Reihe zu schweigen. Er konnte es nicht so gut wie Melanie. Sein Schweigen sprach keine Bände, sondern erzählte Comics.

„In zwei Wochen könnten wir fahren", sagte Melanie und überschlug im Geiste, welche Art Kapriolen sich gerade in seinem Kopf abspielten. Sie liebte diese Gespräche mit ihm. Mittlerweile hatten sie Kultstatus bei ihnen erreicht.

„Mit den Hunden?", fragte er überflüssigerweise.

„Ohne *Müller* und *Lydia* läuft gar nichts."

„Gut", sagte er lediglich.

Nach ungefähr fünf Minuten fragte Melanie beiläufig:

„Du hast doch etwa nicht wieder einen Fall an der Angel?" Sie beobachtete, wie er die Lippen spitzte, um ein tonloses Liedchen zu pfeifen, so, wie es seine unnachahmliche Eigenart war, und wusste Bescheid. „Dachte ich's mir doch", konstatierte sie.

*

Am ersten Tag gab Edgar noch den entspannten Urlauber, wobei – er war ein miserabler Schauspieler, bewegte sich hölzern und tat übertrieben interessiert, was bei ihm keineswegs entspannt wirkte – Melanie ihm diese Rolle keine Minute abnahm. Wofür andere Paare zwanzig Jahre und länger brauchten, um den jeweiligen Partner richtig kennenzulernen, das hatte Melanie in weniger als zwei Jahren geschafft. Sie spürte geradezu leiblich, wie ihm der Hintern brannte, und fragte sich, wann er den ersten Vorstoß unternehmen würde. Lange brauchte sie nicht zu warten.

„Morgen", verkündete er mit aufgesetztem Tatendrang, „fahren wir nach *Deuzin*. Gleich nach dem Frühstück."

„Oh ja, *Deuzin*", fing sie dankbar den Ball auf, den er ihr zugeworfen hatte. „Da wollte ich schon immer mal hin. Wir besichtigen die historische Altstadt mit den schönen Giebelhäusern und den kopfsteingepflasterten Gassen."

„Äääh – ja."

„Und den Marktplatz mit dem berühmten Hanse-Brunnen."

„Ja, auch."

„Natürlich dürfen wir das Schifffahrtsmuseum nicht versäumen mit dem Nachbau eines Wikingerbootes. Das wird dir bestimmt gefallen."

Melanie stellte belustigt fest, dass sich Schweißtropfen auf seiner Stirn bildeten, und legte noch eine Schippe nach. „Und dann trinken wir fein Kaffee und essen gemütlich *Deuziner Strandhafer*, und anschließend besuchen wir die gotische Stadtkirche, die komplett aus Ziegelsteinen gebaut ist."

„Ist ja schon gut", reagierte er wie einer, dem gerade die Felle davonschwammen. Zwischen den Augenbrauen trat seine Skeptikerfalte zum Vorschein. „Weißt du, eigentlich hatte ich vor ..."

„Dann statten wir dem Kriminalkommissariat einen Besuch ab und verlangen die Kommissarin zu sprechen, die die Fälle Stegemann/Petersen bearbeitet."

Jetzt lächelte Edgar verlegen. Sie hatte ihn durchschaut. Wieder einmal. Und nicht nur das. Sie verstand ihn sogar.

„Ich kann Frau Klang, so heißt die Kommissarin, auch anrufen, dass sie hierher kommen soll. Dann können wir uns die Fahrt nach *Deuzin* schenken", schlug er kleinlaut vor.

„Nix da anrufen. Von wegen schenken. Ein bisschen Spaß im Urlaub möchte ich also schon auch haben. Vorne an der Rezeption gibt es sogenannte Cargo-Fahrräder zu mieten. Fahrräder mit Ladefläche, groß genug für einen Hund. Damit machen wir das morgen."

Normalerweise war es nicht erlaubt, am Kiesstrand offenes Feuer abzubrennen. Waldbrandgefahr. Edgar hatte sich darüber hinweggesetzt, weil er der Logik nicht folgen konnte, warum das Grillen auf dem Campingplatz unter den Kiefern erlaubt, am Strand aber verboten sein sollte.

Kurzerhand hatte er reichlich trockene Äste aufgelesen, im Kies eine Mulde gegraben und darin mit den Ästen ein Feuerchen entfacht. Melanie und er saßen dicht davor und schirmten mit ihren Körpern den Feuerschein zur Landseite hin ab. Sie hielten angespitzte Stecken mit aufgespießten Würstchen in die Flammen, aßen Weißbrot dazu und tranken abwechselnd billigen Rotwein direkt aus einer Flasche, die Edgar noch in *Gengenbach* gekauft hatte.

Der würzige Duft der Kiefern erinnerte Edgar entfernt an die Fichtennadel-Brausetabletten, die er sich als Kind immer ins Badewasser gewünscht hatte. Damals ein erschwinglicher Luxus für den Kleinbürger im Wirtschaftswunderland Deutschland.

Das Meer zu ihren Füßen hatte die Farbe von gerußtem Glas. *Müller* und *Lydia* lagen einträchtig nebeneinander auf *der* Seite des Feuers, auf die der leichte Wind den Duft der gebratenen Würste trieb. Instinktiv ahnten sie, dass sie nicht leer ausgehen würden, was bei der Menge Würste, die Edgar neben sich deponiert hatte, keine vergebliche Hoffnung zu sein schien.

Edgar rauchte in Gegenwart Melanies äußerst selten. Heute tat er es, denn es entsprach einem seiner Kindheitsträume: Knisterndes Lagerfeuer, Abendstimmung, Sonnenuntergang, erlegtes Wild am Spieß, ein bisschen Alkohol, Tabak, und ab und zu ins Feuer spucken, dass es zischt. Das mit dem Spucken ließ er jedoch wohlweislich bleiben. Dank des harzigen Holzes knackte und zischte das Feuer auch ohne Spucke genug.

„Was ist das für ein Fall, an dem du dran bist?" Melanies Wissen beschränkte sich auf das Wenige, das Eliza ihr bei der Hochzeit erzählt hatte. Mit den dabei gefallenen Namen konnte sie nichts anfangen.

„Ich bin nicht wirklich dran", brummte Edgar ausweichend.

„Erzähl´ mir doch keinen Stuss, Edgar. Ob dran oder nicht dran. Mein Gott, dass wir hier auf *Kritaholm* sind, ist doch kein Zufall. Warum muss ich dir alle Würmer aus der Nase ziehen? Warum redest du nicht mit mir? Da weiß ich ja von Eliza mehr als von dir."

Edgar biss von seiner Wurst ab und verbrannte sich den Mund. „Verdammt, ist das heiß", fluchte er. „Es geht um einen ehemaligen Richter, den ich gekannt habe."

Melanie war vorsichtiger und blies zuerst über die Wurst, bevor sie mit langen Zähnen daran abbiss. „Der einzige Richter, den ich kenne, heißt Bitterle", japste sie, die heiße Wurst im Mund hin und her rollend. „Horst", fügte sie hinzu. „Und seine Frau Susanne."

Edgar verschluckte sich und spuckte einen Klumpen zerkauter Wurst übers Feuer, den sich *Müller* reaktionsschnell schnappte und verschlang. Mühsam rang Edgar nach Luft.

„Oh, entschuldige, hab´ ich was Falsches gesagt?" Melanie klopfte ihm fürsorglich den Rücken.

Wieder einigermaßen zu Atem gekommen, presste er hervor: „Sag´ das nochmal. Du kennst Richter Bitterle?"

Sie nickte. „Ihn und seine Frau. Mein Ex war mit ihnen befreundet, bis – ja, bis dann die Tragödie passierte. Damals. Danach gab es dann keine Kontakte mehr. Leider."

„Du meinst die Tragödie mit seiner Frau und der Tochter."

„Ja klar, von einer anderen Tragödie weiß ich nichts. Wann war das gewesen? 1999? Oder 2000? Wie alt war seine Tochter? Achtzehn? Neunzehn? Zwanzig? So um den Dreh ´rum."

„Genau. So um den Dreh ´rum", bestätigte Edgar. „Doppelmord. Völlig sinnlos. Ich war gerade Kriminalkommissar geworden, ein Jungspund sozusagen. Die Ermittlungen hatte Hauptkommissar Waldhoff geleitet, *Walross* genannt, wegen seines Schnauzbarts. Ich hatte damals die zweifelhafte Ehre, den gesuchten Mann festnehmen zu dürfen."

„Warum zweifelhaft?"

Edgar warf *Lydia* und *Müller* je eine halbe Wurst zu.

„Der Festgenommene hat die Tat nie zugegeben. Hat nie ein Geständnis abgelegt. Was allerdings gegen ihn sprach: Seine Spuren wurden am Tatort gefunden. Fingerabdrücke. Sperma. Letztendlich ist er wegen Indizien verurteilt worden. Zweifacher Totschlag. Lebenslänglich."

„Bitterle war aber wohl nicht der Richter in diesem Fall, oder?"

„Gott bewahre, nein. Befangenheit höchsten Grades. Aber man munkelt, dass er auf das Strafmaß nicht unerheblichen Einfluss gehabt haben soll. Es soll Geld geflossen sein, von einem Richter zum anderen, wenn du verstehst, was ich meine. Das wurde aber nie untersucht."

Melanie trank aus der Flasche. „Bitterle ist also hier ermordet worden? Mit seiner Frau? Also der neuen Frau."

Edgar streckte die Hand nach dem Rotwein aus. „Gib mir bitte auch 'nen Schluck. Ich zeig' dir morgen, wo es geschehen ist."

Sie reichte ihm die Flasche. „Und der andere Mann? Der Restaurantbesitzer?"

Edgar schüttelte den Kopf. „Keine Ahnung. Ehrlich." Dann trank er.

Kritaholm, 22. September 2022

Der Himmel trug die ausgebleichte Farbe einer Denim-Jeans. *Stonewashed.* Langezogene ausgefranste Schleierwolken schwebten dünn von Westen nach Osten, ein untrügliches Zeichen für windiges Wetter.

Von der *Flethower* Brücke bis *Deuzin* erstreckte sich eine lange, fast schnurgerade Baumallee; alle zehn Meter eine dicke Pappel. Edgar keuchte mit hochrotem Kopf hinter Melanie her. Sie, hocherhobenen Hauptes und mit leichtem Tritt, vorneweg.

Ich empfehle Ihnen die Cargo-Bikes mit Elektrounterstützung., hatte der Fahrradvermieter gesagt. *Es fährt sich leichter, und bei Gegenwind sowieso.*

Melanie hatte sich überreden lassen und ein E-Cargo-Bike genommen. Edgar nicht. Zwanzig Euro Preisunterschied. „Eher geh´ ich zu Fuß, als dass ich mich mit so einem Seniorenbagger sehen lasse", hatte er getönt.

Es herrschte permanenter Gegenwind. Seit sie die *Flethower* Brücke überquert hatten, blies der Wind nur aus einer Richtung. Aus der falschen. Edgar verfluchte sich wegen seiner Dummheit. Acht Kilometer konnten eine sehr lange Strecke sein, wenn man gegen den Wind antreten musste, und bis *Deuzin* waren es nun mal acht Kilometer. Topfebenes Gelände ohne jeglichen Windschutz.

Müller juckte das nicht. Er kauerte entspannt auf der für Lastentransport gedachten Pritsche und hielt die Nase in den Wind. Edgar schäumte innerlich. Ihn nervte es, wenn weißhaarige Rentner auf ihren Pedelecs oder E-Bikes von hinten kamen, klingelten, und unangestrengt an ihm vorbeirauschten. Er sehnte sich nach seiner *Harley Davidson*.

Melanie fuhr etwas langsamer und wartete, bis er zu ihr aufgeschlossen hatte. „Und? Geht´s?", fragte sie mit einem entspannten Lächeln auf den Lippen.

„Alles easy", log er.

„Herrlich", gab sie zurück und strampelte wieder leicht voraus.

Der Gegenwind wurde erträglicher, als sie die Randbesiedlung *Deuzins* erreichten. Sie folgten den touristischen Hinweisschildern nach der Stadtmitte. Auf dem Marktplatz schließlich stiegen sie ab. Edgar hielt sich krampfhaft am Fahrrad fest. Seine Knie zitterten und die Oberschenkel brannten wie Feuer. *Verdammt*, dachte er. *Verdammt*.

Melanie orientierte sich bereits nach den Sehenswürdigkeiten. Der Brunnen, die Kirche.

„Ich frage gleich mal im Kommissariat nach Frau Klang", schnappte er atemlos und hoffte, dass Melanie seine Atemlosigkeit nicht bemerkte. „Wartest du hier solange?"

„Ja, geh´ nur. Dort drüben ist es wohl." Sie zeigte quer über den Platz. Streifenwagen parkten vor einem Gebäude mit hohem Giebel.

Edgar ging auf staksigen Beinen über das Kopfsteinpflaster hinüber, betrat das Gebäude und meldete sich am Empfangsschalter. „Kann ich bitte Frau Klang sprechen? Mein Name ist Edgar Schaaf."

Die junge uniformierte Beamtin nahm einen Telefonhörer, drückte eine Kurzwahltaste und wartete einige Sekunden. Als sie Verbindung bekam, sprach sie: „Hallo Birke, ein Herr Schaaf ist hier und möchte dich sprechen."

Sie lauschte kurz und reichte dann wortlos den Hörer an Edgar weiter.

„Edgar Schaaf hier. Frau Klang? Hallo, guten Tag, hätten Sie einige Minuten Zeit für mich? Ich hätte da einige Informationen zum Fall Stegemann."

„Herr Schaaf, Moin. Ich bin momentan nicht im Hause. Aber wenn Sie eine halbe Stunde warten würden? Dann bin ich sicher zurück."

„Halbe Stunde? Gut, aber könnten wir uns dann nicht in einem Café in der Stadt treffen? Ich brauche dringend etwas zu essen."

„Meinetwegen. Kennen Sie sich hier aus? Nein? Also, es gibt am Hafen ein Café mit Terrasse. Sie können es nicht verfehlen, es ist das einzige dort. Ich werde dorthin kommen."

Deuzin selbst lag nicht direkt an der Ostsee. Die Stadt war über einen zwei Kilometer langen Kanal mit dem Meer verbunden. Am Ende des Kanals befand sich, nur eine Querstraße vom Marktplatz entfernt, ein kleiner Yachthafen.

Melanie hatte in der Zwischenzeit an einem Kiosk einen Stadtplan gekauft. Sie hielt nicht viel von *Google Earth*, sondern bevorzugte die Versionen aus Papier, auf denen man schreiben oder herumkritzeln, und die man zusammenfalten und in die Tasche stecken konnte. Sie bestimmte die Richtung, und kurze Zeit später standen sie vor dem Hafenbecken.

„Igitt, stinkt das hier", rümpfte Melanie die Nase. „Das ist ja eine Kloake."

Womit sie recht hatte. Das Wasser im Hafenbecken war eine grünbraune Pampe, in der zwischen dicken Algenwolken tote weißbäuchige Fische trieben, garniert von geisterhaft schwebenden Papiertaschentüchern und Gemüseabfällen. Von den unsichtbaren Inhaltsstoffen wollte man lieber nichts wissen.

„Tja, da hat man bei der Planung wohl vergessen, für einen ständigen Wasseraustausch zu sorgen", sagte Edgar. „Der Hafen ist eine Sackgasse. Frisches Meerwasser strömt hier kaum hinzu."

„Das halte ich hier nicht aus, Edgar, entschuldige. Du kannst meinetwegen im Café auf die Kommissarin warten. Ich gehe zurück zum Marktplatz. Wir treffen uns dann dort."

Edgar stimmte zu, verabschiedete sich mit einem Kuss, und schob das Cargo-Fahrrad zur Terrasse des Cafés. *Müller* trottete gelangweilt hinterher.

Er bestellte ein Kännchen Kaffee und ein Stück Käsekuchen, und als er gerade die zweite Tasse Kaffee einschenkte, betrat eine braunhaarige junge Frau mit roten Jeans die Terrasse. Sie schaute sich um. Als ihre und Edgars Blicke sich kreuzten, setzte sie sich in Bewegung und kam zielstrebig auf ihn zu. Edgar erhob sich vom Stuhl.

„Herr Schaaf?"

„Frau Klang?"

„Yes", sagte sie, reichte ihm die Hand und nahm ihm gegenüber Platz.

„Kaffee für Sie?", fragte Edgar, und als sie bestätigte, winkte er der Bedienung. Birke Klang fasste ihre Haare im Nacken zusammen und streifte einen Haargummi drüber. Edgar schätzte sie auf dreiunddreißig, vierunddreißig Jahre.

„Sie sind also Edgar Schaaf, und Sie wollten mich sprechen?" Die Bedienung kam und stellte eine Tasse Kaffee vor ihr ab.

„Ja. Ich bin ein Freund von Pit Ferman, mit dem Sie im August schon zu tun hatten."

„Sie sind seine Romanfigur", stellte sie fest. Für Edgar klang es wie: *Sie sind eine Witzfigur.*

Er lächelte. „Ich existiere wirklich, wie Sie sehen, und ich bin Kriminalhauptkommissar a. D. Nicht, dass ich Sie damit beeindrucken möchte, aber nachdem ich herausgefunden hatte, dass ich Herrn Stegemann kannte, ..."

„Da dachten Sie, Sie helfen den trüben Tassen im Norden mal eben rasch auf die Sprünge."

Wieder lächelte Edgar, obwohl ihre Provokation wie eine Welle über den Tisch schwappte. Er tippte, dass es Frust war, der die Kommissarin zu dieser Unterstellung verleitete. Er konnte das verstehen und war weit davon entfernt, missmutig oder gar böse zu sein. Für gewöhnlich hüteten die Ermittler ihre Erkenntnisse wie einen Staatsschatz und waren selten geneigt, ihr Wissen zu teilen. Schließlich wollte man Ermittlungserfolge gerne in die eigenen Annalen schreiben. Wenn sich aber Ermittlungen festgefahren hatten, schob man in der Regel einen dicken Hals, denn der Druck von allen Seiten wurde von Tag zu Tag stärker. Druck vom Chef, von der übergeordneten Dienststelle, von Seiten der Presse und der Medien, von der Öffentlichkeit. Auch Druck von Kollegen, die einem den Posten streitig machten. Edgar kannte das aus eigener Erfahrung.

„In der Position bin ich nicht, mir das anzumaßen. Darüber hinaus aber befinde ich mich in der komfortablen Lage, unabhängig zu sein. Ich muss keine Erfolge vorweisen. Kein Chef liest mir eine Beurteilung vor, die ich nicht für gerecht halte. Kein Staatsanwalt sagt mir, was ich zu tun habe. Ich bin weder bestechlich noch käuflich. Und außer meiner Frau, mir selbst und, sagen wir mal, den allgemeinen unveräußerlichen Menschenrechten, bin ich niemandem Rechenschaft schuldig."

„Was wollen Sie, Herr Kriminalhauptkommissar a. D. Edgar Schaaf?", fragte Birke Klang scharf. „Dass Ihr Freund Pit Ferman einen neuen Kriminalroman mit Ihnen als Hauptdarsteller schreibt?"

Edgar schob eine Gabel Käsekuchen in den Mund. „Und mit Ihnen?"

Birke Klang machte eine wegwerfende Handbewegung.

„Mit mir? Pfff, danke, verzichte."

„Ich will ja nicht damit kokettieren, aber sämtliche Fälle, über die Pit Ferman geschrieben hat, wurden aufgeklärt. Überlegen Sie sich´s nochmal. Jetzt im Ernst. Was will ich? Austausch von Informationen vielleicht? Was, zum Beispiel, wissen Sie über Herrn Stegemann, Frau Kriminaloberkommissarin Klang? Außer dass er tot ist, natürlich."

Betont gelangweilt lehnte sich Birke Klang zurück.

„Eigentlich habe ich für solche Spielchen keine Zeit. Aber nun gut. Stegemann, Horst, geborener Bitterle, Jahrgang 1951, Richter in Pension, seit zwei Jahren mit Frau Helga Stegemann verheiratet, keine Kinder, keine Geschwister, Eltern verstorben, zuletzt wohnhaft in Hamburg."

Nachdem ungefähr zehn Sekunden wortlos verstrichen waren, fragte Edgar: „Kommt noch was, oder war´s das?"

Ruckartig warf Birke Klang ihren Oberkörper nach vorne, stützte die Hände auf den Tisch und drückte sich in die aufrechte Haltung. „Das reicht mir jetzt. Ich steh´ hier doch nicht vor einem Tribunal." Sie nestelte ihre Handtasche auf, zog eine Geldbörse heraus und zählte drei Euro für den Kaffee auf auf den Tisch.

„Stegemann war Richter für Strafrecht", sagte Edgar mit leiser, aber eindringlicher Stimme. „Seine erste Ehefrau und die gemeinsame Tochter wurden 1999 in Offenburg ermordet. Der mutmaßliche Täter wurde zu lebenslanger Haft verurteilt. Er drohte mit Rache."

Birke Klang blieb stumm stehen.

„Nur, falls Sie nach einem Motiv suchen", fügte Edgar hinzu. Er beobachtete, wie das Gesicht der Oberkommissarin rot anlief. Dann drehte sie sich wortlos um und stürmte Richtung Marktplatz davon.

Und was weißt du über Frau Stegemann und Herrn Petersen?, dachte Edgar, als Birke Klang schon längst um die Ecke gebogen war, und trank den letzten Schluck Kaffee.

Edgar bummelte mit *Müller* und dem Cargo-Bike zum Marktplatz zurück. Melanie war nirgendwo zu sehen. Er drehte sich einmal um die eigene Achse. „Wo würde sie hingehen, *Müller*? Zur Kirche?"

Er orientierte sich am Kirchturm, der die anderen Gebäude überragte, und schob das Rad in die Straße, von der er meinte, sie müsse ihn dorthin führen. Beim Näherkommen entdeckte er ihr Fahrrad, bewacht von *Lydia*, vor der Kirche stehen. Die Hündin wedelte kräftig mit dem Schwanz, als sie ihn erkannte. „Na, meine Schöne", zauselte er ihr Fell, „ist Melanie da drinnen?"

Er parkte sein Fahrrad neben Melanies, befestigte *Müllers* Leine am Rahmen und betrat die Kirche durch den Haupteingang. Melanie saß in der letzten Bank. Leise ging er zu ihr hin. Sie rutschte ein Stück zur Seite, sodass er sich neben sie setzen konnte. Einige Minuten verharrten sie in Stille. Edgar war nie ein Kirchgänger gewesen. Seit er als Kind vom Dorfpfarrer in *Weinbuch* geschlagen worden war, hatte er dem Glauben abgeschworen. Dennoch empfand er die Innenräume von Kirchen oder Kathedralen immer als etwas Imponierendes. Es war nicht die Vorstellung über einen eventuell anwesenden Gott, wie gesagt glaubte er nicht mehr, sondern die Atmosphäre des hohen umbauten Raumes und die darin herrschende besondere Akustik. Jeder Kirchenraum klang anders. Es gab keine gleichen.

„Hattest du Erfolg?", raunte Melanie, und etliche Reihen weiter vorne drehten sich Köpfe nach dem Störenfried um. So viel zur Akustik.

„Nicht direkt", murmelte Edgar. „Vielleicht mit Verzögerung. Das wird sich noch erweisen."

Melanie hüstelte. „Warst du etwa böse mit ihr?"

Edgars Gesichtszüge zeigten Entrüstung. „Wie kommst du denn darauf?"

„Ach, nur so. Können wir gehen?"

„Sie war eher mit mir böse. Es scheint, als sei ihr Nervenkostüm nicht das stabilste." Edgar erhob sich geräuschvoll, und zusammen traten sie wieder ins Freie.

„Hast du noch was auf dem Besichtigungsprogramm?"

„Nein, mein Lieber, aber am Marktplatz gibt es eine Konditorei. Dort möchte ich etwas für den Nachmittagskaffee aussuchen. Dann fahren wir wieder zurück, wenn´s recht ist."

„Ja, sehr recht, und hoffentlich haben wir Rückenwind."

Edgars Wunsch nach Rückenwind wurde entsprochen, sodass er sich nicht mehr quälen musste. Während er mühelos dahinstrampelte, fragte er sich, ob die Kriminaloberkommissarin Birke Klang tatsächlich nicht mehr über Horst Stegemann wusste als die wenigen Punkte, die sie aufgezählt hatte. Oder hatte sie einfach versucht, ihn durch ein paar allgemeine Floskeln abzuwimmeln? Was hatte Melanie gefragt? *Warst du eventuell böse mit ihr?*

Er knurrte etwas in seinen Bart. *Vielleicht*, dachte er, *war mein Auftritt nicht gerade dazu geeignet, Werbung für eine Zusammenarbeit zu machen. Wenn ich es mir genau überlege und wenn ich ehrlich sein will, hab´ ich die Arme eher behandelt wie einen Verbrecher als eine Polizistin.* Aus seinem Mund entwischte ein Geräusch, das sich wie ein Fauchen anhörte. *Ob sie mir eine zweite Chance geben wird?*

Die Blätter der Bäume veränderten ihre Farben. Die Allee zwischen *Flethow* und dem Campingplatz war bedeckt mit buntem gefallenem Laub. Edgars Fahrrad lief mit Windunterstützung so leicht wie Melanies Drahtesel mit Hilfsmotor. Es herrschte wenig Verkehr auf der Straße, sodass sie nebeneinander fahren konnten.

Als sie auf den Campingplatz einbogen und von den Rädern stiegen, fiel Edgar das Objektiv einer Videokamera auf, das auf die Einfahrt und die Schranke ausgerichtet war. *Sieh mal einer an, das ist aber interessant*, dachte er, während *Müller* von der Ladefläche sprang und er das Cargo-Rad dem Vermieter zurückgab.

„Gehst du schon mal vor und nimmst die Hunde mit?", sagte er zu Melanie. „Ich will den Leuten hier mal einen Besuch abstatten."

„Ein Besuch von Edgar, oder von Kriminalhauptkommissar Edgar Schaaf?"

Er grinste. „Mal sehen, ob ich dienstlich werden muss."

„Du bist außer Dienst, mein Bester, vergiss das nicht. Komm´, *Müller*, lassen wir dem Herrchen seinen Spaß."

Edgar betrat die Rezeption mit dem angeschlossenen Kiosk. Eine Glocke an der Tür meldete ihn an. Außer ihm war niemand im Laden. Er besah die gefüllten Regale, in denen alles zu finden war, was ein Camper jemals benötigen könnte. Über die Preise brauchte man nicht zu diskutieren. Wem es hier zu teuer war, der hatte weder Hunger noch Durst.

Eine Frau in einem blauen Kittelschurz kam aus einem der hinteren Räume und stellte sich hinter die Verkaufstheke. Edgar schätzte sie auf Mitte fünfzig, die Haare blauschwarz gefärbt, blutroter Lippenstift, dicke Kajalstriche um die Augen, blasse Haut, eindeutig Raucherin.

Edgar verlangte eine Packung *Gauloises Filter*. „Die ohne chemische Zusatzstoffe. Die gesunden."

Ohne eine Miene zu verziehen griff die Frau blind hinter sich und legte die richtige Packung auf den Tresen. Beeindruckend. Noch hatte sie keinen Ton von sich gegeben, weder einen Tagesgruß noch sonst irgendwas.

Er räusperte sich. „Sagen Sie, die Überwachungskamera, läuft sie die ganze Zeit?"

„Wer will das wissen?" Definitiv starke Raucherin. Die Frau sollte Blues singen.

„Entschuldigung, ich vergaß. Kriminalhauptkommissar Edgar Schaaf." Er fischte seinen Krankenkassenausweis aus der Geldbörse und schwenkte ihn vor ihren Augen durch die Luft. Unmöglich, ihn lesen zu können. „Zeugenbefragung wegen des Doppelmordes im August. Nun? Wie lange werden die Aufnahmen gespeichert? Sie werden doch gespeichert, oder?"

„Keine Ahnung", röchelte die Dame, „aber wenn Sie die Aufnahmen von jenem Tag meinen – da gab es wegen des Gewitters einen totalen Stromausfall, also auch keine Aufnahmen. Und das mit der Technik machen sowieso meine Tochter und ihr Mann, und die sind nicht da. Ich kenn´ mich damit nicht aus. Sonst noch was?"

„Ich würde mich schon auskennen, wenn Sie mich mal kurz ..." *nach hinten in ihr Kabuff schauen ließen und ich mich um die technischen Geräte kümmern dürfte*, setzte er den Satz in Gedanken fort.

Aber sie schüttelte den Kopf. „Kommen Sie morgen wieder, wenn meine Tochter da ist. Die kann Ihnen vielleicht helfen. Macht sieben Euro neunzig." Sie hielt ihm die offene Hand hin.

Edgar reichte einen Zehn-Euro-Schein, wartete auf das Wechselgeld, und ging grußlos hinaus.

Stromausfall?, grübelte er. *Warum hatte Pit nichts davon gesagt? Oder hatte er, und ich hab´s vergessen? Ich glaub´, ich werd´ alt. Wie dem auch sei. Morgen steh´ ich wieder auf der Matte, und dann wollen wir doch mal sehen, ob der Kriminalhauptkommissar keine Duftmarke hinterlassen hat.*

„Langsam werd´ ich alt", sagte er zu Melanie. Er ließ sich auf einen Campingstuhl plumpsen und spürte eine plötzliche Erschöpfung.

„Wie kommst du darauf? Du *bist* nicht mehr der Jüngste, Edgar."

Er öffnete eine Flasche Bier, setzte sie an und trank sie auf einen Zug halb leer.

„Pit hat mir etwas von Stromausfall erzählt, und ich hab´s vergessen."

„Wie Stromausfall? Wann?"

„Zum Zeitpunkt der Morde. Es hatte ein Gewitter gegeben, währenddessen der Strom ausgefallen war. Ohne Strom keine Videoaufnahmen vorne am Eingang zum Campingplatz."

„Ach, deswegen warst du dort? Gib´ mir bitte auch mal einen Schluck."

Edgar reichte ihr die Bierflasche. „Ja, denn es wäre interessant gewesen zu sehen, wer zur fraglichen Zeit den Campingplatz betreten und/oder verlassen hat. Und er hat noch etwas anderes erwähnt, worauf ich nicht komme."

„Dann schau dir halt die Zeit davor und danach an. Also die Stunden vor und nach dem Stromausfall."

Er nickte. *Da bin ich mal gespannt, ob die Frau Kriminaloberkommissarin Klang genauso schlau ist wie meine Melanie*, dachte er. *Falls sie überhaupt an die Überwachungskamera gedacht hat.*

„Die Radtour hat mich dermaßen geschlaucht – ich bin fix und fertig."

„Trink´ noch ein Bier und leg´ dich aufs Ohr, dann wird dir auch wieder einfallen, was Pit noch gesagt hat."

„Was essen wir heute?"

„Kalte Küche."

Grünweiler/Offenburg, 23. 09. 2022

In dem nach einer Seite offenen Raum standen sechs Stühle. Je zwei auf der rechten und linken Seite, zwei vor dem Fenster, das zur Straße hinaus ging. Pit Ferman hatte sich auf einem der Fensterplätze niedergelassen. Ihm gegenüber, auf der anderen Seite des Flurs, lag das Empfangs- und Sekretariatsbüro, wo eine fleißige junge Frau auf der Tastatur eines Computers klapperte und gleichzeitig das Telefon bediente. Von Pit Ferman aus gesehen den Flur rechts entlang, ging es ins Arbeitszimmer des Notars. An der Wand hinter der Sekretärin hing eine Uhr, die zehn Uhr fünfundzwanzig anzeigte. Pit Ferman war zwanzig Minuten zu früh.

  Zuerst hatte er sich die Wartezeit mit der Betrachtung der Kunstdrucke vertrieben, die den Raum schmückten. Farblithographien von *Joan Miró*, vier Stück an der Zahl, von denen er nur eine betiteln konnte: „*Carota*". Die anderen waren ihm so unbekannt wie die Rückseite des Mondes. Dann hatte er begonnen, sein Notizbuch mit Einfällen zu füllen, die er vielleicht für sein neuestes Projekt *Zwölfeinhalb Bären auf Weltreise* verwenden konnte. Wieder ein Blick auf die Uhr: Zehn Uhr sechsunddreißig. Er war sicher, dass der Herr Notar sein Büro nicht eine Sekunde früher öffnen würde als im Benachrichtigungsschreiben genannt: Zehn Uhr fünfundvierzig.

Pit war alleine nach *Offenburg* gefahren. Eliza arbeitete konzentriert an einem Sujet für die *Zwölfeinhalb Bären auf Weltreise*, nämlich einer komprimierten Darstellung von *Las Vegas*. Handicap: Wie bekommt man alle Sehenswürdigkeiten der Spielerstadt erkennbar unter einen Hut, beziehungsweise auf ein Blatt Papier, inklusive der Bären samt ihres Weltreise-Wohnmobils? Als Eliza ihm im Sommer Hilfe bei der Illustrierung des neuen Buches offeriert hatte, war ihm ein Stein vom Herzen gefallen. Denn mit dem Zeichnen und den Grafiken hatte es Pit nicht so.

Ein Summton riss ihn aus den Gedanken. Die Sekretärin hatte den elektrischen Türöffner betätigt und schaute einem Kunden oder einer Kundin entgegen. Pit beobachtete, wie der Kunde, nun am Tresen stehend als Mann erkennbar, einen Aktenkoffer aufklappte und vermutlich seinen Personalausweis hervorzog, um sich auszuweisen, so wie Pit es ebenfalls hatte tun müssen. Mit einer Handbewegung forderte die Sekretärin ihn anschließend auf, im Wartezimmer Platz zu nehmen, bis er aufgerufen werden würde.

Der Mann drehte sich um, wählte den Stuhl unterhalb *Mirós „Carota"*. Da man sich nicht kannte, nickte man sich förmlich zu, ein jeder in seiner eigenen Sache unterwegs, beziehungsweise anwesend.

Künstlich geschätes, wahrscheinlich onduliertes Haar, elegant gekleidet, heller Trenchcoat über dunkelgrauem Anzug, teuer aussehende schwarze Schuhe, filigrane randlose Brille, gediegene Armbanduhr – registrierte Pit mit einem einzigen Blick. Alter? Um die vierzig. Der Hauch eines geheimnisvollen, an den Orient erinnernden Duftes streifte Pits Nase. Räucherstäbchen? Oder Grüner Afghane?

Pit widmete sich wieder dem Notizbuch und verfrachtete die *Zwölfeinhalb Bären* gedanklich nun nach *Nashville Tennessee*, dem Herkunftsort *Tennessees*, einem Mitglied der Bärentruppe. Mit der Konzentration allerdings war es nicht weit her, denn er lauschte eher unfreiwillig dem Telefongespäch des Herrn neben ihm, das jener in perfektem Englisch führte. Den Vokabeln nach handelte es sich um eine verzögerte Lieferung irgendeiner Ware, und eines sich daraus ergebenden Preisnachlasses. Nicht, dass Pit explizit an dem Gespräch interessiert gewesen wäre, aber am Ende schnappte er vier Wörter auf, die ihn hellhörig werden ließen, nämlich *Stegemann Trading Company, Hamburg*.

Aber dann stand plötzlich die Sekretärin vor Pit, nannte seinen Namen und bat ihn, ihr zu folgen.

Sie ging voraus, klopfte sachte an die Tür mit dem Messingschild **Notar L. Aichholz**, öffnete, nannte Pits Namen, trat zur Seite und gab ihm den Weg in das Büro frei.

Der Brief war exakt vor einer Woche in *Grünweiler* eingetroffen. Freitag, sechzehnter September. Per Einschreiben. Absender: Notariat Lothar Aichholz, *Offenburg*. Empfänger: Pit Ferman, *Im Hahnenfuß 1*, *Grünweiler*.

Es war wahrscheinlich das erste Mal, dass Pit seinen Postboten zu Gesicht bekommen hatte, denn erstens stand der Briefkasten ein Stück vom Haus entfernt am Zufahrtsweg, und zweitens bekam Pit normalerweise keine eingeschriebenen Postsendungen.

Eliza hatte ihn fragend angesehen. Er drückte ihr den Brief in die Hand. „Mach´ ihn auf."

Sie schüttelte den Kopf. „Dein Name steht drauf. Nicht meiner."

Also hatte er das Kuvert aufgerissen. „Eine Einladung", las er vor. „Zu einem Notar. In *Offenburg*. In Sache des verstorbenen Horst Stegemann. Dieses Deutsch musst du dir mal anhören*: Zur Gewährleistung, Sicherstellung und Ausführung des verfügten und testamentarisch beglaubigten letzten Willens des Herrn Horst Stegemann, geborener Bitterle am vierten April 1951, verstorben am vierundzwanzigsten August 2022, werden Sie gebeten, am dreiundzwanzigsten September 2022 um zehn Uhr fünfundvierzig unter Vorlage eines gültigen Identitätsnachweises im Büro des Notariats Lothar Aichholz persönlich vorstellig zu werden.* Zum Notar? Wegen Stegemann? Das versteh´ ich nicht, Eliza."

„Ha, vielleicht vermacht er dir sein Vermögen, weil er ein Fan von dir ist? Sowas soll´s geben."

Pit kratzte sich hinterm Ohr. „Aber ich kenne ihn doch überhaupt nicht. Was soll das also?"

„Jedenfalls scheint er dich zu kennen, vielmehr, scheint dich gekannt zu haben. Erinnerst du dich an seine Begeisterung, als er auf *Kritaholm* um ein Autogramm gebeten hatte? Vielleicht warst du für ihn eine Art Vertrauensperson. Ein Bruder im Geiste."

„Komm´ mir jetzt bloß nicht mit Seelenverwandtschaft", motzte er.

„Warum nicht? Durch deine Art Bücher zu schreiben, gibst du auch jedes Mal einen Teil deiner Weltanschauung kund. Es gibt bestimmt manchen, der sich damit identifizieren kann."

„So viele Leser habe ich nicht."

„Aber der, auf den es zutrifft, war einer. Und er hat dich für würdig genug empfunden, in seinem letzten Willen bedacht zu werden, was immer für eine Idee dahinterstecken mag. Geh´ hin, dann erfährst du´s."

Jedem Tierchen sein Pläsierchen, dachte Pit, nachdem er die Bürotür hinter sich geschlossen und einen ersten Blick durch den Raum hatte schweifen lassen. Sämtliche Möbel bestanden aus sandgestrahltem Stahlblech, vom Schreibtisch angefangen bis zu den Regalen. Selbst der Papierkorb neben dem Schreibtisch und ein Schirmständer neben der Tür prangten aus oberflächenbearbeitetem Stahl.

„Herr Pit Ferman?", fragte Notar Aichholz, ein drahtiger Mann um die sechzig, mit stahlgrauem kurzem Borstenhaarschnitt und einer anthrazitfarbenen Brille auf der Nase. Pit tippte auf ein Gestell entweder aus Titan oder Stahl.

Pit stellte sich vor: „Pit Ferman, *Grünweiler*."

„Wunderbar. Nehmen Sie bitte Platz, Herr Ferman", sagte der Notar und wies auf einen Besucherstuhl vor dem Schreibtisch hin, selbstredend aus Stahl. „Es wird nicht lange dauern. Ihren Ausweis brauche ich nochmal."

Der Notar griff nach einem dünnen, nein, nach einem sehr dünnen Ordner, auf dem Pits Name stand.

„Der Verstorbene Horst Stegemann hat, für den Fall seines Todes, der ja nun leider eingetreten ist, für Sie, Herr Ferman, einen Briefumschlag hinterlassen. Was drin ist oder drin steht, weiß ich leider nicht. Es ist meine Aufgabe, dafür zu sorgen, dass der Brief ausschließlich Ihnen allein und persönlich auszuhändigen ist. Entschuldigen Sie die Prozedur und die Umstände, aber ich durfte den Brief nicht einfach mit der Post zustellen." Notar Aichholz schob Pit ein Schreiben über den Tisch. „Lesen Sie es durch, und wenn Sie mit der Übernahme des Briefes einverstanden sind, dann unterschreiben Sie bitte unten rechts. Sie erhalten natürlich eine Kopie."

Pit überflog das Schreiben, in dem es lediglich um die Übergabe des Briefes ging, und unterschrieb. Erst danach überreichte der Notar ihm einen verschlossenen und versiegelten braunen DIN-A5-Umschlag. Pit nahm ihn entgegen, wog ihn in der Hand, er war nicht allzu dick, vielleicht einen halben Zentimeter, schaute über den Schreibtisch dem Notar ins Gesicht. „War´s das?"

Notar Aichholz nickte und lächelte. „Das war´s schon, Herr Ferman. Vielen Dank und gute Zeit." Er streckte Pit zum Abschied demonstrativ die Hand entgegen. Pit schielte beim Aufstehen auf den Ordner, der unter dem dünnen mit seinem Namen gelegen hatte. Er war schon immer gut darin gewesen, kopfstehende Schriften zu lesen. So auch hier. Der Name lautete *Maik Stegemann*.

Beim Verlassen des Gebäudes, in dem Notar Aichholz sein Büro hatte, achtete er aus purer Lust am Detektivspiel auf Autos, die er einem Mann wie *Maik Stegemann* zuordnen würde. In Frage kamen seiner Einschätzung nach ein weißer *Mercedes Benz* mit E-Motor, und ein silbergrauer *Jaguar E-Type Retro*, eine Neuauflage des Klassikers in gewohntem Blechkleid, jedoch mit neuer Technologie ausgestattet. Der Mercedes schied angesichts der *Offenburger* Autonummer aus. Der *Jaguar* jedoch trug Kennzeichen von *Hamburg*. Er merkte sich das *Hamburger* Kennzeichen und notierte es auf einen Zettel, als er in sein eigenes Kult-Auto Marke *Citroën Typ H*, Baujahr 1981, stieg.

Eliza empfing ihn unter der Haustür in gespannter Erwartung. Pit winkte ihr mit dem Briefumschlag zu.

„Na endlich bist du da", atmete sie erleichtert aus. „Und?" Sie zeigte auf das Kuvert. „In dem Umschlag befinden sich keine Millionen, sofern sie nicht auf einem Scheck stehen."

„Tja, man kriegt´s nicht immer so gebacken, wie man es gerne hätte", antwortete Pit.

„Hast du schon reingeschaut?"

Pit verneinte. „Lass´ es uns gleich machen. Bei einem Glas Wein vielleicht?"

„Steht schon bereit, mein Lieber", lächelte sie und ging voraus zum Wohnzimmertisch. Während Eliza ein Glas mit Wein pur einschenkte, ein anderes mit Mineralwasser zu Schorle mixte, öffnete Pit den Briefumschlag und zog ein Bündel handgeschriebener, einmal gefalteter DIN-A4-Seiten heraus. Erstes Datum: Zweiter Juni 2022. Pit las vor.

Sehr geehrter Herr Ferman,
(oder soll ich Sie lieber mit Herr Siefermann ansprechen?)

Wenn Sie diesen Brief erhalten, werde ich nicht mehr am Leben sein.

Sie kennen mich nicht, und wenn nichts Unvorhergesehenes geschieht, werden wir uns zu Lebzeiten auch nie begegnen.

Aber ich kenne Sie.

Ich bin ein begeisterter Leser Ihrer Bücher, vor allem der Kriminalromane um Kriminalhauptkommissar Edgar Schaaf, den ich noch persönlich kennenlernen durfte.

Was mich aus Ihren Büchern anspricht, sind Ihr natürliches Verständnis von und Ihr sorgfältiger Umgang mit Gerechtigkeit. Ob Sie nun Geschichten als Peter Siefermann, oder Kriminalromane als Pit Ferman verfassen - Ihr ausgeprägter, doch nie plakativer Sinn für das Gute und Richtige, vermag den Menschen, die Ihre Bücher lesen, ein gewisses Maß an Grundvertrauen zu schenken. Im Gegensatz zu anderen Autoren sind Ihre Geschichten erkennbar lebensnah. Darum sind es nicht die reißerischen Momente in Ihren Romanen, die mich zu meiner Entscheidung führten, mich an Sie zu wenden (beruflich hatte ich damit genug zu tun), sondern die subtile, fast beiläufige Art, mit der Sie die Leser auf den versteckten Pfad der Menschlichkeit leiten und begleiten. Einer Menschlichkeit, wie ich sie wahrscheinlich auch in Ihrem Privatleben finde, und die ich für mich nun in Anspruch nehme, im Versuch, mich endlich meiner eigenen Unmenschlichkeit zu stellen und sie verarbeiten zu können.

Deswegen wende ich mich in dieser außergewöhnlichen Form vertrauensvoll an Sie. Ich fühle mich bei Ihnen in guten Händen.

Ich war Strafrichter Horst Bitterle.

Als solcher war ich bestrebt, dem Recht ohne Ausnahme Geltung zu verschaffen. Meine Devise: Nur in einem ordentlichen Mensch kann ein gesunder Geist wohnen. Wo dieser Geist nicht vorhanden war, habe ich durch Rechtsprechung wenigstens für Ordnung gesorgt. Erziehung durch Schmerz, also durch Strafe. Edgar Schaaf wird mich als Richter noch in Erinnerung haben.

Vor ungefähr zwei Jahren habe ich erneut geheiratet und den Namen meiner Ehefrau angenommen. Heute heiße ich Horst Stegemann, und hier ist meine Geschichte.

„Wo er recht hat, hat er recht", unterbrach Eliza die Lektüre des Briefes, „die Figuren in deinen Romanen gleichen zu hundert Prozent dir. Ich meine natürlich nicht die Bösewichte, sondern die Guten."

„Möglich", wiegelte Pit ihren Einwurf kurz ab, „aber warum wandte er sich zu Lebzeiten nicht an seine Frau oder an seine Kinder? Sollte man nicht annehmen, dass ihm seine Familie emotional näher gestanden hatte?"

Eliza schenkte Wein nach. „Wie er schreibt: Er kennt dich, aber du kennst ihn nicht. Ergo ist deine Frage rhetorisch. Komm´, lies weiter."

Ich war nach meinen zwei Jahren als Referendar gerade Richter auf Probe geworden und einunddreißig Jahre alt, als ich 1982 Susanne heiratete. Im gleichen Jahr kam unsere Tochter Vicky zur Welt. Es war eine sogenannte Muss-Ehe.

Die große Liebe zwischen Susanne und mir war es nicht gewesen, um es deutlich zu sagen, und Vicky war auch kein Wunschkind, sondern das Ergebnis einer feuchtfröhlichen Party mit turbulentem Ende. Als man mir danach die Vaterschaft antrug, hatte ich nicht nein gesagt. Zwar hielt mein zukünftiger Schwiegervater von meinen Fähigkeiten nicht besonders viel, aber er liebte seine Tochter und hielt sich mir gegenüber mit Kritik zurück. Da er zudem Richter am Bundesverfassungsgericht in Karlsruhe war, rechnete ich, was meine eigene Karriere anging, mit Protektion von seiner Seite. Dank seiner Fürsprache entging ich in den frühen Jahren meiner Laufbahn so einigen und normalerweise üblichen Versetzungen an andere Gerichte. Ferner reichte allein sein Schatten aus, um mir trotz gleich- oder besserbewerteter Konkurrenten diverse Beförderungen zu sichern.

1991 bezogen Susanne und ich unser eigenes Haus mit Doppelgarage, riesigem Anwesen und separatem Gartenhäuschen. Susanne arbeitete mittlerweile bei einem renommierten Offenburger Verlagshaus als Juristin. Ich wurde Richter für Strafrecht in Offenburg.

Vicky entwickelte sich in der Pubertät zu einer Kratzbürste. Sie war bildhübsch, aber ein Rabenaas. Ständig lag sie mit mir im Streit, beziehungsweise ich mit ihr. Ignorierte sie anfänglich lediglich meine Vorschläge, waren es später meine Gebote, die sie kalt ließen, und schließlich ignorierte sie mich ganz. Sie hörte nicht auf mich, tat das Gegenteil von dem, was ich von ihr verlangte, widersetzte sich meinen Erziehungsmaßnahmen, lachte mich sogar aus. Von Susanne erhielt ich keine Unterstützung.

Vicky war fünfzehn, als sie zu einem Jugendfest in der Stadt gehen wollte. Ich gestattete ihr großzügig Ausgang bis zweiundzwanzig Uhr. Wer nicht nach Hause kam, war Vicky.

Ich machte mich persönlich auf, sie abzuholen.

Ich erwischte sie, wie sie sturzbetrunken mit einem Typ in einem Nebenraum der Festhalle halbnackt herumknutschte. Ein Typ, den ich beruflicherseits kannte. Ein jugendlicher notorischer Straftäter, vorbestraft wegen verschiedener Diebstähle, Drogenbesitzes und Körperverletzung. Nennen wir ihn J. Ich riss die beiden auseinander, drohte dem Kerl Prügel an, wenn er sich meiner Tochter noch einmal nähern sollte. Vicky tobte und schrie, ließ sich nicht bändigen, betitelte mich mit allen nur erdenklichen Schimpfnamen. Ich rief Susanne an, befahl ihr, herzukommen und Vicky zu besänftigen. Von jenem Ereignis an entglitt mir Vicky vollständig.

Sie kam nächtelang nicht nach Hause. Sie wurde mehrere Male von der Polizei in bekifftem oder betrunkenem Zustand aufgegriffen, und sie hatte weiterhin Kontakt mit dem Kerl J. und dessen Clique, traf sich ungeniert mit ihm, auch vor meinen Augen.

Susanne beschuldigte mich, zu streng mit ihr zu sein. Nicht nur mit Vicky, sondern auch mit ihr selbst. Ich sei ein Spießer geworden, ein Nörgler, ein Erbsen- und Sekundenzähler, ein rechthaberischer Pedant und Kleinigkeitsfanatiker. Sie sagte, sie könne es nicht mehr ertragen, dass ich andauernd alles kontrollieren würde, wie zum Beispiel die gespülten Gläser auf streifenfreie Sauberkeit; oder ob die Schuhe alle in perfekter Reihe stehen würden; oder ob die Bilder alle waagerecht hingen; oder wo sie gewesen sei und warum sie fünf Minuten zu spät käme, dass ...; dass ...; dass ... und ... und ... und ...

War ich tatsächlich so?

Ich kam nach Hause. Es war Abend, Oktober. 1999. Ich hatte einen langen Tag bei Gericht, war entsprechend müde.

Im Gartenhäuschen sah ich Licht brennen. Sofort dachte ich an Vicky, und dass sie sich verbotenerweise mit ihrem Typ darin getroffen hatte. Die lernt es nie, dachte ich. Ist siebzehn, und nicht lebensfähig. (Das Gartenhäuschen verfügt über eine kleine Küche und ein Schlafzimmer. Manchmal bringen wir Gäste dort unter.)

Ich ging auf das Häuschen zu. Die Tür stand offen. Das kam mir seltsam vor. Ich ging hinein. Zuerst sah ich meine schlimm zugerichtete Frau leblos in einer Blutlache am Boden liegen. Ich beugte mich über sie, schüttelte sie, rief sie an, aber sie rührte sich nicht. Dann stand ich auf, warf einen Blick in das kleine Schlafzimmer. Vicky lag nackt auf dem Boden, Blut aus der Nase, der Kopf eigenartig verdreht, die Augen geöffnet und starr. Ich erkannte auf den ersten Blick, dass sie tot war. Ich rief sofort die Polizei.

Vicky hatte kurz vor ihrem Tod Geschlechtsverkehr gehabt. Spermaspuren wurden sichergestellt. Todesursache war Genickbruch nach Gewalteinwirkung (vermutlich ein Schlag ins Gesicht) und daraus folgendem Sturz mit dem Hals auf die Bettkante. Im Schlafzimmer, aber auch in der kleinen Küche, Fingerabdrücke. In Vickys Blut wurden Spuren von Rauschgift festgestellt. Kokain.

Susanne. Tod durch einen Schuss, eingedrungen unter dem Kinn, durch den Mund, durchs Gehirn, durch die Schädeldecke.

Spermaspuren und Fingerabdrücke konnten dem Kerl zugeordnet werden, dessen Name ich den Ermittlungsbeamten genannt hatte. J.

Der mutmaßliche Tatablauf wurde vor Gericht folgendermaßen dargestellt:

Vicky und J. hatten sich im Gartenhaus, nachdem sie in der Stadt gemeinsam im Kino gewesen waren (Zeugenaussagen), für einvernehmlichen Sex aufgehalten. Susanne, der das Licht im Gartenhaus aufgefallen war, ging, bewaffnet mit meiner registrierten Walther-Pistole, vom Wohnhaus zum Gartenhaus, um nachzuschauen. Es gab in jüngerer Vergangenheit eine Serie von Einbrüchen in der Siedlung. Überrascht vom plötzlichen Auftauchen meiner Frau, muss es zwischen J. und ihr zu einem Handgemenge gekommen sein, in dessen Verlauf sich ein Schuss aus der Waffe löste und Susanne tödlich traf. Vicky, daraufhin hysterisch geworden, griff ihrerseits nun J. an. Er muss sich gewehrt haben, es kam zum Schlag ins Gesicht, Vicky stürzte nach hinten, schlug mit dem Genick auf die Bettkante. J., angesichts des Geschehens in Panik, flüchtete mit der Pistole, die er später entsorgte. Die Pistole wurde nie gefunden.

Obwohl J. die Tat stets abstritt, wurde er anhand der Indizien zu einer lebenslänglichen Gefängnisstrafe verurteilt. Nicht wegen Mordes, aber wegen Totschlags. Da Susannes Vater als Richter des BVG bekannt war, und ich als Nebenkläger auftrat, hatte das nicht unwesentlichen Einfluss auf das Strafmaß gehabt.

Soweit die offizielle und allgemein bekannte Version.

Aber so war es nicht!!!
Ich erzähle nun, wie es wirklich war.

Ich kam an jenem Abend nach Hause. Es war spät.

Im Gartenhäuschen sah ich Licht brennen. Da wir zurzeit keine Gäste beherbergten, musste es andere Gründe für das Licht geben. Ich ging hin, um es auszuschalten.

Als ich näher kam, bemerkte ich, wie jemand aus dem rückwärtigen Fenster sprang und davonrannte. Die Mühe, hinterherzurennen, machte ich mir nicht, sondern ich stürmte in das Gartenhaus.

Ich traf Vicky an, sie war nackt, stand in der Tür zum Schlafzimmer. Sofort war ich vom Zorn geblendet. Ich schäumte, machte ihr heftige Vorhaltungen. Vicky keifte lautstark zurück, und dann, ich weiß nicht wie, schlug ich ihr ins Gesicht. Sie fiel nach hinten, blieb mit den Füßen an dem Webteppich, der vor dem Bett lag, hängen, und knallte mit dem Genick gegen die Bettkante. Als sie zu Boden sank, wusste ich sogleich, dass sie tot war.

Unversehens stand auf einmal Susanne hinter mir, meine Pistole in der Hand, Entsetzen im Gesicht. Ich hatte sie nicht kommen hören. Was hast du getan, Horst, was hast du getan, stammelte sie, und dann begann sie zu schreien: Du bist ein Mörder, du bist ein Mörder. Immer wieder. Sie zielte mit der Pistole auf mich. Ich wollte mit ihr reden, doch sie schrie und schrie, ich bekam die Pistole zu fassen, aber sie ließ sie nicht los. Also kämpften und rangen wir um die Pistole. Ein Schuss löste sich. Traf Susanne von unten ins Kinn. Ihre Schädeldecke explodierte.

Ich hatte in nur zwei Minuten meine Familie ausgelöscht.

Die Pistole vergrub ich im Garten. (Im Anhang befindet sich ein Lageplan, damit man die Tatwaffe finden kann.) Dann rief ich die Polizei.

Ich war schockiert. Da brauchte ich der Polizei nichts vorzugaukeln, doch war ich kaltblütig genug, den Verdacht auf J. zu lenken.

Man hielt meine Aussage für glaubwürdig. Schließlich war ich Richter für Strafrecht, *nicht wahr? Es gab keinen Grund, mich einem Schmauchspurentest zu unterziehen, und die Blutspuren an meiner Kleidung erklärte ich damit, dass ich mich über meine tote Frau gebeugt hatte.*

J. wurde zur Fahndung ausgeschrieben und zwei Wochen später von Edgar Schaaf, der damals noch Kriminalkommissar war, festgenommen.

Ein Jahr später verkaufte ich Haus und Grundstück und ließ mich ans Strafgericht Darmstadt versetzen.

Pit ließ die Blätter sinken. „Weißt du, was das ist?", fragte er Eliza.

„Das ist ein lupenreines Geständnis", antwortete sie.

„Das kannst du laut sagen. Und ein Grund für einen lupenreinen Kognak." Er stand auf, holte zwei bauchige Gläser und die Kognakflasche aus dem Küchenschrank, schenkte je eine Daumenbreite des bernsteinfarbenen Getränks ein und setzte sich wieder. „Herrgott, und das schickt er *mir*. Prost."

Sie tranken einen Schluck. „Das heißt, dass er dreiundzwanzig Jahre mit dieser Schuld gelebt hat. Unvorstellbar", bedachte Eliza fassungslos.

„Ja. Er hat einen Unschuldigen mindestens fünfzehn Jahre lang büßen lassen. Wenn das rauskommt, und das wird es, gibt es ein Erdbeben."

Eliza schaute Pit fragend an. „Du wirst es melden?"

„Natürlich. Ich werde den Brief fotografieren und an Edgar schicken. Er soll sich darum kümmern."

„Wie schicken?"

„Per Post-App. Geht schnell und ist sicher."

Eliza zeigte auf den Brief. „Der Brief ist noch nicht zu Ende. Was schreibt er denn noch?"

Pit nippte am Kognakglas und las.

Ich bin sicher, sehr geehrter Herr Ferman, dass Sie die richtige Entscheidung über die weitere Verwendung meines Briefes treffen werden. Vielleicht weihen Sie Herrn Kriminalhauptkommissar a. D. Edgar Schaaf in die Angelegenheit mit ein. Das bleibt Ihnen freigestellt.

Falls Sie von mir eine Entschuldigung an J. erwarten, muss ich Sie enttäuschen. Er hat mir zu keiner Zeit leid getan.

„Das ist der Hammer", kommentierte Eliza.

Es fügte sich (unter Inanspruchnahme diverser Vitame B), dass ich zur selben Zeit in Pension ging, als J. nach Verbüßung der Haftstrafe aus dem Strafvollzug entlassen wurde. Da er mir beim Prozess Vergeltung angedroht hatte, tauchte ich in einer norddeutschen Großstadt gewissermaßen unter. Sollte er mich doch gegen alle Voraussicht ausfindig machen und seine Drohung verwirklichen, dann hat dieser Brief eine Berechtigung.

03. Juni 2022
Allerdings, und nun komme ich zum nächsten Fall, habe ich mir durch hartnäckige und unnachgiebige Recherchen einen zweiten potenziellen Mörder aufgebaut.

Wie ich erwähnte, habe ich vor zwei Jahren geheiratet. Frau Helga Stegemann.

Sie ist Inhaberin einer renommierten Handelsfirma. Handel mit Gewürzen. Ihr leiblicher Sohn, Maik Stegemann, fungiert als Geschäftsführender. Helga ist schon seit längerer Zeit nicht mehr im Geschäft aktiv. Dafür hat ihr Sohn alle Vollmachten.

Sie hat mich nun vor ungefähr einem Jahr darum gebeten, die Bilanzen des Geschäftes genauer anzuschauen. Sie hatte Grund zur Annahme, dass ihr Sohn die Bilanzen zu seinen privaten Gunsten manipulieren würde.

Ich nahm mir die Bücher vor, sowohl die analogen als auch die digitalen, ließ mir *von Stiefsohn Maik die Passwörter für die Computer geben, und entdeckte in der Tat erhebliche Differenzen in der Buchhaltung. Millionenbeträge, die abflossen, und als Gegenwert nie wieder aufzufinden waren. Geschickt gemacht, aber für mich nicht geschickt genug.*

Auf die Fehlbeträge von seiner Mutter und mir angesprochen, gab er die Bilanzfälschung unumwunden zu.

Als ich ihm eröffnete, dass ich ihn anzeigen würde, sagte er lächelnd, dass er mich dann umbringen würde.

Nun habe ich ihn angezeigt, wie es meine Pflicht als treuer Staatsdiener ist.

„Der würde doch aus lauter Staatsräson und Gerechtigkeitswahn die eigene Mutter aufs Schafott schicken, oder was meinst du dazu, Pit?"

Aber Pit las weiter.

Falls ich also frühzeitig eines gewaltsamen Todes sterben sollte, dann hat auch mein Stiefsohn Maik Stegemann ein unbedingtes Motiv, was Edgar Schaaf sicherlich interessieren dürfte.

Vielen Dank für Ihre Aufmerksamkeit und ihre wertvolle Zeit.
Hamburg, 03. Juni 2022
Hochachtungsvoll
Horst Stegemann

„Ja, ich kann es nicht anders sagen: Er mag vielleicht ein angesehener Richter gewesen sein – aber als Arschloch war er auf jeden Fall unerreicht." Damit faltete Pit die Blätter zusammen und schob sie in den Umschlag zurück.

„Was, sag´ mir, will dieser Simpel in meinen Büchern gelesen haben, das ihn dazu animiert hat, mich auszuwählen? Hat er darin eventuell etwas entdeckt, das *ihm* völlig fremd war? Empathie? Toleranz? Großzügigkeit? Mitgefühl?"

„Hm, vielleicht will er von dir eine Generalabsolution, bevor er *seinem* höchsten Richter gegenübertritt."

„Haha", lachte Pit zynisch. „Du meinst Gott? Späte Erkenntnis, würde ich sagen, was ihn offenbar nicht hindert, vor seinem Abgang den eigenen Stiefsohn anzuzeigen."

„Was Recht ist, muss Recht bleiben. Da kann er nicht über seinen Schatten springen."

„Übrigens, dieser Maik Stegemann war nach mir beim Notar zu Gast. Aus *Hamburg*."

„Was? Der fährt extra von *Hamburg* nach *Offenburg*? Wegen eines Notartermins? Konnte das nicht in *Hamburg* erledigt werden?"

Pit hob die Schultern. „Keine Ahnung, wie das zustande gekommen ist. Aber ich fresse einen Besen, wenn der

Mann im Warteraum des Notars nicht Maik Stegemann war."

Kritaholm, 23. 09. 2022

Er hatte nicht bemerkt, wie Melanie aufgestanden, zum Duschen gegangen, und wieder zu ihm zurück ins Bett gekrochen war. Die Hunde hatten keinen Laut von sich gegeben. *Saubere Wachhunde*, dachte er. *Und das mir, dem Hauptkommissar.*

„Eines schönen Tages werden dich die Ganoven stehlen, während du schläfst", schnurrte Melanie an seiner Seite, frisch nach Sanddorn duftend.

„Das muss an der Seeluft liegen. Ich schlafe wie ein Murmeltier. Was machst du eigentlich wieder im Bett? Warst du nicht eben duschen?"

„Ooooch, ich wollte nur mal testen, ob die Seeluft vielleicht auch schlafende Geister wecken kann?" Ihre Hand tastete unter der Bettdecke. „Huch, ja, sieh´ an, hier treibt ein kleiner Kobold sein Unwesen."

Melanie war beim Frühstück quietschfidel. Ihre Augen strahlten mit der Sonne um die Wette, und sie trällerte ein Liedchen, während sie den Frühstückstisch deckte.

Edgar kam von der Dusche, musterte sie und schüttelte den Kopf. „Du mit deinem Kobold", grinste er.

Sie lief ihm in die Arme, packte ihn an den Ohren. „War doch schön, oder? Ich mag es, wenn es aus heiterem Himmel passiert." Sie zog seinen Kopf herunter und küsste ihn auf den Mund.

„Ja, sehr schön", brachte er zustande. Seine Gedanken hingen noch immer eine halbe Stunde zurück, im Rauschzustand der Ekstase. In der Tat hatte Melanie ihn völlig überrumpelt, und er hatte sie gewähren lassen. *Wenn es aus heiterem Himmel passiert.* Dafür hatte er nun ziemlich flattrige Knie.

„Trink einen Kaffee", lächelte sie, „das bringt dich wieder auf die Beine."

„Mannomann", meinte er, „hast du eine Energie. Dagegen ist ein Hurrikan ein laues Lüftchen."

Sie lachte fröhlich. „Es ist so aufregend, mit dir Urlaub zu machen, Edgar Schaaf."

Er schlenderte betont lässig in seiner *Ausgehuniform* zum Verwaltungspavillon des Campingplatzes: Eine leichte schwarze Leinenhose und ein locker über den Hosenbund fallendes anthrazitfarbenes Hemd mit kurzen Ärmeln, schwarze Sandalen. *Wollen mal sehen, ob die Tochter mit ihrem Mann heute da ist*, dachte er.

Bei der Schranke angekommen, versuchte er mit Indianerblick, also die Augen mit der Hand beschattet, durch das spiegelnde Glas in die Rezeption und den Kiosk zu schauen. *Oh, verdammt*, entfuhr es ihm, als er eine gewisse Person erkannte, der er jetzt nicht unbedingt begegnen wollte. Flugs machte er auf dem Absatz kehrt und hob an, sich zurückzuschleichen, als die Tür des Pavillons aufgerissen wurde und eine Stimme ihn einholte, die nach einer gerissenen Gitarrensaite klang.

„Herr Schaaf! Hiergeblieben!"

Den Überraschten markierend, drehte er sich um. „Ach, guten Morgen Frau Klang. So früh schon unterwegs?"

„Ja, und Sie? Gestern so spät noch auf Dummheiten aus?"

Edgar suchte nach Vögeln in den Bäumen, die nicht vorhanden waren. „Ich verstehe nicht ganz ..."

„Kommen Sie rein. Es braucht ja nicht jeder zu hören, wie ich Ihnen den Kopf wasche." Sie hielt ihm weit die Tür auf, und Edgar schlüpfte an ihr vorbei. Die Rezeption und der Kiosk waren verwaist.

„Ährmm, sind denn die Geschäftsführer heute nicht da? Die Frau von gestern, ich weiß ihren Namen leider nicht, hatte gemeint, dass sie heute hier seien."

Unter dem Fenster zur Schranke stand ein schmaler Tisch mit zwei Stühlen für Leute, die im Kiosk einen Imbiss oder Kaffee gekauft hatten und ihn hier im Raum verzehren wollten. Birke Klang setzte sich auf einen der Stühle und winkte Edgar mit dem Kopf, es ihr gleichzutun.

„Dazu kommen wir später. Frau Schmierow, das ist die Frau, die gestern hier Dienst verrichtete, hat mich gestern angerufen. Sie hätten sich als Kriminalhauptkommissar ausgegeben und Fragen wegen der Überwachungskamera gestellt." Die Oberkommissarin legte eine Kunstpause ein. „Was erlauben Sie sich hier? Sind Sie eigentlich von allen guten Geistern verlassen? Ist das Ihre gewohnte Vorgehensweise, dass Sie Amtsanmaßung begehen? Ich sage Ihnen ..."

Edgar hob eine Hand. „Ich wollte lediglich ..."

„Sie haben hier gar nichts zu wollen, Herr Schaaf. Die Ermittlungen in diesen Mordfällen leitet der Oberstaatsanwalt in *Deuzin*, und als solcher hat er die Kriminalpolizei *Deuzin* beauftragt, die Fälle aufzuklären. Und die Kriminalpolizei *Deuzin*, das bin ich. Verstanden?"

„Äääh, ich ..."

„Was die Überwachungskamera betrifft ..."

„Ja, genau."

„Was also die Überwachungskamera betrifft: Wegen des Stromausfalls stehen für die mutmaßliche Tatzeit keine Bilder zur Verfügung. Das ist es doch, was Sie wissen wollten, Herr Schaaf, oder?"

„Nein", sagte Edgar.

„Nein?"

„Ja. Mich interessieren mehr die Zeiten vor und nach dem Ausfall. Der meteorologische Dienst kann mit Sicherheit auf die Minute genau Beginn und Ende des Unwetters bestimmen. Es ist ja nicht so, dass der Strom pünktlich mit dem ersten Regentropfen ausfällt, und mit dem letzten wieder einsetzt. Unwetter und Stromausfall haben also unterschiedliche Zeiten. Ich würde die Bilder der Überwachungskamera bis mindestens eine Stunde vor Beginn des Unwetters auswerten. Und eine Stunde danach."

„Um was zu sehen?", fragte sie schnippisch.

„Frau Klang." Edgar wollte es kaum glauben. Das gehörte zur Grundausbildung Polizeischule. Tat sie nur so naiv, oder war sie es? Sollte er sie jetzt am langen Arm verhungern lassen, oder sollte er seine Fittiche ausbreiten und sie darunter in Schutz nehmen? Herrjeh, verglichen mit ihm war sie ein junges Ding. Ein Küken, sozusagen. Andererseits befand sie sich jetzt genau in der Entwicklungsphase, in der es galt, karrieremäßig große Schritte zu machen. In dieser Zeit, das wusste er aus Erfahrung, war man am belastbarsten. Oder fehlte es ihr einfach an Ehrgeiz und Interesse, Rätsel zu lösen? War es Bequemlichkeit? Dann war sie natürlich die falsche Person am richtigen Ort. Das wollte sich Edgar nicht so recht vorstellen.

Was ihm nicht behagte, war ihre Stutenbissigkeit. Wäre sie männlichen Geschlechts, würde er es Platzhirschgehabe nennen. Normalerweise ein Zeichen dafür, dass jemand erworbene Pfründe verteidigte. Ergo musste durch eigene Leistung erreichtes Wissen vorhanden sein. Aber es war auch ein Hinweis auf Arroganz und Uneinsichtigkeit, manchmal auch auf Dummheit und Unvermögen. Das zu beurteilen, kannte er sie zu wenig.

Er wusste jedoch auch, dass, wenn er sie nicht auf seine Seite ziehen, auf seine Linie einschwören konnte, er wenig Chancen hätte an Informationen zu gelangen. Informationen, auf die *sie* über das Netzwerk der Polizei Zugriff hatte. Das alles schoss ihm in Sekundenschnelle durch den Kopf. Darum sagte er: „Herr Stegemann hatte sich als Strafrichter eine Menge Feinde gemacht. Viele haben ihm noch im Gerichtssaal mit Vergeltung gedroht. Aus all denen sticht jedoch ein Mann heraus. Und zwar jener, der wegen Totschlags an Stegemanns Frau und Tochter im Jahr 2000 zu lebenslanger Haft verurteilt worden war. Der Mann heißt Jonas Taschner. Ich habe ihn damals 1999 quasi eigenhändig festgenommen, weshalb ich nicht ausschließe, selbst auf seiner Racheliste zu stehen. Seit damals sind zweiundzwanzig Jahre vergangen. Finden Sie heraus, ob Jonas Taschner mittlerweile aus der Haft entlassen wurde, und wenn ja, wo er sich momentan aufhält und wie er seinen Lebensunterhalt verdient. Dann haben Sie einen Ermittlungsansatz. Um auf die Überwachungskamera zurückzukommen. Es wäre interessant zu sehen, wer in diesen Stunden vor und nach dem Stromausfall den Campingplatz betreten oder verlassen hat. Sind damals eigentlich alle Camper als Zeugen vernommen worden?"

„Soweit sie anwesend waren, ja."

Gnädiger Gott, murmelte Edgar in seinen Bart und schüttelte im Geiste sein Haupt. *Soweit sie anwesend waren. Man kann nur hoffen, dass der Täter wirklich von außerhalb gekommen ist und nicht seelenruhig in der Nachbarschaft des Tatorts gewohnt hat.* „Würden Sie mich dann einladen, mit Ihnen gemeinsam die Aufzeichnungen der Ü-Kamera anzuschauen?"

Birke Klang schien mit sich zu ringen. Konnte es möglich sein, dass der alte pferdeschwänzige Ex-Bulle noch mehr Pfeile im Köcher hatte? Wenn sie ehrlich sein wollte, liefen ihre Ermittlungen irgendwie nicht rund, vielmehr steckten sie fest. Kamen nicht voran. Sie war mit ihrem Kollegen Andy Pasulke allein, und der war nicht wirklich mit Sherlock Holms verwandt. Zuerst war ihr die Art Edgar Schaafs gewaltig auf den Senkel gegangen. Sein Aussehen, sein Auftreten, die Eigenmächtigkeit. Typisch Wessi. Besserwessi. Und sie total auf dem Ossi-Zahnfleisch, obwohl sie immer nur im vereinten Deutschland gelebt hatte. So einer hatte ihr gerade noch in der Sammlung gefehlt.

Aber jetzt? Er benahm sich jedenfalls nicht so, als würde er sie verarschen. Und war sie nicht Frau genug, im Interesse der Sache wertfrei die Ohren aufzusperren? Schließlich ging es hier nicht um persönliche Befindlichkeiten. Und dann das: Ein handfester Hinweis, unprätentiös von ihm angeboten. Jonas Taschner. Ein Köder für sie? Oder alles reine Taktik? Sah sie den Wurm an der Angel nicht? Oder war sie eventuell der Wurm? Was sah sie nicht? Wäre sie allein auf Jonas Taschner gekommen? Immerhin machte er sie nicht zur Schnecke. Pluspunkt für ihn?

Birke Klang atmete hörbar aus. „Kommen Sie, Herr Schaaf. Schauen wir uns die Aufzeichnungen an. Vier Augen sehen mehr als zwei." Sprach´s und erhob sich vom Stuhl.

„Gute Wahl", sagte Edgar und folgte ihr in den Nebenraum, wo die Datenspeicher standen.

*

Sind am Strand, lautete der Zettel an der Wohnmobiltür, als Edgar zum Standplatz zurückkam. Er hatte keinen Schlüssel eingesteckt, weshalb er *hoffentlich hat sie ein Bier für mich mitgenommen* brummte und unter dem Dach der Kiefern ans Meer stapfte. Er fand Melanie an dem Ort, wo sie zuletzt am Feuer gehockt waren. Er sah ihren Rücken. *Das ist meine Frau*, dachte er. *Die Frau, die es mit mir aushält. Wenn wir uns nicht schon kennen würden, wäre das der Moment, an dem ich sie ansprechen würde. Hallo, schöne Frau, ist der Platz neben Ihnen frei?*

Müller und *Lydia* schnürten einige Dutzend Meter weit weg am Saum des Wassers entlang. Eigenständig. Selbstverantwortlich. Sicher. Edgar machte sich keine Sorgen. Sie würden wiederkommen.

Ohne sich nach ihm umzudrehen oder ihn gesehen zu haben, sagte Melanie: „Du warst über drei Stunden lang weg." Kein Vorwurf. Bloß eine Feststellung.

„Stimmt", antwortete er und ließ sich neben ihr auf die Decke nieder. „Es kam mir kürzer vor."

„Du hast bestimmt Durst. Im Wasser liegen zwei Dosen Bier. Ich hab´ auch deine Zigaretten, wenn du willst."

Er wollte beides, Bier und Zigarette. Er rappelte sich auf, klaubte die Dosen aus dem Wasser, öffnete sie, gab Melanie eine, und zündete sich eine Zigarette an.

„Du bist eine stattliche Erscheinung, Edgar. Hose und Hemd steh´n dir wie für dich entworfen."

„Findest du? Danke."

„Ja. Ich hab´ mir, während ich hier saß, Gedanken über dich gemacht. Wenn wir uns nicht schon kennen würden, würde ich dich heute fragen, ob du nicht mein Mann sein wolltest."

„Das ist ja rührend", sagte er und legte einen Arm um ihre Schultern. „Genau das Gleiche hab´ ich gedacht, als ich dich vorhin hier sitzen sah."

„Ja, das sind *wir*. So liebe ich es."

„Sag´ mal, findest du, dass ich auf andere Menschen einschüchternd wirke?"

„Nicht, wenn du lächelst", antwortete Melanie.

„Und wenn ich nicht lächle?"

„Wer dich nicht kennt, wird denken, dass mit dir sicher nicht gut Kirschen essen ist. Wie kommst du auf diese Frage?"

Er trank einen Schluck Bier. „Ach nur so. Frau Klang muss erst Vertrauen zu mir aufbauen, und wenn sie eingeschüchtert ist, wird das schwierig."

„Verstehe", sagte Melanie. „Weißt du was? Wenn ihr euch nächstes Mal trefft, bin ich mit dabei. Sie wird denken, dass du mit einer Frau wie mir kein Ungeheuer sein kannst."

„Ich nehme dich beim Wort. Begleitest du mich nachher auch, um den Tatort zu besichtigen? Den hab´ ich noch gar nicht in Augenschein genommen."

„Mach´ ich. Habt ihr über die Aufzeichnungen der Überwachungskamera etwas entdeckt?"

Edgar verzog zweifelnd das Gesicht. „Jain. Wir haben den Teil eines Fahrzeuges. Eines weißen Lieferwagens oder eines sogenannten *Sprinters*. Unglücklicherweise nur die untere Hälfte, ach, eigentlich noch weniger als das, Räder und Stoßstange, und vom Autokennzeichen nur die letzten beiden Zahlen. Sechs und Sieben. Aber immerhin. Frau Klangs Kollege Andy Pasulke wird sich darum kümmern."

Melanie steckte die leeren Bierdosen und Edgars Zigarettenkippe in eine Tüte. „Gehen wir? Zum Tatort?"

Stellplatz Nummer Dreißig. Der letzte in der Reihe. Dort, wo das Schwedenhorn praktisch an der Insel angewachsen war. Von hier aus verengte sich das Land zu jener Zunge, an deren Ende der Leuchtturm emporragte.

Im Grunde ein Platz wie jeder andere. Ungefähr acht auf fünf Meter im Geviert, mit der Energieversorgungssäule in der Mitte der hinteren Längsseite. Edgar wanderte kreuz und quer und kreisförmig über den Platz, ganz im Bewusstsein, dass sich hier ein Verbrechen ereignet hatte. Vor seinen inneren Augen entwickelte er die Szenerie der Tat.

Herr und Frau Stegemann befinden sich im Innern des Wohnwagens. Sie sind gerade von einem Ausflug zurückgekommen. Ein Unwetter droht. Stegemann hat vorsorglich mit einem Hammer die Heringe des Vorzeltes festgeschlagen. Jetzt bemüht er sich um die Dachluke des Wohnwagens, die schon immer ein bisschen geklemmt hat. Frau Stegemann sitzt an der Sitzgruppe, blättert in einer Illustrierten. In diesem Augenblick verdunkelt sich die Tür. Ein Fremder tritt ein, einen langen spitzen Gegenstand in der Hand. Eine Grillgabel. Ohne eine Sekunde des Zögerns sticht er zu, die Grillgabel in Herrn Stegemanns Herz. Sofortiger Tod ist die Folge. Frau Stegemann ist vor Schreck fassungslos. Entsetzt öffnet sie den Mund zum Schrei. Da schlägt der Täter ihr den Hammer, den ihr Mann von draußen mit hereingebracht hatte, auf den Kopf. Einmal. Zweimal. Dreimal. Dann sackt Frau Stegemann zusammen. Sie ist tot. Der Täter verlässt den Wohnwagen, nimmt den Hammer mit.

So könnte es gewesen sein, dachte Edgar, blieb stehen und betrachtete den Platz. *Oder hat es vorher ein Gespräch gegeben? Zwischen Mutter und Sohn? Eine Diskussion wegen Geld? Einen Streit mit dem Stiefvater? Danach die Eskalation?*

Der Film in seinem Kopfkino war vorbei. Er wartete auf den Nachspann, in dem praktischerweise die Mitwirkenden des Films genannt sein würden, doch es kam keiner. *Wäre doch zu schön gewesen*, dachte er.

„Gibt es noch etwas, was du zu Richter Bitterle und seiner Frau sagen kannst? Wie war er so, rein privat? Ich kannte ihn ja nur dienstlich. Kanntest du ihre Tochter?"

Melanie war am Rande des Platzes stehengeblieben und beobachtete Edgars Kreise. „Es war Ende der Neunzigerjahre. Wir waren erst kurz verheiratet, mein Ex-Mann und ich. Die Bitterles waren, glaub´ ich, zweimal bei uns zu Gast. Seine Frau Susanne wirkte sehr wachsam. Gleichzeitig steif und kontrolliert. Auch mechanisch. Roboterhaft. Bevor sie lachte, schaute sie zuerst immer ihn an, als ob sie um Erlaubnis bitten müsste.

Er war ein absoluter Klugscheißer. Hatte immer das letzte Wort. Lachte über die eigenen Witze selbst am meisten. Gab sich übertrieben jovial. Jeder zweite Satz endete mit *nicht wahr, Susanne?*, woraufhin sie eilig *ja Horst* beipflichtete. Er stand vor unseren Bildern, als würde er prüfen, ob sie gerade hängen. Zweimal sah ich, wie er mit dem Finger über Möbeloberflächen strich und danach den Finger nach Staub prüfte. Das stell´ dir mal vor, Edgar.

Ich glaube, Susanne Bitterle hatte kein einfaches Leben an der Seite dieses Mannes.

Die Tochter kannte ich nicht, hab´ sie nie gesehen. Aber gegen solch einen Vater kann man nur rebellieren, findest du nicht auch?"

Edgar beendete die Tatortbeschau. Bis auf den imaginären Tatablauf hatte der Platz nicht mit ihm gesprochen, wie es früher manchmal der Fall gewesen war. Weder rief ihn eine empörte Seele, noch lauerte irgendwo versteckt die Fratze des Todes. Der Platz gab zu wenig her. Er war zu unpersönlich, zu anonym. Viel zu viele Menschen, die Saison für Saison hier einige Tage verbrachten. Da konnte sich keine Energie auf Dauer etablieren, die von Edgar hätte aufgespürt werden können.

„Der Platz ist sozusagen keimfrei", sagte er und wich somit Melanies Frage aus. Um in Sachen *Rebellion* mitreden zu können, fehlte es ihm schlichtweg an Kompetenz. Für die legendäre 68er-Generation war er zwei drei

Jahre zu jung gewesen, und mit eigenen Erfahrungen diesbezüglich konnte er nicht glänzen, was er nach wie vor als unaufgearbeitete Schmach empfand. Ein weißer Fleck auf der Landkarte seines Lebens, den er, wenn es nach ihm ginge, unentdeckt lassen wollte. Unerforschtes Terrain. Er bekam heute noch Schweißausbrüche, wenn sich Gespräche anbahnten, die sich in Richtung dieses Themas bewegten.

Melanie beließ es bei seiner Ausflucht. Sie wusste instinktiv, wo seine Schwächen waren und auf was er dünnhäutig reagierte. Sie hielt solche höchst privaten Baustellen für essenziell, damit man nicht vergaß, wer man war und woher man kam. Darum rief sie unternehmungslustig: „Und was machen wir jetzt?"

Edgar dachte an die *To do*-Liste, die er in im Kopf führte, auf der er gerne einen weiteren Punkt abgehakt hätte: Tatort Petersens Restaurant in *Vieksen*.

„Wärst du bereit, eine Wanderung quer über die Insel zu unternehmen?"

Melanie schaute auf die Armbanduhr. „Wie viele Kilometer sind das?"

„Weiß nicht. Fünf bis sechs ungefähr, vielleicht weniger."

„Okay, wenn wir mit dem Bus zurückfahren?"

Es war ideales Gelände für die Hunde. Zuerst die Salzwiesen. Vom folgenden Wikinger Moor waren sie fast nicht mehr wegzukriegen. Der Weidezaun stellte für sie natürlich kein Hindernis dar, und so preschten sie mit Vehemenz durch die Flachwassergebiete, dass es spritzte und mancher Sumpfvogel erschrocken und in Panik davonflog.

Scheiße, dachte Edgar, *Naturschutzgebiet. Warum hab´ ich kein Schild gesehen*? Er legte zwei Finger an die Lippen und pfiff den Hunden. *Müller* hielt inne und schaute zu ihm zurück, als würde er fragen *bist du bescheuert?* Aber Edgar pfiff ein zweites Mal, und dann kam *Lydia* angedüst, *Müller* karachomäßig hinterher. Edgar lobte die beiden, spendierte ein Leckerli, und versprach, dass sie am *Viekser Zacken* wieder losrennen durften.

So wie sie den Ortsrand von *Vieksen* erreichten, nahmen sie die Hunde an die Leine. Jetzt, auf den harten asphaltierten Gehwegen, begann Melanie stärker zu humpeln. Sie musste der Behinderung durch ihren amputierten linken Fuß Tribut zollen, und kämpfte sich unter Schmerzen vorwärts.

„Edgar, Edgar, bitte mach´ langsam, sonst komme ich nicht mehr hinterher. Mein Fuß ..." Sie blieb stehen.

Sie befanden sich vor einer niederen Gartenmauer. Edgar half ihr, sich zu setzen. Er zog ihr den Schuh aus und massierte den Stumpf und die Wade.

„Es zieht hinauf bis in die Hüfte. Ein Krampf", stöhnte sie.

„Wenn ich dich stütze, meinst du, du schaffst noch ein paar Meter? Bis zum Hafen ist es nicht mehr weit. Dort ruhen wir aus, trinken Kaffee, und nehmen danach ein Taxi."

„Ja, bitte, Taxi", presste sie hervor, stand auf und hängte sich bei ihm ein.

„Geht´s?", fragte er.

Melanie nickte mit zusammengebissenen Zähnen und Schweiß auf der Stirn.

Edgar steuerte im Hafen auf die erstbeste Sitzgelegenheit zu, weiße Metallstühle an runden Tischen vor einem Café an der Hafenfront. Er sah ein, dass aus der Tatortbesichtigung in Petersens Restaurant heute nichts mehr werden würde. *Vermutlich*, dachte er, *wäre ich ohne Polizeibegleitung sowieso nicht bis in Petersens Privaträume vorgedrungen. So what?*

Sie bestellten Kaffee und Kuchen und erkundigten sich nach einem Taxi. Dass die Bedienung, bevor sie Kaffee und Kuchen servierte, für die Hunde eine Schüssel mit Wasser auf den Boden stellte, fand Edgar sehr sympathisch, weshalb er sich ermutigt fühlte, eine Frage zu stellen.

„Entschuldigen Sie, das Restaurant Petersen, das liegt doch hier ein Stück weiter auf der linken Seite?"

„Ja, aber wenn Sie essen wollen – es ist zurzeit geschlossen. Nur das Hotel ist geöffnet."

„Aha, Saisonende, gewissermaßen?"

„Nein", sagte die Bedienung mit gesenkter Stimme, „der Petersen ist doch ermordet worden. Im August. Und der neue Besitzer hat vor, mit einem anderen Konzept zu eröffnen. Man munkelt von einem Disco-Schuppen mit Live-Events und so. Genaueres weiß ich nicht. Angeblich mangelt es an noch an Bewilligungen wegen Einsprüchen der Anwohner."

„Verständlich. Weiß man, wer der neue Besitzer ist?"

„Seine Schwester mit Mann soll es sein."

„Ist doch gut", meinte Edgar. „Dann bleibt es ja in der Familie."

Die Bedienung schaute nach links, nach rechts, ob auch niemand sie hören konnte, und legte außerdem die Hand vor den Mund. „Schöne Familie. Also wenn Sie mich fragen: Lieber keine, als so eine. Aber ich will nichts gesagt haben. Noch Kaffee? Die Dame, der Herr?"

„Ja, bitte. Und vielleicht die Nummer eines Taxiunternehmens."

„Es ist erstaunlich, was man alles auf der Straße erfährt", sagte Edgar, während sie auf das Taxi warteten.

„Ich hab´ dir deinen Plan versaut, nicht wahr? Du hattest doch vorgehabt, den Tatort zu besichtigen, stimmt´s?" Melanie fühlte sich wieder erholt, wenn auch nicht wieder hergestellt.

„Ja, schon, aber wie du gehört hast, wäre es sowieso nicht gegangen. Geschlossen."

„Das Hotel hat doch geöffnet. Du hättest an der Rezeption fragen oder einen deiner kriminalistischen Tricks anwenden können."

„Tricks? Als da wären?"

Melanie verstellte ihre Stimme und sprach im Alt. „*Guten Tag, ich bin Kriminalhauptkommissar Edgar Schaaf. Neue Ermittlungen. Geben Sie mir den Schlüssel zu den Privaträumen des Besitzers. Wichtig. Der Durchsuchungsbeschluss kommt per Fax. Dalli, dalli. Gefahr im Verzuge.*"

Er lachte. „Perfekt. Nein, ist schon gut, meine Liebe. Aber ich glaube, dass ich durch das kurze Gespräch mit der Bedienung im Café mehr erfahren habe als bei einer Tatortbesichtigung. Und aufgeschoben ist nicht aufgehoben. Ach, da kommt wohl unser Taxi."

Der Taxifahrer, ein gewichtiger Mann mit gewaltigem Schnauzbart und buschigen Augenbrauen, befuhr die Strecke über *Schwedamm*. Als die Häuser von *Schwedamm* hinter ihnen lagen, sagte er: „Da vorne brennt´s", und deutete mit einer Hand geradeaus.

Edgar auf dem Beifahrersitz, und Melanie mit den Hunden im Fond des Taxis, beugten sich nach vorne und schauten durch die Windschutzscheibe. Über den Gipfeln der Kiefern in einiger Entfernung stieg eine schwarze Rauchsäule fast senkrecht in die Höhe. „Das muss am Campingplatz sein", stellte der Fahrer fest. „Da wollen Sie doch hin?"

Edgar beschlich ein mulmiges Gefühl, und auch Melanie wurde wie aus dem Nichts von einer Unruhe heimgesucht, denn sie schlang von hinten ihre Arme um Edgar und legte beide Hände auf seine Brust.

„Fahren Sie doch bitte etwas schneller", drängte Edgar den Taxifahrer, der seinem Wunsch nur zögernd nachkam. Er meinte: „Der Rauchwolke nach kommen Sie zum Löschen sowieso zu spät", drückte jedoch etwas mehr aufs Gaspedal.

Dann rochen sie den Brandherd, und bald sahen sie blaues Blinklicht durch die Bäume schimmern. Es war tatsächlich auf dem Campingplatz.

Edgar überkam eine schreckliche Ahnung. Und obwohl er noch gar nichts gesehen hatte, schrie er: „Melanie, das ist bei uns!"

Sie bogen um den Pförtnerpavillon herum, rauschten durch die offene Schranke – sahen einen Streifenwagen, ein Feuerwehrauto – die Feuerwehrmänner mit dem Feuerwehrschlauch, aus dem Löschwasser auf ein lichterloh brennendes Wohnmobil spritzte. Ihr Wohnmobil. In Flammen. Schwarzer Qualm. Eine zweite Löschwasserkanone war auf die umstehenden Kiefern gerichtet. Eine Katastrophe, wenn der Wald in Flammen aufginge.

Edgar warf sich, das Taxi rollte noch, aus der Tür, hinaus, auf die Feuerwehrmänner zu, an ihnen vorbei, zum Wohnmobil ...

„Weg, weg, zurück!", schrien sie. „Zurück! Die Gasflasche kann explodieren!"

Einer der Männer hastete ihm nach, ergriff ihn hart an der Schulter und zog ihn vom Wohnmobil weg. Kaum, dass sie Abstand vom Brandherd gewonnen hatten, gab es einen ohrenbetäubenden Knall. Edgar und der Feuerwehrmann wurden von der Druckwelle umgepustet und zu Boden gedrückt. Ein Hitzeschwall fegte über sie hinweg. Es regnete brennende Trümmer auf sie herab, landeten teilweise auf Edgars Rücken. Er hörte, wie jemand verzweifelt seinen Namen schrie.

Ein zweiter Feuerwehrmann sprintete mit einer Decke heran, warf sie über Edgar und erstickte damit die Flammen, bevor sie zu schweren Verbrennungen führen konnten.

Edgar, im Schock, rappelte sich auf. „Melanie!", brüllte er, „Melanie!"

Er entdeckte sie, taumelte zu ihr, die fassungslos, *Müller* und *Lydia* an der Leine, hinter den Feuerwehrleuten stand. Er schloss sie in seine Arme.

„Das ist unser Wohnmobil, Edgar", entfuhr es ihr, als würde sie über ein Wunder staunen. „Unser Wohnmobil. Das ist unser Wohnmobil. Hast du das gesehen, Edgar?"

„Ja, meine Liebe."

„Du hast gebrannt, Edgar. Dein Pferdeschwanz – nur noch halb so lang."

„Nicht schlimm. Ich habe keine Schmerzen, und Haare wachsen wieder."

„Gebrannt."

„Nicht schlimm. Tut nicht weh."

Wie lange sie, sich umarmend, in all dem Chaos gestanden haben, konnten sie später nicht sagen. Aber der Himmel war deutlich dunkler geworden. Edgar spürte eine Berührung am Ellenbogen. Als er den Kopf hob, blickte er in das Gesicht des Taxifahrers und wusste, dass die Schonfrist vorbei war.

„Pardon, aber Sie schulden mir noch das Fahrgeld", hörte ihn Edgar von weit her sagen.

Ja, natürlich. Das Fahrgeld. „Entschuldigen Sie", antwortete er, und beglich den Betrag wie ein Roboter.

Der Taxifahrer entfernte sich, eine blonde Streifenpolizistin mit Pferdeschwanz trat auf ihn zu. „Guten Abend kann ich wohl schlecht sagen. Sind Sie der Halter dieses Fahrzeuges?" Sie deutete mit dem Kinn auf das ausgebrannte Wrack.

„Guten Abend trotzdem", antwortete er. „Ja, das war unser Wohnmobil. Melanie Köninger und Edgar Schaaf."

„Ich bräuchte dann noch ihre Ausweispapiere, Zulassung und Versicherung. War noch jemand in dem Fahrzeug drin?"

Edgar verneinte. „Außer unserer Kleidung, den Vorräten und unserem Computer nichts."

„Kann sein, dass sie vergessen haben, den Gasherd abzuschalten?"

„Nein, es war alles pikobello, als wir den Campingplatz verließen."

„Okay, es wird sowieso ein Brandsachverständiger nach der Ursache für den Brand suchen. Das wär´s fürs Erste, Herr ..."

„Schaaf. Edgar Schaaf."

„Ja, genau. Herr Schaaf." Die Polizistin drehte sich um, ging ein paar Schritte zur Seite, nahm ein Handy aus der Tasche und telefonierte. Telefonierte, drehte sich um, blickte zu Edgar, telefonierte, beendete das Gespräch, kam zu Edgar und Melanie zurück. „Herr Schaaf. Ich habe gerade mit Frau Klang gesprochen. Sie wird in wenigen Minuten hier sein. Sie bittet Sie, hier auf sie zu warten. Vielleicht, wenn Sie im Kiosk ...?"

„Nein, danke, wir warten hier", sagte Edgar. „Danke."

Das Feuer war gelöscht. Aus dem teerschwarzen Torso waberten grau Rauchschleier. Es stank nach verbranntem Kunststoff, Gummi und anderen gefährlichen Stoffen. Die Feuerwehr räumte Schläuche und Pumpen zusammen, war gut aufgelegt.

Es war Abend geworden. Melanie und Edgar umkreisten das, was von ihrem Wohnmobil übrig geblieben war, ein Gerippe, und schienen von der Vernichtungskraft der Flammen beeindruckt. Die Hoffnung, dass wider Erwarten vielleicht etwas den Feuersturm überstanden haben könnte, verflüchtigte sich von Schritt zu Schritt mehr. Edgar schoss einige Fotos mit dem Handy. Mehr konnten sie nicht mitnehmen.

Birke Klangs flaschengrüner *VW Passat* hielt vor dem Pförtner-Pavillon. Beide Hände in den Gesäßtaschen, kam sie zur Brandstelle gelaufen. Wortlos reichte sie Melanie und Edgar die Hand. Sie trat zur Seite und schoss mit ihrer Handykamera einige Fotos. Dann nickte sie und kam wieder auf Melanie und Edgar zu. „Katastrophe", sagte sie.

Melanie und Edgar standen schweigend nebeneinander.

„Bevor wir über irgendetwas anderes nachdenken und reden - ", begann sie, „ - Sie haben keine Bleibe. Das ist, glaube ich, vorerst das Allerwichtigste. Mein Vorschlag: Meine Mutter besitzt am Stadtrand von *Flethow* eine Ferienwohnung. Die Saison ist vorbei, die Wohnung steht leer – Sie können dort wohnen, wenn Sie wollen."

Melanie und Edgar sahen sich an.

„Und morgen hole ich Sie ab, fahre Sie in die Stadt. Sie kaufen ein, was Sie brauchen, für sich, für die Hunde – und dann fahre ich Sie wieder zurück?"

„Sie stellen es als Frage?", argwöhnte Edgar.

„Sie können ja *nein* sagen, meine ich damit."

„Entschuldigen Sie, wir stehen noch unter Schock", ergriff Melanie die Initiative und drückte demonstrativ Edgars Hand. „Ich denke, wir nehmen Ihr Angebot an. Nicht wahr, Edgar?"

Er räusperte sich. Wieder Melanies Händedruck. „Ja, das werden wir. Ist wohl das Beste. Danke."

Birke Klang fuhr rasant. Es war nicht weit vom Campingplatz nach *Flethow*.

„Sind Sie jemandem auf den Schlips getreten, außer mir, meine ich, dass man ihr Wohnmobil abgefackelt hat?"

Edgar saß neben ihr auf dem Beifahrersitz. „Nicht dass ich wüsste. Ich glaube auch nicht, dass es ein Anschlag auf unser Leben war. Wir waren ja nicht zu Hause, und unsere

Hunde hätten bestimmt Alarm geschlagen, wenn das die Absicht gewesen wäre."

„Ich werde trotzdem die Aufzeichnung der Überwachungskamera sicherstellen lassen", sagte sie. „Für alle Fälle."

„Tun Sie das. Aber so blöd wird der Pyromane kaum gewesen sein. Doch tun Sie das."

Die Oberkommissarin bog von der Hauptstraße ab, fuhr jetzt langsamer. Im Scheinwerferlicht huschte ein Straßenschild vorbei: Salzwiesenweg. Linker Hand topfebenes Gelände. Die benannten Salzwiesen. Rechts stand eine Reihe von Einfamilienhäusern, nur deren Giebel hinter lebenden Zäunen sichtbar: Thujen und anderes Gesträuch.

„Hier ist es", sagte sie und hielt vor einem älteren eineinhalbstöckigen Häuschen. „Die Ferienwohnung liegt im Erdgeschoss. Der zweite Stock ist unbewohnt. Sie sind also ungestört. Es ist übrigens mein Elternhaus. Hier bin ich aufgewachsen. Meine Mutter ist nach dem Tod meines Vaters vor ein paar Jahren in die Stadt gezogen. Eine Maßnahme gegen die Einsamkeit, obwohl ich jeden Tag nach ihr schaue. Aber so ist es nun mal."

Frau Klang führte sie durch den Vorgarten ins Haus.

„Nach hinten haben Sie eine große Terrasse mit Sitzgelegenheit zum Garten hin. Sie finden dort auch einen Schuppen mit Fahrrädern. Überprüfen Sie sie erst, bevor Sie damit losfahren. Schlafzimmer, Wohnzimmer mit Küche, Bad und separates WC – fühlen Sie sich wie daheim. Die Hunde können Sie im Garten rumtoben lassen. Meine Mutter besaß ebenfalls einen Hund."

Melanie und Edgar sahen sich nur oberflächlich um. Dann nickten sie sich zu. „Das ist ein großzügiges Angebot, Frau Klang. Wir nehmen es in dieser Situation gerne an. Vielen Dank. Gibt es in *Flethow* vielleicht ein Geschäft, in dem man zu dieser Uhrzeit noch einkaufen kann? Sie wissen schon. Getränke, Wurst, Käse, für heute Abend?" Melanie dachte praktisch.

Frau Klang blickte auf die Uhr. „Es gibt einen kleinen Supermarkt, der bis zweiundzwanzig Uhr geöffnet hat. Wenn Sie wollen, nehme ich Sie bis dorthin mit. Zurück können Sie dann zu Fuß gehen."

Edgar klatschte in die Hände. „Gut. Das machen wir."

Sie hatten das Nötigste gekauft. Brot, Butter, Wurst, Käse, Marmelade, Wasser, Wein, Zahnpasta und Zahnbürsten, Hundefutter. Alles Weitere würden sie morgen besorgen.

Komischerweise war nach dem Brandanschlag keiner von beiden auf die Idee gekommen, den Urlaub abzubrechen und nach Hause zu fahren, wie es für viele sicher selbstverständlich gewesen wäre. Sogar für Melanie war die Fortsetzung ihrer Ferien in Frau Klangs Wohnung eine willkommene Sache. Hatte der erste Schock auch tief gesessen, nahm sie die Zerstörung ihres Wohnmobils angesichts dieser neuen Perspektive überhaupt nicht persönlich und somit für sie nicht bedrohlich. Und als sie abends bei einem Glas Wein auf der Terrasse saßen und den Hunden zuschauten, wie diese den überraschend weitläufigen und größtenteils sich selbst überlassenen Garten ausschnüffelten, war der Brand des Wohnmobils mit kaum einem Wort mehr Thema. Lediglich Edgar bedauerte den Verlust seines Laptops und der bevorzugten schwarzen Kleider.

„Deine Dateien kannst du über die externe Sicherungsfestplatte wieder herstellen, das weißt du, und alles andere lässt sich mit der EC-Karte wieder beschaffen", versicherte ihm Melanie. „Lass´ uns erst mal eine Nacht darüber schlafen."

Was sie unmittelbar danach taten.

Grünweiler, 24. 09. 2022

Heute war Samstag, und somit auch der Tag für Pits mittlerweile traditionellen Besuch bei Silvio und dessen Tochter Christina im Restaurant *Zum grauen Eck* in *Offenburg* zu Spaghetti Carbonara. Vor Jahren damit begonnen, führte er die Gewohnheit mit Eliza fort. Hatte Christina nach Übernahme des Restaurants einiges am Küchenzettel verändert – samstags gab es die Nudel, für die sie in der Stadt bekannt war.

Allerdings saß Pit seit gestern Abend auf Kohlen. Er hatte Stegemanns Brief, den er vom Notar in *Offenburg* übernommen hatte, mit der Handykamera abfotografiert und ihn nachmittags per Post-App an Edgar Schaafs Post-Account gesandt. Der durchschlagenden Brisanz des Schreibens gewahr, hatte er selbstredend mit einem obligatorischen Rückruf Edgars gerechnet, doch vergeblich. Da er aus Erfahrung wusste, wie ungemütlich Edgar werden konnte, wenn man ihn fragte, warum er dieses oder jenes tat oder nicht tat, hatte Pit sich selbst ein Ultimatum gesetzt. *Wenn Edgar bis Samstagmorgen nicht angerufen hat, rufe ich ihn an.* Punktum.

Es war Samstagmorgen, und Edgar hatte nicht angerufen.

Eliza lag noch im Bett. Pit saß auf der Bank vor seinem Haus, Kaffee und Zigarette vor sich, das Telefon in der Hand, auf dem er gerade Edgars Nummer wählen wollte, als ein Auto den Berg heraufgefahren kam. Schweizer Kennzeichen. Er erkannte die Insassen, noch während das Auto ausrollte. Seine Kinder Charly und Geraldine, sowie die kleine Mila. So eine Überraschung.

Herzliche Begrüßung, und Mila, die wie ein Irrwisch ins Haus wuselte, die Treppe hinauf polterte, ins Schlafzimmer stürmte und zu Eliza ins Bett hüpfte. Juchuuuu!!!

Pit kratzte sich hinterm Ohr. „Das ist aber schön, euch so unverhofft zu sehen, aber andere Frage: Hab´ ich etwas versäumt oder gibt es etwas, das ich wissen müsste? Kommt rein, frühstücken wir zusammen. Oder habt ihr schon?"

Nein, sie hatten noch nicht. Sie versammelten sich um den Küchentisch. „Geraldine, hilfst du mir bitte den Tisch zu decken?"

Eliza kam mit Mila auf dem Arm vom Schlafzimmer herunter. „Hallo, ihr Lieben. Ach, ist das schön. Das freut mich aber sehr. Charly, Geraldine. Seid umarmt."

„Und ich", krähte Mila.

„Ja, und du natürlich. Komm´, wir gehen ins Bad und machen uns schick."

„Mit Schminke?"

„Selbstverständlich mit Schminke. Heute ist schließlich Samstag." Eliza und die Kleine zogen wieder ab.

„Wir möchten euch einladen", sagte Charly.

„Das war doch eben meine Frage: Gibt´s was Neues?", hakte Pit nach.

„Gewissermaßen", übernahm Geraldine die Antwort. „Wir sagen es euch später, wenn wir *dort* sind."

„Na, wenn ihr meint. Dann muss ich aber Silvio anrufen und ihm Bescheid geben, dass er heute nicht mit uns zu rechnen braucht. Samstags gehen wir doch immer ins *Zum grauen Eck*, wisst ihr?"

Geraldine und Charly tauschten verschwörerische Blicke. „Lass´ mal", meinte Charly, „ich rufe Christina an und sage, dass ihr heute nicht kommen werdet." Und schon stand er auf, zückte sein Handy und ging zum Telefonieren aus dem Haus.

„Was habt ihr vor?", fragte Pit seine Tochter, „ihr tut so geheimnisvoll?"

Geraldine lächelte.

Was für eine schöne Tochter ich habe, dachte Pit, als er ihr ins Gesicht schaute. *Ohne Zweifel das Beste, was ich je produziert habe.*

„Du wirst es schon sehen", sagte Geraldine. „Kaffee?"

Sie fuhren in Charlys Auto; die beiden Männer vorne, die drei Mädels hinten. Charly fuhr exakt die Strecke, die Pit immer nach *Offenburg* nahm. Unter der Bahnlinie hindurch und dann über die Landstraße. Charly erreichte die Außenbezirke, steuerte in die Innenstadt. Pit kam das sehr bekannt vor. *Wenn Charly hier auf der Hauptstraße bleibt, kommen wir am* Zum grauen Eck *vorbei,* dachte er. Und Charly blieb auf dieser Straße, und als er sich der Querstraße Prälat-Hoffinger-Straße näherte, nahm er das Gaspedal zurück, setzte den Blinker rechts und fuhr genau auf den Parkplatz, der normalerweise für Pits *Citroën Typ H* reserviert war. Vor dem *Zum grauen Eck*. „Hier sind wir", sagte Charly grinsend. „Alles aussteigen, bitte."

Pit verstand nicht. Hatte Charly nicht vor einer Stunde mit Christina telefoniert, dass sie heute nicht kommen würden? „Hast du nicht vorhin ..."

„Doch, hab´ ich, Papi", sagte sein Sohn mit Schalk im Blick, „aber anders als du dachtest. Komm´ jetzt, der Tisch ist gedeckt."

„Eliza, hast du eine Ahnung, was das hier ..."

Eliza schmunzelte und schenkte ihm einen Kuss.

„Du hast es gewusst, nicht wahr? Du warst in diese Sache eingeweiht, was immer es auch sein wird."

Sie hakte sich bei ihm unter. „Ja, war ich. Mit mir kann man schließlich Pferde stehlen."

„Aha."

Silvio empfing die Gesellschaft in der Eingangstür. Er trug schwarzen Zwirn und ein weißes Hemd mit silberner Krawatte. „Silvio, du bist heute so feierlich?", wunderte sich Pit.

„Sön, biste gekomm´, Pit, un bella donna Eliza. Willkomm´. Iste heut´ geslosse die ristorante. Nur make uf für Sarly un sine Famil. Bin ufrege, versteh´?"

„Seltsame Dinge laufen hier ab, mein Freund. Wo ist Christina? Ist sie nicht da?"

Silvio deutete mit dem Daumen über die Schulter. „Iste da. Christina si make sön mit sminke. Komm´ glei."

Silvio führte sie ins Restaurant. Der Tisch, an dem Pit und Eliza gewöhnlich saßen, war weiß eingedeckt. Edles Geschirr, funkelnde Gläser, schwere Bestecke, rote Servietten, weiße Rosen. Pit ahnte, dass dieser Aufwand nicht für Spaghetti Carbonara betrieben wurde.

Und dann kam sie. Christina. Wunderschön, in einem crèmefarbenen Kostüm. Atemberaubend. Sie herzte alle ab, um zum Schluss schließlich Charly zu umarmen und zu küssen. Erst jetzt fiel Pit auf, dass auch sein Sohn außergewöhnlich manierlich gekleidet war. Und Geraldine, und Mila. Eliza sowieso.

Der schüchterne Silvio entkorkte eine Champagnerflasche, füllte Gläser, und als jeder mit einem Glas versehen war, sagte er: „Si, willkomm´ heut´ susamm`. Mila, Seraldine, Eliza un mine Freun´ Pit. Iste Tag vo Gluck, dass Sarly un Christina si verlob´ ..."

Silvio sprach noch weiter, doch Pit hörte nicht weiter zu. Zum einen war es Eliza, die ihm in die Seite zwickte und ergriffen zu ihm aufschaute, zum anderen ein eigenes Gefühl der Rührung, das wie eine Meeresbrandung über ihm zusammenschlug und seine Knie erweichte. *Das Leben schreitet unaufhaltsam vorwärts. Ein Ereignis jagt das nächste. Gestern noch Eliza und ich. Heute ist es mein Sohn, der einen neuen Lebensabschnitt beginnt. Morgen wird es vielleicht Geraldine sein, und dann Mila. Und was kommt danach?*, dachte er, und ein Anflug von Wehmut trübte sein Gemüt. Er wurde sich seines Alters bewusst. Erst als Gläserklingen zu ihm vordrang, nahm er die Welt wieder wahr. Er küsste Eliza, stieß sein Glas gegen ihres, und dann umarmte ihn plötzlich Christina. „Warum hast du mir nicht früher gesagt, dass du einen ledigen Sohn hast?"

Über ihren Kopf hinweg fand er mit Charly Blickkontakt. Pit zwinkerte ihm mit einem Auge zu, und Charly zwinkerte zurück. Ein gegenseitiges Lächeln. *Gut gemacht, du Schelm*, sollte das heißen. Mehr gab es für den Moment nicht zu sagen.

Sieben Personen setzten sich an den Tisch. Christina hatte eine Freundin engagiert, die ihr in der Küche geholfen hatte und nun das Essen servierte. Zuerst gab es eine Minestrone, dann eingelegtes Kalbfleisch an einer Weinsoße mit Tagliatelle und pürierter Pfefferminze, Fladenbrot, zum Schluss Zitroneneissorbet.

„Pit, sade dass dine Freun' Edgar un Melanie habe nixe gehab' Zei, make Urlau'. Iste sade", sagte Silvio über den Tisch zu Pit.

Edgar! Verdammt! Pit fiel es siedend heiß ein. Seit Charly mit seinem Auto vor Pits Haus vorgefahren war, hatte er nicht mehr an ihn gedacht. Ein Blick auf die Uhr. Zwölf Uhr fünfundvierzig. Pit beugte sich zu Eliza, sagte, dass er kurz an die frische Luft ginge um zu rauchen, zückte das Handy und ging vor die Tür. Es dauerte fünf Klingeltöne, bis Edgar abnahm.

„Pit, was gibt's?"

Pit kam direkt zur Sache. „Hast du meine Post-App nicht gekriegt? Ich habe dir gestern wichtige Nachrichten geschickt."

„Fehlanzeige, Pit, aber das ist nicht deine Schuld. Mein Laptop ist zerstört. Alles futsch."

„Wie das denn? Warst du damit tauchen, oder was?"

Er hörte Edgar lachen. „Nicht ertrunken, aber verbrannt. Irgendein Irrer hat gestern unser Wohnmobil abgefackelt, mit allem was drin war. Wir wohnen jetzt in einer Ferienwohnung von Birke Klang in *Flethow*."

„Das Wohnmobil ist abgebrannt? Wie ..."

„Abgebrannt, Pit. Ich schick´ dir ein paar Fotos von dem, was davon übrig geblieben ist."

„Aber ihr wart doch hoffentlich nicht drin, oder?"

„Nein, wir waren unterwegs, gottseidank. Aber unsere Kleider, die Vorräte, der Computer – nur noch Asche."

„Das ist ja nicht zu fassen. Hör´ zu, Edgar. ich habe dringende Post für dich, die du unbedingt ansehen musst. Es sind fotografierte Dokumente. Ist Whatsapp sicher genug? Was meinst du?"

„Kannst du es verschlüsseln? Dann sende es mir auf diesem Wege aufs Handy. Und sonst? Bei dir? Alles normal?"

„Normaler geht´s nicht. Charly hat sich heute mit Christina verlobt. Du weißt schon, Silvios Tochter. Wir sind gerade mit dem Essen fertig."

„Ja, wir hatten eine Einladung erhalten, aber unser Urlaub – also ich warte auf die Dokumente. Bin ja gespannt. Du hast uns gerade beim Einkaufen erwischt."

„Wie kommt ihr denn jetzt wieder nach Hause? Soll ich euch holen?"

„Um Gottes willen, nein, mit deiner Kutsche würden wir das nicht überleben. Wir nehmen die Bahn, wenn es soweit ist. Grüße Eliza von uns und die anderen."

Pit zündete sich eine Zigarette an. *Wohnmobil abgebrannt? Mein lieber Herr Gesangverein, diese Insel ist ein kriminalistischer Hotspot.*

***Kritaholm**, 24. 09. 2022*

Melanie stand in der Gasse für Tiernahrung in einem der Supermärkte *Deuzins*, und lud Trocken- und Nassfutter in den Einkaufswagen. Sie hatte mitbekommen, dass Edgars Handy geklingelt hatte und war diskret vorausgegangen. Er war während eines Telefongesprächs sowieso für nichts anderes zu gebrauchen.

Soeben war er suchend an der Gasse vorbeigetänzelt, ohne sie zu bemerken. *Wie konnte er je einen Verbrecher fangen, wenn er im Supermarkt nicht mal seine Frau findet?*, dachte sie mit einem zärtlichen Lächeln. Sie beobachtete ihn weiter. Mit gestrecktem Hals und gerecktem Kopf stolzierte er elegant auf Zehenspitzen herum, umkurvte, in der Hüfte überraschend biegsam und beweglich, andere Kunden mit Einkaufswagen, manchmal mit den Händen balancierend, und wand und schwang sich wie ein Slalomfahrer zwischen den Toren. *Macht es ihm eventuell sogar noch Spaß?*, fragte sich Melanie allmählich, und setzte dem Spiel ein Ende, indem sie ihm den Einkaufswagen direkt vor den Bauch schob.

„Suchst du etwa mich?", fragte sie scheinheilig.

„Nicht die Spur", meinte er abgebrüht. „Ich wusste immer, wo du steckst."

„Hab´ ich gesehen. War´s wichtig?"

„Wichtig?"

„Der Anruf."

„Es war Pit. *Er* sagte, dass es wichtig sei."

Melanie wartete einige Sekunden. „Ja und nun? Willst du es mir nicht sagen?"

„Er hat irgendwelche Dokumente geschickt. Wir schauen sie uns besser daheim an, wo wir ungestört sind."

Melanie und Edgar hatten Herrn Stegemanns, alias Richter Bitterles Geständnis gelesen. Nun tigerte er kopfschüttelnd im Wohnzimmer der Ferienwohnung hin und her, schwaderte ab und zu mit den Armen in der Luft herum, als wollte er sich irgendwie äußern, doch außer „Äääh ..."; „Das ..." und „Ich ..." brachte er nichts Vernünftiges zustande. Überraschung, Fassungslosigkeit, Empörung und Betroffenheit überforderten für einige Minuten seine Fähigkeit, rational zu denken.

Vieles hatte er für möglich gehalten. Nicht aber *das*, was ihm Pit Ferman per verschlüsselter Whatsapp zugesandt hatte. Richter Bitterle war am Tod seiner Frau und seiner Tochter selbst schuld. War selber der Täter, und nicht jener bedauernswerte Kerl, der fünfzehn Jahre unschuldig im Knast abgesessen hatte.

Edgar hatte ihn nach zwei Wochen Fahndung eigenhändig festgenommen, und damit erst dafür gesorgt, dass das Unheil seinen Lauf nehmen konnte. Natürlich, der Staatsanwalt hatte den Haftbefehl erteilt. Kriminalhauptkommissar Waldhoff, genannt *Walross*, hatte die Ermittlungen geleitet. Jedoch war in erster Linie alles durch Richter Bitterle angestoßen worden. Er war der Initiator aller folgenden und späteren Ereignisse.

Keiner hatte dem jungen Jonas Taschner je Glauben geschenkt, so sehr und so vehement er die Taten auch geleugnet hatte. Dass er mit Vicky Bitterle zur fraglichen Zeit intim gewesen war, hatte er keineswegs bestritten. Aber er war zu seinem Unglück vorbestraft gewesen, unter anderem wegen Körperverletzung, und er hatte Richter Bitterles Verbot, die Finger von seiner Tochter zu lassen, ignoriert. Seine Fingerabdrücke und DNA waren am Tatort nachgewiesen, und dass bei seiner Festnahme, zwei Wochen nach der Tat, keine Schmauchspuren an seinen Händen mehr gefunden werden konnten, hatte nicht zu seiner Entlastung gedient. Im Gegenteil.

Trotz Taschners Beteuerungen war Kriminalhauptkommissar Waldhoff nie auf die Idee gekommen, in andere Richtungen zu ermitteln. Richter Bitterle spielte den erschütterten Vater perfekt und konsequent bis zum Ende der Gerichtsverhandlung durch, und nicht eine Sekunde war er in den Fokus polizeilichen Interesses geraten.

Auch Edgar, Mitglied in Waldhoffs Team, war damals, wie alle anderen, auf den Weg des geringsten Widerstands eingeschwenkt. Ein schneller Erfolg, ohne großen Aufwand. Abgesehen davon: Behaupteten nicht alle Täter, dass sie es nicht gewesen waren? So gesehen müssten die Gefängnisse leer sein.

Die Erkenntnis, Mitverantwortlicher an einem lupenreinen Justizirrtum gewesen zu sein, traf ihn wie ein Schlag in die Magengrube. Und wenn nicht wirklich Mitverantwortlicher, so war er doch Involvierter. Da gab es kein Vertun, und die Sache stieß ihm übel auf und schmeckte wie Galle. *Verdammt*, dachte er.

„Verdammt", sagte er. Und noch einmal: „Verdammt."

„Was ist, Edgar?" Melanie betrachtete ihn mit Sorge.

„Ich habe einen Unschuldigen ins Gefängnis gebracht", sagte er.

Melanies Kinn rutschte nach unten. „Du hast ...?"

„... ihn damals festgenommen, ja. Ich war das. Und jetzt Stegemanns Geständnis. Ich meine Bitterles Geständnis. Nach dreiundzwanzig Jahren Unrecht. Das muss man sich mal vorstellen. Er, ein ehrenwerter Richter, lässt einen Unschuldigen im Knast verrecken. Das ist ein menschlicher Abgrund, Melanie. Und ich war des Teufels Handlanger. Ich bin total erschüttert."

„Das brauchst du nicht, Edgar." Melanie meinte es gut.

„Doch, das brauche ich. Und wie ich das brauche. Es stellt sich nämlich die Frage, wie viele es noch sind, die ich fälschlicherweise einem Richter zugeführt habe. Wie viele, verstehst du?"

Sie verstand. Das Fundament, auf dem seine hehren Überzeugungen ruhten, deretwegen er überhaupt erst Polizist sein konnte, war ins Wanken geraten. Wenn das personifizierte Recht, als Garant für die Auslegung und Anwendung verfasster Gesetze, Recht und Gesetze selbst brach, dann führte es die Arbeit der exekutiven Organe ad absurdum. Melanie war indes davon überzeugt, dass es sich in der Causa Bitterle/Stegemann um einen absoluten Einzelfall handelte, und Edgar seine Ermittlungen über Jahre hinweg, seine Laufbahn, ja, sein Leben, nicht in Frage stellen musste. Er war damals jung gewesen, Kriminalkommissar, und ein Vorgesetzter hatte die Ermittlungen geleitet. Wie hatte Edgar gesagt? Waldhoff, genannt *Walross*? Wäre er selbst der tonangebende und richtungsweisende Chefpolizist gewesen – er wäre auf den schnellen und bequemen Erfolg nicht hereingefallen. Daran glaubte Melanie, denn sie wusste, dass er sich stets selbst kritisch hinterfragte. Darum sagte sie:

„Du hattest es damals nicht in der Hand, Edgar. Wärst du der Kriminalhauptkommissar gewesen, wäre es mit Sicherheit anders gelaufen."

„Es ist lieb, dass du es so siehst, Melanie, und vielleicht hast du recht. Aber an der Tatsache ändert das nichts. Auf mich fällt es heute zurück. Denn Richter Bitterle/Stegemann ist tot; der damalige Oberstaatsanwalt Hugenschmid ist tot; Kriminalhauptkommissar Waldhoff ist tot. Ich bin das letzte übriggebliebene Gesicht. An mich wird man sich erinnern, wenn es um Aufarbeitung und Rehabilitation des Geschehenen und des Unschuldigen geht."

„Du meinst, dass es dazu kommen wird?"

„Unbedingt. Und wir müssen Jonas Taschner finden, damit ihm erstens Recht geschehen kann, und zweitens, um ihn von einem weiteren Rachefeldzug abzuhalten, falls ..."

Melanie unterbrach ihn und schaute verwirrt. „Eines weiteren? Würde das heißen, dass du ihn für den Mörder an den Stegemanns hältst? Und wer fiele dann unter *weitere*? Etwa du?"

„Ich mache bestimmt nicht den Fehler, ihn in Bezug auf die Stegemann-Morde vorzuverurteilen. Deshalb sagte ich *falls*, eben für den Fall, dass er doch der Täter sein könnte. Und ja, unter *weitere* zähle ich mich, also uns. Denk´ an den Brandanschlag. Das war bestimmt kein technischer Defekt und kein Zufall. Es war eine Warnung."

Melanie schluckte. Da waren sie also wieder angelangt. *Under the gun*. Vier Kriminalfälle hatte sie mit Edgar, seit sie sich kennengelernt hatten, erlebt. Wenn sie nur an die Aktionen auf *Lanzarote* oder in *Rovinj* in Kroatien dachte, bekam sie eine Gänsehaut. Oder an die anderen beiden Fälle. Und jetzt war es wieder einmal soweit. Sie und Edgar als Zielscheibe. Da brauchte er erst gar nicht versuchen, es zu verharmlosen oder sie zu beruhigen. Es war so. Da lief einer herum, der es auf sie und Edgar abgesehen hatte. Sie hasste das. Es raubte ihr den Schlaf und alles, was sie zum Wohlfühlen brauchte. Edgar hingegen schien regelrecht aufzuleben, sobald er seine Fühler nach einem neuen Fall ausstrecken konnte. Steckte es in seinen Genen, oder waren es durch jahrelangen Umgang mit der Materie angewöhnte Automatismen? Allerdings schienen ihm die überraschenden Erkenntnisse über Stegemann kräftig an die Nieren zu gehen.

„Was sollen wir deiner Meinung nach tun?", fragte sie in der vagen Hoffnung, dass er vorschlagen könnte, nach Hause zu fahren, was er natürlich nicht tun würde.

Er griff zum Handy. „Birke Klang muss herkommen. Heute. Sofort." Er wählte ihre Nummer, brach den Vorgang jedoch ab. „Oder willst du lieber nach Hause fahren, Melanie?"

Ach, mein lieber Edgar, ja, das will ich eigentlich, dachte sie. *Nach Hause, mit dir und den Hunden. Weg von diesem Ort, von dieser Gefahr.* „Nein", schwindelte sie ihm zuliebe. „Du willst mich wohl loswerden, mein lieber Edgar Schaaf? Das könnte dir so passen. Ich bleibe da, wo du bist. Entweder wir gehen zusammen, oder gar nicht. Wie ich dich kenne, wirst du doch jetzt bestimmt nicht die Zelte abbrechen, oder täusche ich mich?"

Edgar kratzte sich am Kopf.

„Eben", sagte sie.

Er wählte Birke Klangs Nummer. Nach dem vierten Klingeln nahm sie ab. Ihre Stimme klang gestresst. Oder genervt? „Klang!"

„Edgar Schaaf hier. Frau Klang, kommen Sie so rasch wie möglich her. Es ist enorm wichtig. Danke." Ohne auf eine Antwort zu warten, beendete er das Gespräch.

Für einen Samstagnachmittag war es bemerkenswert, dass sie zu zweit anrückten. Kriminaloberkommissarin Birke Klang und ihr Kollege, Kriminaloberkommissar Andy Pasulke. Sie in roten Jeans, er im Jeans-Anzug, und wie immer im flaschengrünen *VW Passat*.

„Wenn Sie nicht wirklich etwas Bahnbrechendes vorzuweisen haben, nehme ich Sie fest", sagte Birke Klang scherzhaft an der Haustür. „Und sonst? Fühlen Sie sich wohl hier?"

„Besser als in einer Arrestzelle", antwortete Edgar.

„Was nicht ist, kann ja noch werden. Darf ich vorstellen? Kriminaloberkommissar Andy Pasulke."

„Edgar Schaaf und meine Frau Melanie." Er öffnete weit die Tür. „Kommen Sie rein. Kaffee? Wasser? Kekse?"

Die Kommissare setzten sich nebeneinander auf die Couch. Melanie brühte löslichen Kaffee auf. Edgar riss eine Schachtel Kekse auf und stellte sie auf den Tisch. Dann rief er auf dem Handy Pit Fermans verschlüsselte App auf und legte es vor die beiden hin. „Lesen Sie das. Herr Ferman hat mir das heute Mittag zukommen lassen. Ihm wurde es gestern von einem Notar übergeben."

Während Birke Klang und Andy Pasulke ihre Köpfe über das Handydisplay beugten, brachte Melanie den Kaffee und setzte sich zu Edgar auf die Sessellehne. Sie beobachteten, wie Birke Klang den Kopf schüttelte.

„Das ist ja starker Tobak", murmelte sie. Pasulke sog Luft zwischen die Zähne. „Ich muss das haben", verlangte er. „Das ist brandheiß und muss unverzüglich an die Justiz."

„Deswegen habe ich Sie kommen lassen", pflichtete Edgar bei. „Am besten, ich sende es Ihnen ebenfalls per Whatsapp, dann können Sie es im Büro ausdrucken. Falls Sie das Original brauchen, sagen Sie mir Bescheid, oder wenden Sie sich direkt an Pit Ferman. Die Nummer können Sie von mir bekommen."

„Unschuldig im Knast zu sitzen, ist natürlich ein Motivverstärker allererster Güte", überlegte Birke Klang.

„Sie sprechen von Jonas Taschner", stellte Edgar fest.

„Ja, klar. Mein Gott, so viele Jahre des Lebens unschuldig im Knast. Sowas ist unverzeihlich."

„Ja, jetzt, wo Sie es sagen, und in Verbindung mit der Motivverstärkung, rumort es in meinen Eingeweiden. Oberstaatsanwalt Fred Hugenschmidt und Kriminalhauptkommissar Waldhoff waren 1999 beide für die Ermittlungen in den Todesfällen Frau Susanne Bitterle und Vicky Bitterle zuständig. Beide sind heute tot ..."

Birke Klang hob eine Hand. „Sie wollen doch nicht etwa andeuten, dass beide eventuell Racheopfer von Jonas Taschner gewesen sein könnten?"

„Hm. Man müsste wissen, wann Jonas Taschner aus dem Strafvollzug entlassen wurde, was zu erfahren für Sie ein Leichtes sein dürfte, und wann und wie oder wodurch Hugenschmidt und Waldhoff gestorben sind. Verstehen Sie, was ich meine?"

„Durchaus. In diesem Zusammenhang sehe ich aber auch, dass Sie, Herr Schaaf, sich weiterhin bester Gesundheit erfreuen. Waren Sie damals nicht auch an der Festnahme Jonas Taschners beteiligt? Dann wären Sie, um den Faden weiter zu spinnen, das nächste potenzielle Opfer, Herr Schaaf. Oder wie sehen Sie das?"

Melanie legte ihre Hand auf seine Schulter. Edgar nickte. „Ja, wir sehen das genauso." Er nahm Melanies Hand in die seinige. „Der Brandanschlag war eine erste Ankündigung. Oder eine Warnung. Im Stile von: *Verschwinde, bevor ich mir's anders überlege.* Vielleicht differenziert der Täter. Ich hatte ihn zwar festgenommen, ihm die Handschellen angelegt, aber er weiß, dass ich damals nur an einem kleinen Rad gedreht habe. Ihn interessieren nur die Verantwortlichen. Vielleicht."

Birke Klang lächelte. „Sie glauben an das Gute im Menschen?"

„Ja, das tun wir", mischte sich Melanie ein. „Wo kämen wir denn sonst hin? Was wäre das für eine Welt, wenn man sich nicht auf das Gute verlassen könnte? Ich bin damit bis heute immer gut gefahren."

Edgar lenkte die Aufmerksamkeit in eine andere Richtung. „Übersehen wir nicht, dass Herr Stegemann uns quasi einen zweiten Verdächtigen liefert. Maik Stegemann, der Sohn seiner Frau Helga. Auch er hätte ein Motiv, und kein zu schlechtes."

„Richtig", sagte Frau Klang und wandte sich an Pasulke. „Andy, das mit Hamburg machst du. Alibi und so weiter. Wir müssen auch wissen, ob gegen Maik Stegemann eine Anzeige vorliegt, wie Horst Stegemann in seinem Vermächtnis behauptet, und ob wegen Steuerhinterziehung oder Veruntreuung gegen ihn ermittelt wird. Ob es eine Hausdurchsuchung gab et cetera. Setz´ dich mit den Kollegen von dort in Verbindung, okay?"

„Das volle Programm? Kontoauskünfte und so weiter?", fragte Pasulke.

„Alles, was du kriegen kannst."

Pasulke stöhnte und griff in die Keksschachtel.

„Hat sich schon etwas wegen der Autonummer von der Ü-Kamera am Campingplatz ergeben?", fragte Edgar.

Pasulke zog eine Liste aus der Jackentasche. „Hier. Alles Autonummern, die auf die Zahl siebenundsechzig enden. Ich habe mich nur auf die Länder Brandenburg, Berlin, Mecklenburg-Vorpommern, Schleswig Holstein und *Hamburg* beschränkt. Sie sehen ja selbst, wie viele das sind."

Edgar nahm zwei DIN-A4-Blätter entgegen und warf einen kurzen Blick drauf. „Gut. Wenn wir uns vorerst nur auf weiße Lieferwagen konzentrieren, sind es nicht mehr so viele. Kann ich die Liste behalten?"

Birke Klang wollte Einspruch erheben, doch Pasulke vollführte eine generöse Handbewegung. „Ist bloß eine Kopie", meinte er, und erntete dafür einen bösen Blick von der Kommissarin. Sie erhob sich.

„Dann sind wir hier fertig?", fragte sie.

„Moment noch, bitte", sagte Edgar. „Wie steht´s mit Petersen? Wir waren gestern Nachmittag in *Vieksen*, wollten Petersens Restaurant besuchen. Aber es hat geschlossen. Wir haben jedoch erfahren, dass es mit den Familienverhältnissen bei den Petersens nicht zum Besten bestellt sein soll. Wissen Sie eventuell Näheres darüber?

Sie kennen ja die Statistik: Neunzig Prozent aller Tötungsdelikte finden innerhalb der Familie statt."

Birke Klang stieß Luft aus der Nase. „Ich hab´ mit seiner Schwester und ihrem Ehemann gesprochen. Sie geben sich gegenseitig ein Alibi."

„Haben Sie sie persönlich ...?"

„Nein, bisher nur am Telefon. Aber ich habe sie für Montag nach *Vieksen* bestellt."

„Ich ...äääh ...würde mir gerne den Tatort ansehen. Ich weiß, dass mich das eigentlich nichts angeht, aber wenn Sie mit mir ..."

„Wie Sie richtig sagen, Herr Schaaf, geht es Sie nichts an. Aber wenn Sie unbedingt Wert darauf legen – wie gesagt, werden wir übermorgen um zehn Uhr für Zeugenbefragungen in *Vieksen* in Petersens Restaurant sein. Bei der Gelegenheit, als eine Art Gegenleistung für die heutigen Informationen, begleite ich Sie ausnahmsweise zum Tatort. Aber seien Sie pünktlich."

Als die Polizisten das Haus verlassen hatten, sagte Melanie: „Edgar, du weißt doch ziemlich genau, wann dieser Staatsanwalt Hugenschmidt und Kommissar Waldhoff gestorben sind. Warum hast du das der Klang nicht gesagt?"

„Erstens habe ich selber nie Gedanken darüber angestellt, unter welchen Umständen oder an welchen Krankheiten sie gestorben sind. Es gab, soviel ich weiß, bei beiden keine Verdachtsmomente, bei denen man hätte hellhörig werden müssen. Aber nicht jedes Verbrechen mit Todesfolge ist auf Anhieb offensichtlich. Zweitens, weil sie es nachprüfen soll. Um keinen weiteren Fehler zu begehen. Auch wenn es lediglich dazu dient, ein Verbrechen als Ursache ihres Todes auszuschließen. Denn immerhin besteht die entfernte Möglichkeit, dass sie keines normalen Todes aus dem Leben geschieden sind. Nichts darf übersehen werden. Zudem schadet es nicht, Frau Klangs Blick für die Kriminalistik zu schärfen, wenn du verstehst, was ich meine."

„Du willst, dass sie das ganze Mosaik sieht, und nicht nur einzelne Steinchen."

„Exakt. Das Einmaleins der Ermittlungen. Bevor sie ein Mosaikbild zusammensetzen kann, muss sie zuerst alle Steinchen anschauen. Alle."

Es war Abend geworden, der Himmel voller grauer Wolken bescherte frühzeitige Nachtstimmung. In der Ferienwohnung brannte bereits das Licht.

Melanie und Edgar hatten gemeinsam gekocht. Auf Melanies Wunsch hin gab es Pfannkuchen mit polnischen Pfifferlingen und grünen Blattsalat. In Edgars Arbeitsbereich waren die Pfannkuchen und die Salatsoße gefallen, während Melanie mit der Zubereitung der Pilze (mit Zwiebeln und Paprika) sowie mit dem Salat beschäftigt war. Edgar hatte eine Flasche Weißwein geöffnet, die sie beim Kochen und Essen leerten.

„Das war echt lecker", sagte Melanie und hob ihr Glas. „Schenkst du mir bitte nochmal ein?"

Edgar betrachtete den Füllstand der Flasche. „Sollen wir noch eine killen?"

„Nur zu. Der Abend ist noch lang", animierte sie ihn.

Er füllte ihr Glas mit dem Rest aus der Flasche und stand auf, um eine weitere aus dem Kühlschrank zu holen.

Müller und *Lydia* lagen Seite an Seite neben dem Couchtisch im Wohnzimmer. Edgar warf nur zufällig einen Blick nach ihnen, als beide wie auf Kommando die Köpfe hoben. Er maß dem keine Bedeutung zu, sondern öffnete den Kühlschrank und nahm die neue Weinflasche in die Hand. Auf dem Weg zurück an den Esstisch änderte sich *Müllers* Verhalten plötzlich. Er war aufgestanden, zur verglasten Fensterfront zum Garten gesprungen, die Nase nach draußen gerichtet, das rechte Ohr steil aufgestellt. Aus seiner Brust drang tiefes, warnendes Grollen.

Edgar blieb stehen. „*Müller*, was ist?"

Müllers Ohren zuckten kurz, um ein noch tieferes Grollen folgen zu lassen. *Lydia* gesellte sich an *Müllers* Seite. Die Hunde starrten in den Garten hinaus. *Müller* trippelte aufgeregt mit den Vorderpfoten.

Edgar stellte rasch die Weinflasche auf den Esstisch, ging zu den Hunden, bückte sich und fasste *Müllers* Halsband. „Ist da jemand? Ist da jemand draußen, *Müller*?"

Der grollte und fiepte.

Edgar erhob sich und stellte sich an die Scheibe, beschattete die Augen und spähte hinaus. Jetzt war es Nacht. Das nach außen fallende Wohnzimmerlicht versickerte wie Wasser im Sand. Er sah nichts und niemanden.

„*Müller*, *Lydia*, Platz!", befahl er den beiden. Widerwillig legten sie sich hin.

Er betätigte den Türgriff, öffnete die Tür zur Terrasse, setzte ein Bein hinaus, dann das andere.

Im gleichen Augenblick hört er, wie sich jemand den Weg durch die Büsche bricht, die das Grundstück umsäumen, und gleich darauf das Geräusch von davonrennenden Beinen.

„*Müller*, ruft er, „hinterher!"

Und schon hetzt der Hund, ein einziger Muskel, über den Rasen, taucht ins Gebüsch, aus den Augen. Edgar im Seniorensprint hinterher. Noch bevor er das Gebüsch erreicht, schneidet Melanies gellende Stimme in seine Ohren. „Edgar! *Lydia*!"

Keine Ahnung, wie tief das Gestrüpp sein wird – keine Ahnung, was sich dahinter befinder – Zaun, Mauer, Graben - Edgar wirft sich, beide Arme als Schutz vor Brust und Gesicht, brachial hinein. Mitten im Gehölz ist er so gut wie blind. Trotzdem presst er den Körper weiter, durch Astgeflechte, spürt, wie sie knicken, brechen. Noch ein Schritt, und noch ...da liegt er auf der Nase. Über etwas gestolpert. Aber er ist draußen. Raus aus dem Gebüschriegel. Auf einem schmalen Fußweg, einem Trampelpfad, wie man sie oft zwischen Grundstücken als Abkürzung für Fußgänger zu Quer- oder Parallelstraßen findet, unbeleuchtet, keine Laterne weit und breit, doch, dort vorne, rechts, vielleicht fünfzig Meter, schimmert Licht. Laternenlicht.

Edgar rappelt sich hoch, auf die Knie. Dann: Dort vom Lichtschein her: Ein kurzer Schrei. Ein menschlicher Schrei. Edgar erfasst es rational. Wieder ein Schrei. Nein, kein Schrei. Ein hohes Jaulen. *Müller*.

Jetzt ist Edgar wieder auf den Beinen. Stürmt los. Dem Licht entgegen. Warum ist er bloß so langsam? Er braucht ja eine Ewigkeit. Endlich hat er die Hälfte der Strecke geschafft. Da biegt ein Schatten auf den Weg ein. In vollem Karacho. Ein pelziges Ungeheuer mit fliegenden Ohren. Edgar sieht nur schwarze Konturen. Der Nachtkrabb springt ihn an, wirft ihn um, auf den Rücken. Ein zweites

Mal liegt er auf dem Boden, bloß diesmal auf dem Rücken.

Natürlich ist es *Müller*, sein *Müller*, der über ihm steht und ihn abschleckt und sich vor Freude benimmt wie ein Blödmann. „*Müller, Müller*", stammelt Edgar vor Erleichterung. „Mensch, *Müller*"

Ein Motor heult auf. Getriebe knirscht. Reifen quietschen.

Ehe Edgar bis zur beleuchteten Querstraße gehastet ist, rast ein Auto am Trampelpfad vorbei. Das Blickfeld ist keine zwei Meter breit, doch es genügt, um einen weißen Lieferwagen Typ Sprinter mit einer Aufschrift zu erkennen. Irgend ein Firmenwagen. Aber letztlich sieht Edgar von ihm, zu spät an der Straße angekommen, nur noch die roten Rücklichter.

Auf einmal wedelte *Lydia* um seine Beine. Und dann kam Melanie den Trampelpfad entlang auf ihn zugelaufen, die Knie braungrün verdreckt, die Hände verschmutzt. Ohne das Tempo zu drosseln warf sie sich an Edgars Brust. „Meine Güte, Edgar, was bin ich froh dich zu sehen. Was hast du mir einen Schrecken eingejagt, Idiot, der du bist. Was war denn eigentlich los? Plötzlich waren *Müller* und du weg."

„Im Gebüsch muss jemand gestanden und uns durch die Fenster beobachtet haben. *Müller* hat ihn bemerkt. Aber erwischt haben wir ihn nicht."

Melanie löste sich von ihm, schaute an ihrer Kleidung hinab. „Und da musstest du natürlich gleich hinterher, wie es so die Art von Edgar Schaaf ist. Da sieh her, wie ich aussehe. Wegen dir hatte ich auch noch ein Malheur und bin gestürzt."

Edgar kicherte. „Ging mir genauso. Dort muss ein Draht oder ein Seil gespannt sein. Wir schauen es uns nachher an."

„Du brauchst gar nicht zu lachen. Was, wenn dieser Jemand eine Pistole oder ein Messer gehabt hätte?"

Darauf antwortete Edgar nicht. Er war ein paar Schritte in die Richtung gegangen, in welcher der Lieferwagen abgestellt gewesen sein musste. Etwas auf der Straße Liegendes hatte seine Aufmerksamkeit erregt. Er bückte sich und hob es auf, ging zu Melanie zurück. „Sieh mal. Ein Stück Stoff."

Melanie drehte und wendete es. „Sieht aus wie aus einer Jeans-Hose gerissen."

„Dann hat *Müller* ihn doch erwischt. Ich habe einen Schrei gehört. Allerdings hat auch *Müller* aufgejault. Möglich, dass *Müller* getroffen wurde. Ein Tritt oder ein Hieb vielleicht." Edgar schaute sich nach dem Hund um. *Müller* strolchte mit *Lydia* um geparkte Autos herum. Edgar pfiff durch die Finger, und schon standen sie bei Fuß. Er tastete *Müller* ab, konnte jedoch keine äußere Verletzung feststellen. „Er scheint okay zu sein."

Sie gingen den Trampelpfad zurück bis zu der Stelle, wo sie aus dem Gebüsch gestürzt waren. Entlang des Grundstücks, von niedrig hängenden Ästen verborgen, verlief in Schienbeinhöhe ein gespannter Draht. Als Einfriedung war die Installation bestimmt nicht geeignet. Sinn und Zweck des Drahtes könnte vermutlich nur der Hausbesitzer erklären. Edgar schätzte, dass es sich um eine einfache Grenzmarkierung des Grundstücks handelte.

„Okay, dann kennen wir jetzt die Ursache", sagte Edgar. „Aber ich wühle mich auf keinen Fall heute nochmal durch die Sträucher. Lass´ uns außenherum gehen. Über die Querstraße stoßen wir sicher auf den Salzwiesenweg und von dort aus zum Haus."

„Willst du der Kommissarin Bescheid geben? Wegen einer Fahndung vielleicht? Jemand müsste doch auch das Gebüsch nach Spuren absuchen. Eventuell hat der heimliche Beobachter geraucht und die Kippen liegen lassen."

Edgar verneinte. „Ich hab´ bloß einen weißen Lieferwagen mit einer Aufschrift gesehen. Es ging blitzschnell und ich konnte die Schrift nicht erkennen. Mehr als jeder zweite Lieferwagen ist mit irgendeinem Schriftzug versehen. Machen wir Frau Klang den freien Samstagabend nicht kaputt. Nach Spuren im Gebüsch suche ich morgen selber."

Kritaholm, 25. 09. 2022

Melanies Nacht war miserabel gewesen. Ob es am Wein gelegen hatte, den sie gestern Abend noch *gekillt* hatten, wie Edgar es ausdrückte, oder von der Aufregung um den unheimlichen Beobachter – sie konnte es nicht konkret sagen.

Edgar und sie waren gegen elf Uhr ins Bett gegangen, eigentlich wie immer, und sie war ziemlich gut eingeschlafen. Nach ungefähr eineinhalb Stunden hatte sie wegen der vollen Blase die Toilette aufgesucht, was für sie durchaus ein normales Timing war. In der Regel konnte sie danach problemlos wieder ein- und bis zum Morgen durchschlafen.

Nicht in der vergangenen Nacht.

Als der Schlaf sie nicht gleich wie gewohnt überrollen wollte, hatte sie angefangen zu grübeln und hatte den Absprung, warum auch immer, aus dem Gedankenkarussell nicht mehr geschafft. Dabei unterlag sie der fiesen Systematik, keinen Gedanken, so oft er sich auch aufdrängte, bis zu einem befriedigenden oder erlösenden Ende zu verfolgen. Im Grunde eine in sich ruhende Person, mit einem gesunden Selbstvertrauen ausgestattet, erwuchs aus ihren immer schneller abfolgenden Gedankenstößen eine fatale Spirale, über die sie schließlich die Kontrolle verlor, und anstelle der Kontrolle machten sich Ängste breit. Unbegründete Ängste, wie sie sich zunächst zu beruhigen versuchte, doch auf Dauer und im Zuge der Nacht musste sie einsehen, dass sie die Ängste nicht abschalten konnte, zumal sie allmählich konkreter wurden und Gestalt annahmen. Sie beschloss, da sie ihrer nicht Herr wurde und einsah, dass sie real waren, sie zu analysieren. Am Ende kristallisierte es sich heraus: Es hatte mit dieser Insel zu tun. Sie fühlte sich hier nicht länger wohl, wobei sie offenließ, ob das vom ersten Tag an so gewesen war. *Kritaholm* war nicht ihre Insel. Das Hausen im Wohnmobil war nicht ihr Ding: Die beengten Verhältnisse; die fremden und außerhalb gelegenen Sanitäranlagen; die spartanische Küche. Und dann natürlich der Brandanschlag auf das Wohnmobil. Gestern Abend vielleicht *der* Auslöser für ihre nächtliche Attacke: Beobachtet zu werden. Zielscheibe von jemandem zu sein, Objekt einer Absicht, die sie sich nicht vorstellen konnte, nicht vorstellen wollte.

Ja, sie hatte Angst.

Vorgestern noch, von dem Brandanschlag auf ihr Wohnmobil nur sekundär beeindruckt, hatte sie fast so etwas wie Erleichterung empfunden, in Birke Klangs Ferienwohnung wechseln zu können. Ein kleiner positiver Aufstieg, aus einer Konservendose in ein Haus mit festen Mauern. Vielleicht, wenn außer schlechtem Wetter nichts Negatives, nichts Bedrohliches mehr passiert wäre – vielleicht hätte sie dann noch eine weitere Woche Urlaub machen können. Sich erholen, Spaziergänge, Fahrradtouren, Lesen, Lieben. Mit dem Ereignis von gestern Abend jedoch wurde eine Fortsetzung des Urlaubs für Melanie zum Problem.

Edgar war es gewohnt, mit solchen Situationen umzugehen. Aber er war ein Getriebener seiner Instinkte, und brachte sich, oft kopflos, selbst in Gefahr. Hätte ihn der Feuerwehrmann nicht vom brennenden Wohnmobil zurückgerissen - Edgar hätte von der explodierenden Gasflasche getötet werden können. Hätte der Beobachter gestern Abend ein Messer oder eine Pistole gehabt – Edgar hätte von ihm getötet werden können. Nur um die zwei aktuellsten Beispiele zu nennen. Sonst warf er sich auch mal in Schüsse aus Gewehren, hechtete bei Sturm fahrenden Booten hinterher, oder trat schutzlos sehenden Auges bewaffneten Wahnsinnigen gegenüber. Melanie hatte Angst um ihn, Edgar. Was sollte sie tun, wenn ihm etwas geschähe? Was sollte sie ohne ihn tun?

Sie wollte nicht mehr auf dieser Insel sein. Sie wollte, und das war die Erkenntnis dieser verkorksten Nacht, nach Hause.

So saß Melanie am Sonntagmorgen um halb sieben Uhr am Esstisch der offenen Küche der Ferienwohnung. Den

Bademantel um sich gerafft, frierend und müde. So fand Edgar sie vor, nachdem er aufgewacht war und sie nicht neben sich liegen sah. Ein Blick in ihre flackernden Augen, und ein Stich traf ihn mitten ins Herz. „Melanie", flüsterte er nur, und es war ihm sonnenklar, dass etwas geschehen sein musste. „Melanie."

Er berührte ihre Schulter, ihren Arm, Melanie erhob sich, Tränen in den Augen, und legte den Kopf auf seine Brust. Edgar umarmte sie, und so blieben sie gefühlte Minuten lang stehen. Melanies Gesicht glühte.

„Wir fahren morgen nach Hause, meine große Liebe", flüsterte er und wiederholte: „Wir fahren morgen nach Hause."

Melanie richtete ihr Gesicht zu ihm auf. „Und was wird aus deinem Fall?"

Er schüttelte den Kopf. „Ich brauche das nicht. Es ist nicht länger wichtig. Wichtig bist du, das ist das Einzige, was zählt."

„So wie du für mich, Edgar."

Kurze Zeit später saßen sie beim Frühstück. Melanie erzählte von ihrer grausigen Nacht, und wie sie auf einmal von der Angst besetzt worden war. Edgar bestärkte sie darin, solche Gefühle nicht zu unterdrücken, sondern zuzulassen. „Ängste sind automatische Warnhinweise unserer Seele. Sie zu ignorieren heißt, die eigene Sicherheit zu untergraben. Angst ist eine Alarmanlage, die nichts kostet."

„Hast du noch nie Angst gehabt?", fragte sie vorsichtig, weil sie seine Person mit Angst nicht so recht in Einklang bringen konnte.

„Natürlich habe ich auch Angst", sagte er, „aber ich glaube, man muss den Begriff etwas differenzieren. Zwischen akuter und hypothetischer Angst. Akute Angst um mich kenne ich eigentlich kaum, um dich hingegen schon. Als du zum Beispiel in deinem Geschäft *Aquarelle und Poesie* überfallen wurdest. Oder als du in die stürmische Adria gesprungen bist. Da hatte ich große Angst um dich. Und sonst? Hypothetisch habe ich Angst davor, den Verstand zu verlieren. Zum Pflegefall zu werden. Die Kontrolle über mich in fremde Hände legen zu müssen. Ohne dich sein zu müssen. Dich zu verlieren. Davor habe ich Angst, gewiss, quasi von Tag zu Tag mehr, denn ich werde ja auch älter, und dass eines dieser Beispiele eintrifft, wird für den Rest meiner verbleibenden Zeit immer wahrscheinlicher."

„Hilft es dir, wenn ich sage, dass du diese hypothetische Angst nicht zu haben brauchst? Du wirst mich nicht verlieren, mein Edgar. Und wenn du Pflege benötigst, bin ich da. Wenn du vergisst, wer du bist, bin ich für dich da. Wenn du mich nicht mehr erkennst, bin ich trotzdem da. Das ist ein Versprechen, das mir leicht fällt zu geben."

Edgar war gerührt. Es war eine dieser großen Stunden im Leben von einfachen Menschen wie ihnen. Kein Buch, kein Film, kein Musical, kein Publikum könnte sie größer machen. Es genügten zwei Personen in einem Raum, ohne Zeugen, ohne Anwalt, ohne Niederschrift. Nur Worte, gegeben und angenommen. Ein Lächeln. Mit einem Kuss besiegelt. Für immer.

Edgar suchte im Internet nach einem örtlichen Autovermieter und wurde in *Deuzin* fündig. Sonntags geschlossen. *Servicewüste Deutschland*, dachte er.

„Wollten wir nicht mit der Bahn nach Hause fahren?", fragte Melanie.

„Zuerst ja", antwortete er, „aber erstens bekommen wir für morgen keinen Rabatt mehr, nur noch Zufallsreservierung, wenn überhaupt, zahlen also den vollen Preis in bumsvollen Zügen, dazu die Hunde; zweitens sind wir relativ unflexibel. Bei einer Verspätung und verpasster Anschlüsse kommen wir unter Umständen nicht mehr nach Hause. *Müller* und *Lydia* müssen sich ihre Geschäfte verkneifen, und wenn sie dann wirklich müssen, steht nur der Bahnsteig zur Verfügung, sofern sich der Zug nicht auf freier Strecke befindet. Mir wäre ein Mietwagen lieber, Melanie. Einweg-Tarif, geräumig. Wir können anhalten, wo wir wollen."

„Aber wir müssen selber fahren. Einmal quer durch die Republik."

Edgar zuckte die Schultern. „Das ist es halt."

„Dann mach", sagte sie.

Er bearbeitete sein Handy. „Es sieht so aus, dass ich heute zwar online buchen, morgen aber erst den Wagen abholen kann. Sollen wir das durchziehen?"

„Was hast du denn für Autos zur Auswahl?"

„Hm, einen BWM Kombi, zum Beispiel? Zwei Tage für dreihundertzwanzig Euro?"

„Das ist billiger als die Bahn zum Volltarif", stellte Melanie fest. „Mach´ es fix."

Nur um der Pflicht Genüge getan zu haben, durchsuchte Edgar das Gebüsch, durch das er sich abends zuvor gepflügt hatte, entdeckte außer abgebrochenen Zweigen und Ästen jedoch nichts, das auf einen heimlichen Beobachter hätte schließen lassen. Keine Fußabdrücke, keine Zigarettenkippen. Die Schneise der Verwüstung musste er sich selber zuschreiben.

Den weiteren Sonntag verbrachten sie in trauter Zweisamkeit. Gegen Mittag schlenderten sie Hand in Hand zum Supermarkt, der auch feiertags bis zwölf Uhr geöffnet hatte, kauften eine Flasche Wein und Knabbereien für den heutigen Nachmittag und Abend, sowie Brot, Wurst, Obst und Getränke für den morgigen Reisetag. Wieder in der Wohnung zurück, schleppte Edgar eine Matratze auf die überdachte Terrasse, sowie Kissen und Decken dazu. Dann mummten sie sich ein, und ein jeder tat, nach dem ihm unter dieser Gegebenheit der Sinn stand. Lesen, Rätsel lösen, Sudoku entziffern, dösen oder Musik hören, wie zum Beispiel Edgar, der sich das Blues-Album *Stony Road* von *Chris Rea* reinzog.

Kritaholm, 26. 09. 2022

Edgars Plan war, mit einem der Fahrräder aus Frau Klangs Schuppen nach *Deuzin* zum Autovermieter zu radeln, den Mietvertrag zu unterschreiben, das Fahrrad in den Mietwagen zu laden und mit dem Wagen nach *Flethow* zurückzufahren. Melanie sollte unterdessen die wenigen Habseligkeiten packen, Sandwiches für die Fahrt zubereiten und mit den Hunden ein letztes Mal vor dem Start Gassi gehen.

Bevor er losgeradelt war, hatte er Birke Klang angerufen und Bescheid gesagt, dass sie wegen der Tatortbesichtigung in Petersens Restaurant nicht auf ihn zu warten bräuchte, und dass Melanie und er heute überhaupt nach Hause fahren würden. Das Geld für die Nutzung der Ferienwohnung würden sie in der Küche deponieren.

Er hatte die *Flethower* Brücke gerade hinter sich gelassen und ungefähr einen der acht Kilometer nach *Deuzin* abgestrampelt. Gegenwind gab es zu seinem Glück heute nicht. Jetzt, da er unterwegs war, fand er die Entscheidung, nach Hause zu fahren, als richtig. Es war in Ordnung. Jedenfalls verspürte er keine inneren Zweifel, empfand er keinen Verlust über die aufgegebene Chance, Detektiv zu spielen. Wichtiger war, Melanie nicht in Gefahr zu bringen, und er wusste, dass sie nur wegen ihm seine kriminalistischen Eskapaden tolerierte. Ob er sich künftig bescheiden musste, seiner Sucht zu frönen? Denn das war es letzten Endes: Eine Sucht, durchaus vergleichbar mit der Spielsucht. Auf einer anderen Ebene fragte er sich, ob es nicht zu seiner Staatsbürgerpflicht gehörte, dort einzugreifen, wo es offensichtlich an Erfahrung und Kompetenz mangelte? Oder entsprangen seine Ambitionen nur einem verbohrten Eigensinn, in selbstherrlicher Art sein Tun und Handeln zu rechtfertigen?

Im Prinzip war er mit Melanie einer Meinung: Die Insel lag ihm nicht. Der Fall mochte ihn nicht. Die Kriminaloberkommissarin schätzte ihn nicht. Es war gut, dass sie die Insel verließen. Hinter sich ließen. Vielleicht würden sie irgendwann einmal, jedoch unter einer anderen Prämisse, wieder hierher zurückkommen. Als Ziel eines Ausflugs. Vielleicht. Irgendwann. Doch eher nicht, darin war er sich heute schon fast sicher.

Einmal im Trott, begann er die Alleebäume zu zählen. *Schade, dass ich damit nicht gleich nach der Brücke begonnen hatte. So fehlt mir jetzt ungefähr ein Achtel von der Gesamtzahl*, dachte er. Während der Monotonie des Tretens stellte er fest, dass er von Baum zu Baum zweieinhalb Pedalumdrehungen benötigte. *Lässt sich mit dieser Tatsache etwas anfangen? Eine Berechnung vielleicht? Oder eine Hochrechnung?* Er verwarf den Gedanken. Die Rechnung, um die Zahl der Bäume rauszukriegen, funktionierte auch einfacher. *Wenn alle zehn Meter ein Baum steht*, kalkulierte er, *dann sind es bei einem Kilometer hundert, bei acht Kilometer also achthundert. Mal zwei, da bei einer Allee auf beiden Straßenseiten Bäume stehen. Tausendsechshundert Bäume. Nicht schlecht. Ich könnte höchstens versuchen zu berechnen, wie viele Pedalumdrehungen ich von* Flethow *bis* Deuzin *zu treten habe*. Er überlegte, wie er vorzugehen hatte, fand es bei der ungeraden Zahl der Pedalumdrehungen aber zu kompliziert.

Auf der rechten Seite verlief parallel zur Straße ein Graben, kaum sichtbar wegen der von den Bäumen gefallenen Blätter. Etwa bei jedem zweiten oder dritten Baum, Pappeln, wie er meinte, war ein kniehohes schmuckloses Holzkreuz in den Boden gerammt, manchmal mit Blumen davor. Hinweise für tödliche Unfälle. Die meisten Kreuze mit Initialen und Geburts- und Todestag beschriftet. Waren Alleen prädestiniert für Suizide mit Autos? Ein weißer

Lieferwagen kam ihm entgegen, rauschte vorbei. Hohes Tempo. *Wahnsinn*, dachte Edgar.

Was er nicht gesehen hatte, war, dass an dem Lieferwagen, sobald er an ihm vorbeigerast war, die Bremslichter aufleuchteten.

Dann überschlug er, wie lange sie mit dem Mietwagen von *Flethow* bis *Gengenbach* unterwegs sein würden. Er schätzte, wenn er in *Deuzin* nicht zu viel Zeit mit der Wagenübernahme verplemperte, dass er gegen zehn Uhr wieder im Salzwiesenweg sein konnte. Da ihr gesamtes Urlaubsgepäck mit dem Wohnmobil in Flammen aufgegangen war und sie sich ersatzweise nur mit dem Notwendigsten eingedeckt hatten, dürfte einer baldigen Abfahrt nichts im Wege stehen. Tausend Kilometer Autobahn, grob über den Daumen, mit einem flotten Auto – zehn Stunden Fahrt? Kam das in etwa hin?

Es herrschte kaum Verkehr auf der Straße, und er hörte sich von hinten nähernde Autos rechtzeitig, um sich konzentriert an den rechten Fahrbahnrand halten zu können. Wie auch im jetzigen Fall. Ein Auto kündigte sich an, mit hochtourigem Motorengeräusch, ein Diesel, wie Edgar meinte. Er fuhr streng rechts, nur eine Handbreit von der Bankette, mit steifen Armen und gespannter Körperhaltung. Eigentlich müsste der Wagen ihn schon erreicht und überholt haben. *Auf was wartest du*, dachte er, *kein Gegenverkehr, die Straße ist breit genug.*

Dann heult der Motor auf, weil viel zu viel Gas; Schaltung, einen Gang tiefer, das Getriebe meldet Protest an und kreischt. Eine Erinnerung rast durch Edgars Kopf: *Getriebe? War da nicht was?*

Jetzt brüllt der Motor direkt hinter ihm. Edgar dreht den Kopf, schielt über die Schulter, sieht den Kombi auf sich zuschießen. *Der hat es auf mich abgesehen. Der will mich um ...*

Er reißt die Lenkstange nach rechts, Richtung Graben, das Vorderrad bereits auf dem Randstreifen, da trifft ihn von hinten der Stoß. Das Fahrrad wird ihm mit unvorstellbarer Wucht unter dem Hintern weggeschleudert. Edgar wird ausgehebelt, landet, Rücken voran, auf der kurzen Motorhaube, ist dem infernalischen Motorbrüllen ganz nah. Von dort prallt er ab wie ein Gummiball an einer Wand, fliegt schwerelos, sich seltsam drehend, zwei, drei Meter durch die Luft, landet mit dem Nacken zuerst auf einem Acker, augenblicklich wird es Nacht um ihn, dann erst überholen ihn die eigenen Beine und knallen auf die Erde. Dass es gar nicht wehtut, spürt er schon nicht mehr.

Viel zu packen gab es nicht. Alles passte in eine Reisetasche, die sie zusammen mit den Ersatzkleidern gekauft hatten. Rasch waren ein paar Brotscheiben mit Wurst belegt und in Folie gewickelt. Jetzt war Melanie mit *Müller* und *Lydia* draußen, an den Salzwiesen entlang. Nebelschwaden hingen über dem flachen Gelände. Das Gras war nass, weshalb Melanie die Hunde vom Salzwiesenweg aus beobachtete. Die Hunde schien das nicht zu stören. Sie jagten hin und her, spielten Fangen. *Sollen sie sich austoben, die Fahrt wird lang genug,* dachte Melanie voraus. Im Prinzip konnten sie starten, sie wartete nur noch auf Edgar und das Auto.

Sie war dankbar, dass er ihre Nöte erkannt und die Schlussfolgerung daraus gezogen hatte. *Wir funktionieren noch,* dachte sie. *Er ist bei mir.*

Melanie schaute auf die Armbanduhr. Zwanzig Minuten vor zehn Uhr. *Er wird bald in Deuzin sein,* dachte sie. *Manchmal,* kam ihr in den Sinn, *ist er ein richtiger Knauser. Er hätte ohne Weiteres ein Taxi nehmen können, aber er hat gemeint, bis das Taxi hier ist, ist er mit dem Fahrrad längst in Deuzin. Spinner, der er ist. Ein liebevoller Spinner.*

Sie rief den Hunden. Nur widerwillig kamen sie angetrottet, immer noch im Spielemodus. *Rasselbande. Wie sie wieder aussehen. Ich werde sie abspritzen müssen, bevor wir sie ins Auto verfrachten.* Den kurzen Weg bis zur Ferienwohnung liefen sie ohne Leine hinter ihr her.

Sie blieb stehen. Ein Signalhorn zerschnitt die Luft. Krankenwagen? Feuerwehr? Polizei? Sie hatte es noch nie unterscheiden können. Aber was es auch war, es musste schnell gehen. Dafür waren die Signale schließlich da, nicht wahr?

Neben der Terrasse der Ferienwohnung war ein Gartenschlauch angeschlossen. Sie spritzte den Hunden nacheinander das Fell und trocknete sie, so gut es ging, mit Küchentüchern ab. Da. Noch ein Signalhorn. Melanie lauschte. Es wurde nach und nach schwächer. Bedeutete es, dass der Einsatzwagen aus der Ortschaft hinausfuhr? Mit einem Klaps auf den Rücken scheuchte sie *Müller* in die Wohnung. *Lydia* zockelte automatisch hinter ihm her. Sie zog die Terrassentür von außen zu. Wartete.

Wieder ein Blick auf die Uhr. Zehn Uhr. *Wenn ich rauchen würde, wäre jetzt der Zeitpunkt für eine Zigarette,* dachte sie. *Und wenn ich Edgar ein Stück weit entgegengehe?* Unschlüssig ging sie auf und ab. *Sag´ mir, was ich tun soll!*

Sie trat hinaus auf den Salzwiesenweg, schlug die Richtung zur Straße ein, die vom Campingplatz direkt zur *Flethower* Brücke führte. Von der Brücke aus hatte man freie Sicht die Straße nach *Deuzin* entlang. Edgar würde sie im Mietwagen schon von Weitem erkennen. Sie ging schneller, erreichte die Brücke, wo die lange gerade Allee nach *Deuzin* begann. In der Ferne zuckten Blaulichter. Melanies Herz begann hart gegen die Rippen zu schlagen.

Andere Leute standen in Gruppen auf der Brücke, glotzten die Allee entlang.

„Was ist denn passiert?", fragte sie, und spürte, wie es in ihren Fingerspitzen zu kribbeln begann.

„Ein Unfall", war die lapidare Antwort.

Ein Unfall.

Aus einer Seitengasse nach der Brücke kam ein Traktor getuckert. Melanie rannte los, auf den Traktor zu. Sie wedelte heftig mit den Armen und schrie laut. „Warten Sie, warten Sie!"

Der Traktorfahrer bremste, schaute von seinem Sitz auf sie herunter. „Fahren Sie mich zu den Blaulichtern. Mein Mann ...", schrie sie.

Der Mann brauchte einige Sekunden, bis er begriffen hatte. Dann winkte er ihr mit dem Kopf, aufzusteigen, und fuhr in Richtung der Blaulichter.

Näher und näher kamen die Blaulichter. *Fährt so ein Traktor nicht schneller, mein Gott? Durch Gengenbach rasen sie doch auch mit fünfzig Sachen!* Bald konnte Melanie die Fahrzeuge unterscheiden: Ein Krankenwagen und ein Polizeiauto. Ein anderes Auto, das auf der Seite lag, mit dem Dach an einem der Bäume.

Der Traktor hielt ungefähr fünfzig Meter vor der Unfallstelle an. Der Fahrer gab ihr ein stummes Zeichen. Melanie sprang ab, und rannte die restliche Strecke in panischer Angst. In einer irrationalen zornigen Sekunde verfluchte sie ihren linken amputierten Fuß, und ihren Ex-Ehemann, der an ihrer Behinderung schuld war. Motorradunfall. In Selbstüberschätzung zu schnell in eine Kurve. Idiot. Ein Plastikabsperrband der Polizei war quer über die Straße gespannt. Sie ignorierte es, wischte drunter hindurch, gerade rechtzeitig um zu sehen, wie ein Mensch auf einer Trage in den Krankentransporter geschoben wurde. „Edgar!", schrie sie. „Edgar!"

Ein Polizist hielt sie auf. „Stopp, Sie können hier nicht weiter", rief er barsch und hielt sie mit Mühe zurück.

„Ist es mein Mann? Ich bin seine Frau. Ist es Edgar? Edgar?"

„Es ist ein Mann", antwortete der Polizist. „Ein Fahrradunfall. Er ist bewusstlos."

„Dann ist es Edgar!", schrie Melanie. „Ich muss zu ihm. Lassen Sie mich zu ihm durch." Melanie traktierte ihn mit den Fäusten.

Einer der Sanitäter nickte dem Polizisten zu. „Also gut", sagte der, „gehen Sie zu ihm. Fahren Sie mit in die Klinik.

Bleiben Sie dort, bis ich mit Ihnen gesprochen habe. Verstanden?"

Melanie nickte mechanisch. Der Polizist ließ sie los, und Melanie stieg von hinten in den Krankenwagen ein.

Das Licht im Krankenhausflur war kalt und grell. Melanies Kopf dröhnte, in ihren Ohren rauschte das Blut. Die Finger kribbelten, drohten zu verkrampfen. Ihre Brust fühlte sich wie in einem eisernen Panzer, der sich immer mehr verengte. Sie rang nach Luft.

Aber sie dachte: *Ich gehe hier nicht weg. Ich gehe hier nicht weg.*

Sie hatten Edgar im Krankentransporter sogleich an einen Flüssigkeitstropf angeschlossen und ihm eine Sauerstoffmaske übergestülpt. Für Melanie sah er aus wie tot.

„Er hat Glück gehabt", hatte der Sanitäter gesagt, um sie irgendwie aufzuheitern.

„Glück?" Sie hielt es für einen schlechten Scherz.

„Verhältnismäßiges Glück", relativierte er. „Sein Unfallgegner hat es nämlich nicht überlebt."

„Hat es nicht ...?", ihr blieb das Wort im Halse stecken.

„Ja, Glück. Immerhin, nicht wahr?"

„Wo fahren wir hin?"

„Nach *Deuzin*. Das kleine Städtchen hat ein Krankenhaus mit Notfallambulanz."

Notfallambulanz? Notfall?
Hatten wir nicht erst vor ein paar Stunden darüber gesprochen? Wenn du hilflos bist, bin ich für dich da!

Muss es sein, dass mein Versprechen so schnell von mir eingefordert wird?

Er war von der Notfallambulanz auf die Neurologische Station gebracht worden, bewusstlos weiterhin, und Melanie war ihm gefolgt. Sie saß nun seit einer Ewigkeit auf dem Flur, oder ging auf und ab, nie weiter als zwanzig Meter von der Tür weg, durch die Edgar geschoben worden war. *Wenn ich ihn lebend wiederbekomme, pilgere ich zu Fuß nach Santiago de Compostela, das schwöre ich.*

Ein Mann und eine Frau in Uniform kamen durch den Flur auf sie zu. Sie erkannte den Polizisten wieder, der sie am Unfallort aufgehalten hatte. Die Polizistin glaubte sie beim Brand des Wohnmobils ebenfalls schon einmal gesehen zu haben.

Melanie stand vom Stuhl auf. „Entschuldigen Sie, dass ich Sie vorhin geschlagen habe. Ich ...es tut mir leid." Sie las seinen Namen vom Brustetikett ab. „Herr Müritzer."

Der Polizist lächelte. „Das ist schon okay und vergessen. Es war eine schlimme Situation für Sie. Und für uns. Meine Kollegin Stratow und ich brauchen noch einige Informationen von Ihnen, wie Name, Adresse ..."

„Heiko", unterbrach die blonde Polizistin, „Die Personalien haben wir doch schon. Das sind die Leute vom Wohnmobilbrand auf dem Campingplatz letzte Woche."

„Ach so, stimmt ja. Dann eine andere Frage: Wie kam es, dass ihr Mann mit dem Fahrrad auf der Straße nach *Deuzin* unterwegs war?"

„Wir müssen den Urlaub leider beenden. Er wollte einen Mietwagen abholen, den er gestern telefonisch gebucht hat. Äääh, wie ist es zu dem Unfall gekommen?"

„Den Spuren nach ist ein Lieferwagen mit hohem Tempo ungebremst von hinten auf Ihren Mann gefahren. Ihr Mann wurde auf einen Acker geschleudert. Der Lieferwagen geriet wahrscheinlich mit den Vorderrädern in eine Regenablaufrinne, eine sogenannte Drainage, kippte auf die Seite und rutschte mit dem Führerhaus gegen den nächsten Baum. Der Fahrer hatte den Sicherheitsgurt nicht angelegt, wurde von innen gegen das eingedrückte Dach geworfen. Vermutlicher Genickbruck, er war sofort tot. Aber die näheren Umstände wird Ihnen Frau Klang erläutern, die nachher hierherkommen wird."

„Sie sprechen von einem Lieferwagen? Wir wurden vorgestern Abend in unserer Ferienwohnung heimlich beobachtet. Als mein Mann den Spanner stellen wollte, flüchtete er mit einem Lieferwagen. Kann das der gleiche gewesen sein?"

„Das", sagte Frau Stratow freundlich, „besprechen Sie am besten mit Frau Klang. Ich hoffe, dass sie bald hier auftauchen wird. Haben Sie schon Nachricht über den Zustand Ihres Mannes?"

Melanie schniefte. „Nein. Aber ich gehe hier nicht weg."

Die Polizisten waren vor vielleicht einer Viertelstunde gegangen, als sich *die* Tür öffnete, auf die Melanie gewartet hatte. Ein Bett wurde herausgeschoben. Edgar. Die Augen geöffnet, blickte er starr an die Decke.

Mit zwei Schritten war Melanie neben ihm. „Edgar", sagte sie.

Seine Augen bewegten sich, dann kräuselte ein Lächeln seine Lippen. „Melanie."

Hinter dem Bett ging eine Ärztin her. „Sie können gleich ausführlich mit ihm sprechen. Wir verlegen ihn nur in ein normales Stationszimmer."

„Wie geht es ihm?"

„Pech gehabt. Sie werden ihn nicht los, falls sie darauf gehofft hatten", lächelte die Ärztin schelmisch. „Er hat schwere Muskelprellungen im oberen Rückenbereich. Nackenschleudertrauma, leichte Wirbelstauchungen. Wird ganz schön bunt werden, der Herr. Und er wird eine Zeit lang eine Halskrause tragen müssen. Aber nichts, was ihn hindern könnte, hundert Jahre alt zu werden. Passen Sie auf ihn auf. Wenn Sie bei Gelegenheit im Stationszimmer ihre Gesundheitsdaten hinterlassen würden? Na, Sie wissen schon: Krankenkasse, Pipapo. Danke, Frau ...?"

„Frau Köninger."

„Frau Köninger. Danke."

Es war ein Doppelzimmer, das zweite Bett jedoch nicht belegt. Sie waren alleine.

Melanie hatte die Schuhe ausgezogen und sich neben ihn aufs Bett gezwängt, den Kopf auf den ausgestreckten Oberarm gebettet, die linke Hand auf seine Brust gelegt. Sie spürte, wie er beständig Leben atmete. *Er lebt selbstständig, das ist das Wichtigste,* dachte sie.

Als sie merkte, dass er sprechen wollte, machte sie:

„Schschschsch, nicht anstrengen. Ich bin bei dir, Edgar."

„Es war kein Unfall, Melanie", krächzte er trotzdem.

„Die Polizisten haben vorhin gesagt, dass Frau Klang vorbeischauen wird."

„Polizei war schon da?", fragte er.

„Ja, die Uniformierten von der Unfallaufnahme. Sie sagten, dass der Fahrer des Unfallfahrzeugs tot ist. Du hast Glück gehabt, Edgar."

Darauf schwieg er.

Es klopfe leise an die Zimmertür. Eine Krankenschwester huschte leichtfüßig herein und fragte: „Eine Frau Klang steht draußen. Kann sie hereinkommen?"

Melanie richtete sich auf. „Ja, sie soll kommen", antwortete sie und schlüpfte in die Schuhe.

Nur einen Augenblick später betrat die Oberkommissarin das Krankenzimmer und stellte sich an das Fußende des Bettes. Sie musterte Edgar einige Sekunden lang, setzte gerade zum Sprechen an, als Edgar langsam einen Arm anhob und keuchte: „Ich höre."

Ein angedeutetes Lächeln flog über ihr Gesicht. „Fangen Sie Ihre Gangster immer mit so viel persönlichem Einsatz, Herr Kriminalhauptkommissar Schaaf?"

Da weder Edgar noch Melanie darauf reagierten, fuhr sie fort. „Anhand der Identität des verunglückten Fahrers des Lieferwagens nehmen wir an, dass es sich nicht um einen Unfall, sondern um einen gezielten Mordversuch handelte."

„So weit war ich auch schon", stöhnte Edgar. „Wer ist es?"

Frau Klang legte eine Kunstpause ein. „Sie wissen schon, dass er dabei ums Leben gekommen ist?"

Edgar hob die Hand zur Bestätigung.

„Es war Jonas Taschner", sagte sie.

Birke Klang ließ die Nachricht zunächst unkommentiert auf Edgar und Melanie wirken. Sie zog einen Stuhl heran und setzte sich vor das Fenster. „Dass es sich um Jonas Taschner handelt, haben wir erst über den Vergleich seiner Fingerabdrücke mit der Datenbank erfahren. Er hat hier mit gefälschten Papieren unter falschem Namen gelebt, und nannte sich Jan Rilling. Deswegen hatte unsere Fahndung auch keinen Erfolg. Die letzten beiden Zahlen der Autonummer des Lieferwagens sind übrigens sechs und sieben. Er arbeitete als Studiotechniker für eine Firma *Studio-Tec* in *Deuzin*, auf die auch der Lieferwagen zugelassen ist. Das ist ein Geschäft am Marktplatz. Möglich, dass er Sie dort gesehen und erkannt hat, als Sie mich vergangene Woche besucht haben. Erinnern Sie sich?"

Edgar brummte etwas Unverständliches.

„Wir können nun sogar eine Verbindung zu Petersen konstruieren. Er hat zu der Zeit, als Herr und Frau Stegemann ermordet wurden, in Petersens Restaurant eine neue Audioanlage installiert. Dabei muss er die Stegemanns gesehen haben, denn die waren an einem der Tage bei Petersen zum Essen, wie wir von ihrem Freund Pit Ferman zuverlässig wissen. Und vielleicht ist es Jonas Taschner während seines letzten Arbeitstages bei Petersen an jenem Samstag gelungen, in dessen Privaträume zu gelangen, um sich nach Wertgegenständen umzusehen, ist dabei von Petersen ertappt worden, und – er nahm einen seiner Schraubendreher, und stach Petersen nieder. Die Tatwaffe passt übrigens zu der Sorte von Handwerkzeugen, wie wir sie in Taschners Lieferwagen gefunden haben, und wie sie auch von der Firma *Studio-Tec* in *Deuzin* normalerweise verwendet wird. Tja, plötzlich ging alles sehr schnell, und die Puzzleteile fielen wie von selbst zu einem schlüssigen Bild zusammen."

Wieder standen Klangs Worte im Raum. So hätte es gewesen sein können.

„Sind seine Fingerabdrücke drauf?", fragte Edgar gequält.

Birke Klang schien die Frage lästig. „Der Griff des Schraubendrehers ist geriffelt. So existieren nur Fragmente, die wir nicht zuordnen können. Noch nicht. Aber er war´s. Ich bin mir sicher."

„Die Stegemanns?", fragte Edgar weiter.

Birke Klang räusperte sich. „Nachdem Jonas Taschner sie erkannt hatte, ist er ihnen mit seinem Lieferwagen gefolgt. Er stellte den Wagen vor der Schranke des Campingplatzes ab, wo er von der Überwachungskamera teilweise erfasst wurde, das haben Sie selber überprüft, Herr Schaaf, griff sich bei Pit Fermans Wohnmobil dessen Grillgabel, ging unauffällig über den Platz, wusste natürlich, wie Stegemanns Auto aussah, und erstach Horst Stegemann, beziehungsweise erschlug Helga Stegemann mit einem Hammer, den er irgendwo entsorgte. Dann flüchtete er unerkannt, auch dank des Stromausfalls."

„Und was ist mit Maik Stegemann? Mit dessen Motiv?"

„Gut, dass Sie danach fragen. Andy Pasulke hat es via *Hamburg* recherchiert. Maik Stegemann hat ein Alibi. Er war vom zweiundzwanzigsten bis achtundzwanzigsten August wegen einer Gewürzbörse in *Dubai*. Tatsächlich ist eine Anzeige bei der Staatsanwaltschaft eingegangen und bekannt, aber ein aktuelles Verfahren gegen ihn ist noch nicht eingeleitet. Die Staatsanwaltschaft prüft noch, was immer das auch heißen mag."

„Kriegen die ihre Finger auch mal aus dem Arsch? Entschuldigen Sie die Ausdrucksweise, aber ist doch wahr. Wie wurde das Alibi überprüft?"

Die Oberkommissarin blies die Backen auf. „Flugbuchungen. *Emirates Airline*?"

War das eine Frage, oder eine Antwort?, dachte Edgar und ließ die Botschaft sacken.

Birke Klang stand auf und schob den Stuhl in eine Ecke. „Tja, ich denke, wir haben unseren Mann", sagte die Kriminaloberkommissarin. „Jonas Taschner. Er hatte Motiv und Gelegenheit, alle drei Morde zu begehen. Und beinahe einen vierten an Ihnen, Herr Schaaf. Staatsanwalt Hufschmidt und Hauptkommissar Waldhoff übrigens sind definitiv nicht durch ein Gewaltverbrechen gestorben. Trotzdem danke für Ihren Hinweis. Zu den hiesigen Fällen und zu Jonas Taschner: Wir müssen uns an die Indizien halten. Einige offene Fragen, die noch zu klären wären, können nicht mehr beantwortet werden. Ein Geständnis werden wir leider nicht mehr von ihm bekommen. Von dieser Warte aus gesehen ist es ein Jammer, dass er tot ist."

Teil III

Gengenbach, 04. 10. 2022

War der dritte Oktober, Nationalfeiertag, noch verregnet und garstig gewesen, zeigte sich der Tag darauf von der sprichwörtlichen *Goldener-Oktober*-Seite. Über dem sogenannten *Ampeltal*, vom Volksmund wegen der Gemeinden *Rothweiler*, *Grünweiler* und *Gehlheim* so betitelt, lag zwar eine Decke aus Nebel, doch die fluoreszierende Kraft der Sonne ließ sie leuchten wie eine Milchglasscheibe vor einem Scheinwerfer. Aber bereits im notorisch nebelfreien *St. Paulsberg* kannte man solche Naturschauspiele nur vom Hörensagen.

Eliza Wohlbrecht und Pit Ferman, mit ihrem taubenblauen *Citroën Typ H* auf dem Weg von *Grünweiler* nach *Gengenbach*, hatten auf der Höhe zwischen dem *Ampeltal* und dem Kinzigtal kurz angehalten, um die Enthüllung der Landschaft zu verfolgen. Eine Zauberei, irgendein Trick, wobei sich die weiße Tischdecke, die in den Tälern lag, in Nichts auflöste.

„Dienstag nicht vor neun Uhr", hatte Edgar Schaaf auf die Anfrage hin gesagt, wann er für einen Besuch bereit sein würde. Bei ihm, im Türmchenhaus. Er und Melanie waren erst seit Freitagabend vergangener Woche von *Kritaholm* zurück. „Ich brauch´ ein paar Tage noch für Melanie und mich."

Es war einige Minuten nach neun Uhr, als Pit den *Citroën* in der Hofeinfahrt vor dem Türmchenhaus abstellte. Edgar öffnete die Haustür und wartete, bis Eliza und Pit ausgestiegen waren und die Stufen der Treppe erklommen hatten. Er trug eine dicke Halskrause und streckte ungelenk und ungewohnt steif eine Hand zum Gruß aus. „Ich muss mich langsam bewegen", entschuldigte er sich deutlich geplagt. „Eliza, ich würde dich gerne umarmen, doch es geht nicht. Invalide. Du sollst aber sowieso zu Melanie ins Geschäft kommen. Freilich nur, wenn du willst."

So trennten sich Eliza und Pit, und während die eine das Grundstück Richtung Stadt verließ, begaben sich Edgar und Pit ins Haus.

Edgar war bis Freitagmorgen der letzten Woche in der Klinik in *Deuzin* geblieben und hatte sie dann auf eigene Verantwortung verlassen. Nachdem Melanie einen günstigen Vorbucherrabatt für einen IC-Zug nebst Plätzen buchen konnte, war die Entscheidung gegen einen Mietwagen gefallen, zumal der Zug von *Stralsund* bis nach *Basel* in der Schweiz fuhr, mit Halt in *Schwerin* und *Offenburg*. Kriminaloberkommissarin Birke Klang hatte sie freundlicherweise zum Bahnhof nach *Schwerin* gebracht, und Pit Ferman sie in *Offenburg* abgeholt. Besser ging's nicht.

„Kaffee?", fragte Edgar.

„Für ein Bier ist es noch zu früh", sagte Pit umständlich *ja*. „Wie sieht's aus mit dir? Wird das wieder?" Er deutete auf Edgars Halskrause.

Edgar blies Luft durch die Nase. „Schon. Dauert halt. Mit den bunten Farben auf Nacken und Schultern könnte ich ungeschminkt zum Fasching gehen."

Pit nickte. „Das hätte schlimmer ausgehen können, das ist ja wohl klar."

Jetzt nickte Edgar. „Wie wahr. Wenn ich nur an das andere arme Schwein denke."

„Jonas Taschner?"

„Ja, Scheiße. Was hat dieser Kerl bloß für ein tragisches Leben gehabt. Milch, Zucker?"

„Nein, das solltest du allmählich aber wissen. Ich trinke den Kaffee immer schwarz", maulte Pit. „Das Leben, von dem du sprichst, hat er sich aber selber zuzuschreiben, der Taschner, oder?"

Edgar schwieg mit versteinertem Gesicht.

„Oder bist du anderer Meinung? Ich meine, immerhin hat der Kerl versucht, dich umzubringen. Und dein Wohnmobil in Brand gesteckt. Reicht dir das nicht?"

Edgar drückte Pit eine Schale mit Keksen in die Hand. Sie setzten sich an den Wohnzimmertisch. In den Tassen dampfte der Kaffee. „Ich bin nicht zufrieden", gestand Edgar.

Pit horchte auf. „Was willst du damit sagen? Etwa, dass der Fall nicht sauber aufgeklärt ist?"

Edgar schien mit sich zu ringen. „Ehrlich gesagt, weiß ich es nicht. Mein innerer kleiner Kommissar streitet mit mir herum, aber ich verstehe ihn noch nicht, wenn du verstehst, was ich meine."

„Klär mich auf, so gut du kannst" verlangte Pit.

„Klar, wenn man Birke Klangs Sichtweise der Abläufe folgt, dann liegt alles im Bereich des Möglichen. Ich muss zugeben, dass die Indizien dafür sprechen, dass Taschner in allen drei Fällen der Täter war. Es ändert jedoch nichts daran, dass es eben nur Indizien sind. Taschners Lieferwagen war, wenn man das Bild der Überwachungskamera vom Campingplatz mit dem unvollständigen Autokennzeichen so bewertet, zur ungefähren Tatzeit am Tatort. Indiz.

Er war zur Zeit des Mordes an Petersen möglicherweise noch in dessen Restaurant als Techniker beschäftigt. Der Schraubendreher passt in sein Werkzeugsortiment. Indiz.

In Bezug auf die Stegemanns hätte er ein eindeutiges Motiv gehabt. Im Falle Petersen ist es lediglich eine Vermutung." Edgar unterbrach seine Rede für einen Keks. „Wenn es so ist, dass das schriftliche Geständnis Stegemanns der Wahrheit entspricht und Taschner fünfzehn Jahre unschuldig im Knast gesessen hat, dann könnte man ihm andichten, dass er zumindest die Morde an den Stegemann nachträglich für gerechtfertigt hielt und, da unschuldig verurteilt, von erneuter Anklage befreit begangen hat. Was natürlich ein Irrtum ist. Man kann zwar wegen ein und derselben Tat nicht zweimal angeklagt werden, das stimmt. Aber der Mord an den Stegemanns war ein neues Verbrechen, so er es denn war, und darum würde er auch angeklagt werden, verstehst du? Und trotzdem gefällt mir das alles nicht, und ich kann nicht sagen, warum das so ist."

„Alles zu glatt?"

„Ja, zu glatt, zu bequem, zu einfach, was immer du willst. Ich werde das Gefühl nicht los, dass ich etwas übersehen habe. Ich würde es mir nie verzeihen ..."

„... wenn der Mann, der unschuldig hinter Gitter saß, ein zweites Mal zu Unrecht einer Tat bezichtigt wird, die er nicht begangen hat", ergänzte Pit Edgars Satz.

„Richtig, Pit. Stell´ dir das mal vor."

Sie schwiegen eine Weile. Edgar bereitete in der Zeit zwei frische Kaffees vor. Als er wieder saß, sagte er: „Auf den Richter Bitterle bin ich ja nur gestoßen, weil du mir von der Stegemann-Hochzeit auf dem Leuchtturm erzählt hast, und dass darüber *in allen Zeitungen* berichtet worden wäre. *Große Sache damals.* Stegemann, geborener Bitterle. So war das. Du hast mir aber noch etwas gesagt, an das ich mich partout nicht mehr erinnern kann, von der ich aber glaube, dass es wichtig sein könnte. Es ist wie aus meinem Hirn gelöscht. Einfach weg."

„Ohje, ohne Hinweis kann ich dir wahrscheinlich nicht helfen."

Edgar überlegte: „Hm, du hast nicht schon zufällig Notizen für ein neues Manuskript zusammengestellt?"

„Ja, schon, aber nur Stichworte. Tut mir leid, Edgar, im Moment konzentriere ich mich auf das nächste Teddybärenbuch. *Zwölfeinhalb Bären auf Weltreise.* Eliza ist mit ihren Illustrationen weit voraus."

„Kannst du mir die Stichworte dennoch mal zusenden? E-Mail oder App?"

„ Ja, kein Problem, mach´ ich, sobald ich nach Hause komme. Viel ist es nicht. Kriegst du eigentlich eine Entschädigung von der Versicherung für dein Wohnmobil?"

Edgar lachte. „Willkommen auf der Erde, Fremder." Er verzog schmerzhaft das Gesicht. „Au Scheiße, tut das weh", womit er das Lachen meinte.

„Nächstes Mal suchst du dir gefälligst ein anderes Ferienziel aus, Pit", begrüßte Melanie den Freund, als sie mittags mit Eliza aus der Stadt nach Hause kam.

„Wie kommst du denn auf so eine Idee?", wunderte sich der Angesprochene.

„Naja, schließlich ist Edgar bloß wegen eurer Abenteuer auf *Kritaholm* dorthin gefahren. Das Ergebnis siehst du ja.

Man könnte direkt meinen, ihr beide zieht das Unglück geradezu an."

Edgar, heute mit Küchendienst beauftragt, platzierte vier Schnitzel in einer heißen Pfanne. „Da hörst du, Pit, was ich mir seit einer Woche vorwerfen lassen muss", kommentierte er Melanies Rüffel.

„Ist doch aber auch wahr", verteidigte sich Melanie. „Immer, wenn Edgar Detektiv spielt, geht es um Kopf und Kragen. Könnt ihr nicht mal einen Fall am Schreibtisch lösen? Ruhig, theoretisch, vor allen Dingen langweilig? Ich stelle mir das viel gesünder vor."

Auf dem Herd zischte es. „Huch, die Kartoffeln." Edgar lüftete schnell den Deckel, testete mit einem spitzen Messer, ob sie weich genug waren. „Perfekt. Setzt euch an den Tisch, Leute. Ich bereite noch den Salat zu, dann können wir essen."

Pit hatte am Nachmittag seine Notizen als E-Mail-Anhang gesandt, doch es war kein Stichwort dabei, das Edgars Erinnerungslücke hätte schließen können. So fischte er weiter erfolglos im Meer seiner grauen Zellen, davon überzeugt, dass er früher oder später auf des Pudels Kern stoßen würde, wobei er, wenn er denn die Wahl hätte, der früheren Variante den Vorzug geben würde.

Davon abgesehen, beschäftigte er sich gedanklich mit dem Fall weiter. Auf einer subjektiven Ebene projizierte er sich in das Ermittlungsgeschehen hinein und hielt im Geiste fest, wie er mit seinem imaginären Team an den Fall herangegangen wäre. Kriminaloberkommissarin Birke Klang hatte ihn mit Sicherheit nicht über alle Details ihrer Arbeit in Kenntnis gesetzt. Deswegen wusste er nicht, wie akribisch sie gearbeitet hatte. Erste Eindrücke jedoch, die er von ihrer Vorgehensweise gewonnen hatte, ließen auf eine eher nachlässige Art schließen. Dass sie dennoch zu einem plausiblen Lösungsansatz gekommen war, passte in das Bild, das Edgar sich von ihr gemacht hatte. Die Zusammenhänge, die sich fast zufällig ergeben hatten, waren allzu willkommen geheißen und als Ermittlungserfolg präsentiert worden. Affe tot, Klappe zu.

Es traf zu, was Edgar Pit gegenüber erwähnt hatte: *Ich bin nicht zufrieden.*

Worüber nie gesprochen worden war, was Edgar jedoch für essenziell wichtig hielt, war Jonas Taschners persönliches Umfeld. Welchen sozialen Hintergrund besaß er, mit wem lebte er unter Umständen zusammen, und was wusste jene Person, wenn es sie denn gab, über ihn zu erzählen? Dass er bei einer Firma für Studiotechnik angestellt war, sagte nicht viel über ihn aus. Wusste jemand außer ihm selbst, dass er unter einem falschen Namen lebte? Oder etwas über seine Vergangenheit? Eine Partnerin? Ein Partner? Eventuell Kinder? Sein Arbeitgeber? Freunde? Eltern?

Ebenfalls unter den Tisch gefallen waren Fragen nach dem angespannten Verhältnis zwischen Petersen und dessen nächster Verwandtschaft, der Schwester mit ihrem Mann. Wenn es schon die Vögel von den Dächern pfeifen? Edgar dachte bei *Vögel* an die Bedienung des Cafés in *Vieksen*. Gerade familiäre Reibereien bildeten oft einen nicht zu unterschätzenden Nährboden mit kriminellem Potenzial für Gewaltausbrüche. Es musste nicht bedeuten, dass dort der Hund begraben lag, doch es gehörte Edgars Meinung nach zu den Pflichtaufgaben der Ermittler, um, wenn nicht eine Tatüberführung erfolgte, sie vom Tathergang ausschließen zu können. Saubere Platte.

Aber die Akten waren geschlossen. Außer ihm, Edgar, waren alle zufrieden. Birke Klang war zufrieden, Andy Pasulke war zufrieden, der Staatsanwalt war zufrieden und die Öffentlichkeit war zufrieden.

Was tun? Würde es Sinn machen, auf eigene Faust Nachforschungen anzustellen? Von *Gengenbach* aus? Bestimmt nicht. Wie sollte das auch funktionieren? Wenn, dann müsste er schon hinfahren, nach Norddeutschland, nach *Kritaholm*, und das würde Melanie nie und nimmer gutheißen. Nie und nimmer.

Noch wusste Edgar nicht, dass es ausgerechnet Melanie sein würde, die ihn auf den Pfad der Erinnerung stoßen sollte.

So vergingen Wochen, in denen Edgar nicht ganz glücklich war. Er verbrachte sie in einer gedämpften Wehmut, und meinte wegen des mangelnden Erinnerungsvermögens ein Nachlassen seiner geistigen Fähigkeiten messen zu können. Wogegen er der körperlichen Gesundung nach dem schweren Unfall beinahe gleichgültig gegenüberstand.

Versuche, sich auf die *Harley Davidson* zu schwingen und Runden durch den Schwarzwald zu fahren, schlugen wegen schlechten Wetters fehl. So oft er sein Motorrad auch putzte und polierte, was in früheren Jahren eine Garantie für Geistesblitze darstellte – so konnte er, bis auf die Tatsache, dass das Motorrad immer sauberer wurde, keinen nennenswerten Erfolg daraus ziehen. Der Gedankenspeicher blieb verriegelt und verrammelt. Verflixt und zugenäht.

Melanie betrachtete ihn teils mit stillem Amüsement, teils mit Bedauern und Sorge. *Ihm fehlt etwas,* dachte sie. Wenn sie daran dachte, was ihm am wahrscheinlichsten fehlte, befiel sie eine verständliche Unruhe, um dem Kind nicht den Namen *Angst* zu geben. Eine Unruhe also, die sie in etwa mit dem Gefühl verglich, das sie umtrieb, wenn sie einige Tage nicht in ihrem Geschäft *Aquarelle und Poesie* sein konnte. Eine Art Abstinenz, eine Form von Entzug, eine unbestimmte Sehnsucht nach geliebter Umgebung, nach erfüllter Arbeit, nach Freude im Beruf. Sie war mit Leib und Seele Geschäftsfrau, und würde man es ihr nehmen, wäre sie totunglücklich.

Sie konnte ihn verstehen, ihren Edgar. Aber sein Metier war auch eine andere Hausnummer als ihres. Er mit Mord, Totschlag und Verbrechen, sie hingegen mit Gedichten und Bildern, Künstlern und Kunden. Gewaltiger konnten die Unterschiede nicht sein. Und dennoch lagen im Verzicht die gleichen Empfindungen. Ja, sie konnte ihn verstehen.

Dass Melanie ihn mit einer Nachricht, die sie per Briefpost in ihr Geschäft erhalten, und an deren Verwirklichung sie schon lange nicht mehr gedacht, geschweige denn geglaubt hatte, wieder auf die Beine stellen würde, konnte sie natürlich nicht ahnen.

Sie schwenkte den Brief durch die Luft, als sie am Samstag vor dem ersten Advent, am sechsundzwanzigsten November, aus der Stadt nach Hause kam und das Wohnzimmer betrat.

Gengenbach, 26. 11. 2022 – bis 02. 01. 2023

„Rate mal, was ich hier habe", rief sie Edgar zu, der gerade, auf einem Stuhl stehend, den von der Decke hängenden Adventskranz schmückte.

„Eine Einladung der Stadtverwaltung an die örtliche Prominenz für die alljährliche Weihnachtsgala? Warten wir nicht schon sehnlichst darauf?"

Melanie schlüpfte aus ihrem Mantel und warf ihn achtlos auf die Couch. „Quatschkopf. Nein. Viel besser. Erinnerst du dich an die Edition handgeschriebener Lyrikbände, die ich im letzten Jahr im Sortiment hatte? An den Neo-Romantiker Walter Hardtwald, den Jacob-Grimm-Preisträger?"

Edgar stieg vom Stuhl herunter. „Stimmt, da war mal was. Dürfte ziemlich genau ein Jahr her sein. Sündhaft teuer, nicht wahr?"

„Ja, aber gerechtfertigt. Stell´ dir vor: Er kontaktiert mich, ob er bei mir eine Lesung veranstalten kann. Also *er mich*, und nicht ich *ihn*. Er hat, schreibt er, von unserer Gewölbekellergalerie mit der kleinen Bühne gehört. Und das i-Tüpfelchen wäre, dass Stephen Marquart, der Maler und Illustrator, den man den neuen *Caspar David Friedrich* nennt, dazu seine Bilder bei uns hängen würde. Ist das nicht fantastisch, ist das nicht …Edgar? Ist dir nicht gut? Edgar?"

Edgar stand wie vom Donner gerührt, die Gedanken nach innen gekehrt. „Das …das …das ist in der Tat fantastisch. Genauer gesagt, das ist der Donnerschlag."

Melanie musterte ihn kritisch. „Ja, das sehe ich auch so, Edgar, aber Freudensprünge habe ich mir irgendwie anders vorgestellt. Hast du was?"

Edgar erwachte aus der inneren Versammlung und strahlte sie an.. „Weißt du, wofür du gerade eben gesorgt hast?"

„Sag´ es lieber nicht. Es kann nichts Gutes sein", meckerte sie.

„Du hast meine Erinnerungsblockade gelöst. Jetzt erinnere ich mich plötzlich an das, was Pit mir über *Kritaholm* erzählt und das ich vergessen hatte. Die Lesung war´s. Pit sollte als Ersatz für eine Schriftstellerin einspringen, weil sie aus gesundheitlichen Gründen nicht konnte. Genau, das ist es. Und gleich noch was, das mir gerade einfällt. Pit hatte gesagt, jemand hätte sich bereits zwei bis drei Stunden vor Eliza an der Campingplatz-Rezeption nach dem Standplatz der Stegemanns erkundigt. Zwei bis drei Stunden. Eine unbekannte Person. Birke Klang und ich hatten die Überwachungskamera aber nur bis zu einer Stunde vor dem Stromausfall ausgewertet. Potzblitz. Das sind die Erinnerungen, auf die ich gewartet hatte, und heute kommst du ..."

„... und ich freue mich über ein einzigartiges Angebot, muss aber feststellen, dass ich mit meiner Freude gänzlich allein gelassen werde, weil ein gewisser Kriminalhauptkommissar a. D. Edgar Schaaf von einer Sekunde auf die andere seinen Verstand wieder gefunden zu haben glaubt. Das ist nicht fair", schmollte Melanie.

„Aber das ist doch ..."

„... nicht fair."

„Melanie ..."

„Es ist nicht fair." Sie produzierte einen prächtigen Flunsch.

Edgar schloss sie in seine Arme. „Doch, ich freue mich sehr für dich, meine Liebe. Und du wirst den Herren Hardtwald und Marquart schreiben, dass wir uns sehr geehrt fühlen und auf ihre Terminvorschläge warten, und ob es für sie in Ordnung wäre, wenn ein renommierter Gitarrist namens Peter Seibelt das Programm musikalisch umrahmen würde."

Melanie wurde in seinen Armen weich und geschmeidig.

„Oh, oh, das lässt sich gut an", gurrte sie. „Ja, so wird ein Schuh daraus. Sehr guter Vorschlag, Edgar Schaaf. Meinst du, wir können noch einen Termin vor Weihnachten anpeilen?"

„Wenn das klappen würde, dann wäre es natürlich optimal. Lyrik – Advent – das Ambiente des Gewölbekellers – Gitarrenklänge – eine schöne Frau – wunderbar. Frag´ doch unverblümt an, aber mach´ es per E-Mail. Spart Zeit."

„Gut, und danke."

„Für was denn?"

„Für *die schöne Frau*."

„Nichts als die Wahrheit", sagte er voller Ernst.

Im Türmchenhaus begann eine hektische Phase der Vorbereitungen, denn schon zwei Tage später, am Montag, schrieb Hardtwalds Büro zurück, dass ein Termin am sechzehnten Dezember im Bereich des Möglichen läge. Im Anhang übermittelte es eine Liste von Bedingungen, die für die Künstler bereitzustellen wären, wie zwei Hotelzimmer für zwei Nächte, Verpflegung für zwei Tage, jederzeitigen Zugang zur Ausstellungs- und Leselokalität, Licht- und Soundprobe, Getränke nach Wunsch, Vorabdruck der Werbeprospekte, und so weiter.

Melanie surfte auf einer Glückswelle, rief aber zuerst Eliza an, um ihr mitzuteilen, dass sie ihre Grafiken vorübergehend aus der Galerie entfernen musste. Der nächste Kontakt galt Peter Seibelt. Als sie seine Nummer wählte, meldete er sich mit: „Nicht schon wieder!"

Melanie lachte. „Doch, mein lieber Peter, schon wieder. Ich vermittle dir einen Auftritt mit zwei der berühmtesten Künstler Deutschlands. Walter Hardtwald und Stephen Marquart, falls dir die Namen etwas sagen."

„Jacob-Grimm-Preisträger Hardtwald?"

„Bingo."

„Verdammt, da kann ich nicht nein sagen."

„Stimmt, kannst du nicht."

Mit Edgar zusammen gestaltete sie den Einladungsprospekt. Ein sechsseitiges Faltheft mit den Konterfeis und Kurzviten der Künstler; Ablichtungen von Auszügen ihres künstlerischen Schaffens; Darstellung und Beschreibung des Auftrittsortes; ein Foto Melanies sowie die Adresse. Eintritt zehn Euro. Verkauf nach der Lesung, Barzahlung.

Nach zwei Korrekturen wurde der Prospekt zur Veröffentlichung freigegeben, und Edgar regelte den Druck, den Postversand und die Verteilung in der Stadt. In seine Zuständigkeit fiel auch die Beschaffung von passenden Stühlen. Er rechnete mit ungefähr einhundertzwanzig benötigten Sitzplätzen, ohne damit den Kellerraum über Gebühr zuzustellen. Ferner ließ er die Mikrofonanlage und die Lautsprecher von einem Techniker auf Funktionalität prüfen und sich erklären. Woran es im Kellergewölbe mangelte, waren ausreichend Garderobenhaken. Wenn er mit einhundertzwanzig Besuchern rechnete, musste die Hälfte ihre Jacken und Mäntel über die Stuhllehnen hängen. Nun denn.

Bei einem Eintrittsgeld von nur zehn Euro, so viel stand fest, würden sie keinen Gewinn machen. Das war von vornherein auch nicht das Ziel des Leseabends. Absicht war, Melanies Ruf und Renommee in der Stadt und der Region zu festigen und zu erweitern. Ihre nachhaltige Bekanntheit würde sich darum erst nach und nach auszahlen. Dennoch würde Edgar nach Ende der Lesung eine *freiwillige Austrittskasse* aufstellen.

Indes hatte er sich selbst an die Kandare genommen. Gewissermaßen unter Quarantäne gestellt. Obwohl ihn die neuen Erkenntnisse seiner so unverhofft aufpolierten Erinnerung unter den Zehennägeln brannten, riss er sich zusammen. Die Zeit von Ende November, die Adventszeit über bis Weihnachten, gehörte Melanie. Ihr und der Organisation der Leseveranstaltung. Sie war der bessere Teil seines Lebens. Seines unruhigen Lebens. Wenn er jetzt, und das wusste Edgar nur zu klar, ohne Rücksicht auf Verluste und Befindlichkeiten seiner ureigenen egoistischen Manie nachgehen würde, dann würde er sich außerhalb des gewachsenen, auf Vertrauen basierenden Köningerschen-Schaafschen Systems stellen. Und das durfte nicht passieren. Es war schon Belastung genug, wenn er Melanie, gewollt oder ungewollt, hin und wieder in seine Eskapaden mit hineinzog. Er durfte die Schraube nicht überdrehen. Er durfte Melanies Geduld mit ihm nicht überstrapazieren. Aber ab und zu telefonieren, fand er, das durfte er sich zugestehen.

„Hallo Pit, meine Erinnerung ist zurückgekehrt."

„Was zu erwarten war."

„Ja. Hör´zu! Kannst du dich zufällig an den Namen der Schriftstellerin erinnern, für die du ersatzweise bei Petersen lesen solltest?"

„Zufällig leider nicht."

„Mhm."

„Aber ich kann es für dich herausfinden, wenn du willst."

„Echt? Mensch, das wär´ prima. Weißt du, im Moment kann ich nicht so gut. Melanie ..."

„Versteh´ ich. Kein Problem, Edgar. Ich ruf´ dich an oder schreib dir per Whatsapp, wenn ich was weiß."

„Super, danke. Es eilt nicht. Danke."

Das lief ja besser als gedacht. Vielleicht noch ein Anruf? Warum nicht? Er wählte eine *Offenburger* Nummer. Nach dem zweiten Klingelton wurde das Gespräch angenommen.

„Kriminalpolizei *Offenburg*. Kai Schuster."

„Holla, Kai Schuster, mit dir hatte ich jetzt nicht gerechnet. Eigentlich wollte ich mich mit Rita Böhringer kurzschließen. Zurück aus den Flitterwochen, Kriminaloberkommissar? Oder hat man dich schon zum Hauptkommissar befördert? Wie geht´s Nicole?"

„Edgar! Welch angenehme Überraschung. Danke der Nachfrage. Sie ist schwanger. Wir bekommen Nachwuchs."

„Oh, gratuliere, Kai, das freut mich ehrlich. Wie geht´s auch immer? Bist du schon lange wieder im Dienst?"

Kai Schuster stöhnte: „Viel zu lange. Wie ich vernommen habe, hast du während meiner Abwesenheit gemeinsam mit Rita einen diffizilen Fall gelöst."

„Ja, das war brisant. Aber deswegen rufe ich nicht an. Soll ich jetzt mit dir oder mit Rita ..."

„Wie kann ich dir helfen, Edgar?"

„Also gut, pass´ auf! ..." Edgar schilderte in groben Zügen die Fälle auf *Kritaholm*. „Hast du etwas zum Schreiben? Explizit würde mich interessieren, ob man an die Aufzeichnungen der Überwachungskamera des Campingplatzes vom vierundzwanzigsten August, Uhrzeit zwischen vierzehn Uhr dreißig und siebzehn Uhr dreißig, herankommt. Ich kann mich dort nicht mehr melden. Zudem bin ich a. D., mir sind also die Hände gebunden. Der Fall, um den es geht, ist zu den Akten gelegt, der mutmaßliche Täter tot. Doch es sind neue Fragen aufgetaucht. Was meinst du?"

„Fragen in welche Richtung? Dass man den Falschen verdächtigt und der wahre Täter noch frei herumläuft?"

„Besser hätt´ ich´s nicht auf den Punkt bringen können. Man hat den Fall auf der Basis reiner Indizien abgeschlossen. Es liegt kein Geständnis vor, und Zeugen, die die Taten beobachtet haben, gibt es auch nicht. Du weißt ja und kennst mich, dass ich gerne alle Büsche abgeklopft haben möchte. Auf Kritahom ist man in dieser Beziehung etwas schlampig vorgegangen, wie mir scheint."

„Die Kommissarin heißt Birke Klang?"

„Kriminaloberkommissarin Birke Klang, ja."

„Versprechen kann ich nichts, Edgar. Ich strecke mal meine Fühler aus. Wie eilig ist es denn?"

„Wenn die Aufnahmen der Überwachungskamera nicht länger als einen Monat gespeichert werden, ist es sowieso egal. Dann ist nichts mehr zu finden. Und bis Weihnachten bin ich ohnehin bei Melanie engagiert. Doch wenn die Chance besteht, an die Aufnahmen ranzukommen, dann will ich sie auch sehen."

„Okay, Edgar. Ich versuche mein Glück. Bei Birke Klang oder auch über die Staatsanwaltschaften. Gruß an Melanie."

Edgar legte auf. *Na also, läuft*, dachte er.

Die Künstler Walter Hardtwald und Stephen Marquart trafen am fünfzehnten Dezember ein. Für Hardtwald wäre eine derart frühe Anreise nicht nötig gewesen, für ihn hätte eine kurzfristig angesetzte Akustikprobe auf der Bühne gereicht, doch Marquarts Bilder mussten gehängt, Spannungsbögen bedacht und Beleuchtungen justiert werden, und für solche Ansprüche war Zeitdruck ein schlechter Geselle. Er installierte zudem einen Beamer vor der Bühne, mit dem er zu den jeweiligen Gedichten passende Bilder auf eine Leinwand hinter dem lesenden Hardtwald projizieren würde.

Beide waren von der Lokalität sehr angetan und bescheinigten Melanie, die beste Adresse auf all ihren Tourneen zu sein. Ihr wuchsen Flügel.

Der Leseabend am sechzehnten Dezember war ausverkauft. Nach einhundertzwanzig ausgegebenen Karten für Sitzplätze standen noch immer Leute auf der Treppe vor der Galerie. Edgar bot in der Not Stehplätze für fünf Euro an, und brachte somit alle Interessenten im Gewölbekeller unter. *Das nächste Mal veranstalten wir zwei Abende,* dachte Edgar, schloss die Tür und gab das Zeichen zum Beginn der Lesung.

Peter Seibelt eröffnete den Abend mit *Boceto Andaluz* von *Bartolomé Calatayud*, dann las Walter Hardtwald aus seiner umfangreichen Sammlung neoromantischer Gedichte, lediglich für zwei kleine Pausen unterbrochen, die Peter Seibelt mit Musik füllte. Nach zwei Stunden beendete Peter Seibelt die Lesung mit Variationen des bekannten *Malaguena*.

Ein rundum gelungener Abend lag hinter ihnen. Die Künstler hatten sich, voll des Lobes, nach einem Glas Wein in Melanies und Edgars Privaträumen, ins Hotel verabschiedet. Ihre Erwartungen, auch was die Verkäufe von Lyrikbänden und Bildern betraf, waren weit übertroffen worden. Peter Seibelt war sogar angeboten worden, sie als Gitarrist auf der weiteren Tournee zu begleiten, doch Peter hatte dankend abgelehnt. Er war ungefähr eine Stunde später mit seiner Frau Bernadette Wolff nach Hause gefahren.

Eliza und Pit Ferman, die ebenfalls zu der privaten Feierrunde gehört hatten, waren ebenfalls schon gegangen, doch nicht ohne ein kleines Schmankerl in Form eines Zettels für Edgar zu hinterlassen: *„Liane Klapproth, Reitter-Verlag, Justizvollzugsanstalt Questrow."*

„Ist das ...?"

Pit nickte. „Die gesuchte Schriftstellerin."

„Wieso Strafvollzugsanstalt?"

Pit ergriff Edgar am Ellenbogen und drängte ihn ein paar Schritte zur Seite. „Sie sitzt."

„Aha", staunte Edgar, „und ...?"

„Halt´ dich fest", raunte Pit. „Sie hat einen Mann erstochen. Na, klingelt´s?"

Flaschen, Gläser und Teller waren abgeräumt. *Müller* und *Lydia* jagten ein letztes Mal durch den Garten. Melanie lag erschöpft, aber glücklich, in Edgars Armen.
„Was wir aus dem Boden gestampft haben, Edgar. In nicht einmal drei Wochen. Jetzt, da es vorbei ist, wird mir erst schwindelig. Wir sind ein großartiges Team, findest du nicht?"
„Absolut großartig, meine Schöne."
„Danke, Edgar, dass du dich trotz verlockender Erinnerungen für das Gelingen dieses Abends eingesetzt hast. Danke. Ab morgen darfst du mir dann wieder von deinen kriminalistischen Ermittlungen berichten, okay?"
Er küsste sie auf die Lippen. „Du bist lieb. In der Tat weiß ich was zu erzählen."

*

Am Ende war es keine gescheite Idee gewesen, zwei Tage darauf mit der Straßenbahn über den Rhein nach *Strasbourg* zum Weihnachtsmarkt zu fahren. Edgar hatte mit viel gerechnet, jedoch nicht mit solchen Menschenmassen. *Die Weihnachtsmarktstadt Europas: Strasbourg*. Um das Münster herrschte ein Gedränge und Geschiebe, dass er um ihre körperliche Unversehrtheit fürchtete. *Wenn hier eine Panik ausbricht, aus welchem Grund auch immer, gibt es Tote*, dachte er, und klemmte Melanies Arm noch fester an seinen Körper. Während er noch den Vorteil hatte, allein durch seine Größe über die wogenden Köpfe hinwegschauen zu können, ging Melanie förmlich in der Menge unter. Eine Chance, an einen der Stände vordringen zu können, gewährte nur der pure Zufall. Hatten sie es einmal geschafft, im sich drehenden Mahlstrom menschlicher Körper unter Einsatz von Ellenbogen und Körperkraft, an einen der Stände gespült zu werden, wurde ihnen beim Anblick der Ware jedwede Weihnachtsstimmung vermiest. Absurd kriechende Plastiksoldaten mit ratternden Maschinengewehren, oder übrig gebliebene Gruselartikel von Halloween, weckten nun mal keine besinnlichen Gefühle.

In der Hoffnung, dass es an der *Place Kléber* besser aussehen mochte, schlugen sie sich in eine Seitenstraße, um dem stetigen Strom zu- und weglaufender Menschen zu entgehen. Doch auf dem zentralen Platz der Stadt empfing sie ein gleiches Desaster. Menschen in Massen.

Edgar schlug vor, Richtung *Petit France* zu spazieren. Das Gerberviertel an dem Flüsschen *Ill*. In der Grand Rue entdeckte Melanie einen Gewürzladen. Ohne Mitbringsel in *Strasbourg* gewesen zu sein, das kam für sie nicht in Frage, und wenn sie es nicht für sich selber besorgen würde, dann eignete es sich bestimmt noch als Geschenk. Melanie dachte in dieser Hinsicht sehr sozial.

Während sie sich von einem Kundenberater ein kleines Körbchen mit diversen Kräutern und Gewürzen zusammenstellen ließ, wie Pfeffer, Thymian, Koriander, Safran und Currymischungen, schlenderte Edgar an den Regalen entlang, schnupperte hier und dort, roch an diesem und jenem, überflog warenbezogene Prospekte, und hatte gerade ein buntes Faltblatt mit dem Aufdruck *Épices du monde* durchgeblättert, als Melanies Stimme wie ein scharfes

Schwert durch die duftgeschwängerte Luft schnitt: „Edgar!"

Er, das Faltblatt in die Jackentasche gesteckt, eilte seiner Frau zur Seite. An ihrem Gesicht erkannte er sofort, dass etwas geschehen sein musste. „Edgar, mein Geldbeutel ist weg."

„Wie weg? Bist du sicher?"

„Natürlich bin ich mir sicher. Er ist weg. Aus meiner Umhängetasche. Ich trug sie in dem Gedränge immer vor dem Bauch, so, wie ich es immer halte."

„Hast du Kredit- oder EC-Karte drin gehabt?"

„Gottseidank nicht, die hab´ ich daheim extra noch rausgenommen. Eben drum, verstehst du? Weil man ständig davon hört und mit sowas rechnet, und dann doch nicht daran glaubt, weil es mir ja nicht passieren kann, verstehst du, und dann passiert es doch."

„Wie viel hattest ...?"

„Hundert Euro, wie immer."

Edgar nahm sie tröstend in die Arme.

„Ich will heim, Edgar", schniefte sie. „Es ist nicht schön in Frankreich."

Edgar zückte seine Geldbörse. „Was kosten die Gewürze?"

*

Edgar recherchierte: Liane Klapproth, vierunddreißig. 2019 zu acht Jahren Haft verurteilt, wegen schwerer Körperverletzung mit Todesfolge zu Ungunsten ihres damaligen Geliebten. Aus dem Gefängnis heraus hatte sie über den *Reitter-Verlag* zwei Bücher veröffentlicht: *„Der* *spröde Charme des Gitterfensters"* und *„Größe XL, bitte"*, in denen sie ihre Erfahrungen im Gefängnis beschrieb.

Typisches Journalistendeutsch, dachte Edgar. *Wie kann man bloß von* zu Ungunsten *schreiben, wenn man vom Tod spricht.*

Das Geschehen, das zur Verhaftung Liane Klapproths geführt hatte, war von der Presse nur mit kurzen Artikeln abgehandelt worden. Zu eindeutig waren die Beweise, und da Liane Klapproth die Tat nie geleugnet, sondern freimütig zugegeben hatte, war auch die Gerichtsverhandlung nur eine knappe Notiz wert gewesen.

Das Porträtfoto, das der Verlag ins Netz gestellt hatte, zeigte eine junge Frau, deren schmales Gesicht von einer Flut wilder, medusengleicher brauner Locken umrahmt war. Ihr Blick glitt ungehindert durch die Kamera ins Auge des Betrachters. Die Mundwinkel zeigten, von strichdünnen Fältchen eingeklammert, leicht nach oben. *Optimismus*, dachte Edgar. *Das ist gut*.

Lesungen mit Liane Klapproth konnten über den Verlag gebucht werden; Freigang zu diesen Anlässen gehörte zu ihrer Hafterleichterung.

Edgar bestellte ihre beiden Bücher im Internet. *Ich will wissen, mit wem ich es zu tun habe.*

Am dreißigsten Dezember wählte Edgar die Nummer der Firma *Studio Tec* in *Deuzin*, Jonas Taschners letztem Arbeitgeber. Besser gesagt: Jan Rillings letztem Arbeitgeber. Im Grunde als Versuchsrakete gestartet, da er nicht so blauäugig war nicht zu wissen, dass die Chance, *zwischen den Jahren* jemanden zu erreichen, gegen Null sank, erschrak er beinahe, als der Hörer abgenommen wurde.

„*Studio-Tec*, Lauritz. Was kann ich für Sie tun?" Eine Frauenstimme.

„Jetzt bin ich aber platt, dass bei Ihnen heute gearbeitet wird. Edgar Schaaf ist mein Name. Guten Tag."

„Gearbeitet wird offiziell zwar nicht, aber Jahresabrechnungen müssen gemacht werden. Also?"

„Ich bin Privatdetektiv ..."

„Es geht um Jan Rilling, nicht wahr?", fragte die Stimme scharf. „Entschuldigen Sie, für uns war und bleibt er Jan Rilling, auch wenn wir inzwischen wissen, dass er anders geheißen hat. Die Polizei hat den Fall abgeschlossen. Was also wollen Sie noch von uns?"

„Wie gesagt, bin ich Privatdetektiv, und meine Frage betrifft nicht Sie, sondern Jan Rillings privates Umfeld. Und um es Ihnen ehrlich zu sagen, arbeite ich an seiner Rehabilitation."

Edgar vernahm durch den Hörer, wie die Frau tief ein-, und schwer ausatmete.

„Reha ...?", ihre Stimme brach.

„Ja. Ich ..."

„Oder sind Sie ein windiger Journalist, der eine verdammte Lügengeschichte braucht, um die Auflage zu steigern?"

„Nein", antwortete Edgar mit ruhiger Stimme. „Ich bin Edgar Schaaf, Kriminalhauptkommissar außer Dienst. Ich kümmere mich als Privatdetektiv um ungeklärte Fälle. Deswegen wäre es für mich interessant, mit jemandem zu reden, der Jan gekannt hat. Mit einer Partnerin vielleicht oder mit einem Partner, sofern er überhaupt eine Beziehung hatte. Wissen Sie, Frau Lauritz, ob er mit jemandem liiert war? Auskünfte werden natürlich vertraulich behandelt."

Schweigen. Heftige Atemgeräusche.

„Frau Lauritz? Können Sie im Augenblick nicht frei sprechen, oder ..."

„Mit mir", kam die Antwort. „Jan war mit mir zusammen. Und alles, was über ihn in der Presse verbreitet wurde, stimmt nicht. Jan war nie ein Mörder."

„Gut, Frau Lauritz, gut. Hat je die Polizei mit Ihnen gesprochen?"

„Sie haben unsere gemeinsame Wohnung durchsucht, einen Tag nach seinem tödlichen Unfall, und ein Beamter der Kripo hat mich ausgehorcht, ob ich etwas über Jans Vergangenheit wüsste, oder über die Ereignisse im August. Pastewka, oder wie er hieß, der Beamte. Aber ich habe nichts gesagt. Ich wurde behandelt wie der letzte Dreck."

Edgar verschwieg geflissentlich, dass er an dem Unfall beteiligt und ein Unfallopfer war. „Sie haben nichts gesagt, weil Sie nichts gewusst haben, oder weil Sie Jan schützen wollten?"

Frau Lauritz hüllte sich in Schweigen.

„Falls Sie ..."

Sie platzte dazwischen. „Jan war ein guter Kerl, das müssen Sie glauben."

„Ich glaube das, Frau Lauritz. Deswegen ist es wichtig, mehr über ihn zu erfahren. Es geht darum, die Wahrheit zu finden und ihn eventuell von den Vorwürfen entlasten zu können. Wie ich erwähnt hatte, arbeite ich daran. Wären

Sie unter Umständen zu einem Gespräch mit mir bereit? Ohne Polizei?"

„Wann soll das denn stattfinden? Und wo kommen Sie überhaupt her?"

„Oh, das vergaß ich zu sagen. Ich komme aus *Gengenbach*, Südwestdeutschland. Wenn Sie es nachprüfen wollen – ich stehe im Telefonbuch."

„Und nur wegen eines Gespräches von ein paar Minuten wollen Sie tausend Kilometer fahren?"

„Klar, eben weil es wichtig ist. Ich überprüfe aber auch noch eine andere Sache in der Gegend, die mit den Morden im August zusammenhängt. Wann wäre es Ihnen recht?"

„Also wenn schon", entschied sie sich. „Unser Geschäft hat zwischen Neujahr und dem achten Januar geschlossen. Wäre das für Sie okay?"

Donnerwetter, dass es so schnell geht, damit habe ich eigentlich nicht gerechnet, dachte Edgar. Aber dann sagte er, dass das *okay* sei, und ließ sich Frau Lauritz' private Adresse und Telefonnummer geben.

*

„Was? So bald schon?", reagierte Melanie auf Edgars Pläne. „Und wieder diese unglückselige Insel? Wie willst du denn überhaupt dorthin kommen? Mit deiner *Harley Davidson* etwa? Bei dieser Arscheskälte? Und wo will der Kriminalhauptkommissar a. D. Edgar Schaaf wohnen, hm? Findest du das nicht reichlich überstürzt?"

Er hatte gewusst, dass sich Melanie mit Freudentänzen ziemlich zurückhalten und es nicht einfach sein würde, ihren Segen für das Unternehmen zu bekommen. Darum hatte er im Vorfeld gecheckt, dass Unterkünfte für Touristen im Winter nach Weihnachten massenweise und auch kurzfristig zur Verfügung standen. Die Hinreise gedachte er mit dem direkten Intercity-Zug *Offenburg/Schwerin* zu absolvieren, und gegen die *Arscheskälte*, wie Melanie sie nannte, gab es entsprechende Kleidungsstücke. Tatsache war, dass die Meteorologen einen ähnlich kalten Winter wie vor zwei Jahren prognostizierten.

„Ich habe das alles im Griff, Melanie", versuchte er überzeugend zu klingen.

„Ha! Edgar Schaaf und alles im Griff? Wenn das so in der Zeitung stünde, würde ich es für eine glatte Ente halten. So sieht's nämlich aus. Du fährst mir auf keinen Fall alleine, lass´ dir das gesagt sein. Ich sage nicht grundsätzlich *nein* zu dieser Schnapsidee, aber ich will nicht, dass du alleine bist."

„Es geht nicht um eine Schnapsidee, und das weißt du."

Melanie trat zu ihm und legte ihren Kopf auf seine Brust. „Entschuldige. Das weiß ich, mein edelmütiger Edgar. Das weiß ich doch", sagte sie milde. „Aber ich kann dich diesmal nicht begleiten. Bitte, kümmere dich darum. Mir zuliebe. Such´ dir einen Begleiter. Frag´ Kai Schuster, oder Rita Böhringer, oder ...?"

„Pit Ferman?"

„Oder Pit Ferman. Tu´s für mich, bitte."

***Kritaholm**, 03. 01. 2023*

Sie fuhren mit dem Mietwagen in den Abend hinein. Ein kleiner *Suzuki Jimny* Allrad. Läge kein Schnee, es wäre um fünf Uhr stockdunkel gewesen.

   Sie hatten den Wagen am Bahnhof *Schwerin* übernommen, waren nach *Deuzin* gefahren, und befanden sich nun auf der bolzengeraden Allee nach *Kritaholm*. Die Pappeln krallten ihre langen kahlen Äste in den Hochnebel, der vor Kälte zu klirren schien. Es war eine bissige, trockene Kälte. Weiße Schwaden feinster gefrorener Nebelkristalle wehten über den Asphalt, angetrieben vom steifen Wind des Meeres, sodass Pit glaubte, den Wagen über eine Straße aus flüssigem Marmor zu lenken.

   „Hier war es", sagte Edgar auf dem Beifahrersitz und zeigte zur Frontscheibe hinaus. „Hier hat er mich umgenietet und ist selbst mit dem Auto gegen den Baum geprallt. Mann, ist das schon wieder lange her."

   „Deinem Hals geht es besser?"

   „Passt schon", grinste Edgar von schräg unten links nach schräg oben rechts.

Pit hatte insgeheim schon mit Edgars Bitte gerechnet. Als am Vorabend zu Silvester sein Anruf kam, war er im Prinzip bereit gewesen, dem Teufel auf die Schippe zu springen. Einzig die Frage, Eliza zu überzeugen, stellte ihn kurzfristig vor ein Dilemma, denn er wollte sie auf keinen Fall allein in dem einsamen Haus in *Grünweiler* zurücklassen.

   Mit spitzen Ohren hatte sie das entscheidende Telefongespräch zwischen Edgar und ihm verfolgt. Eins und eins zusammengezählt und nicht auf den Kopf gefallen, sagte sie ihm danach auf den Kopf zu: „Wenn du mich verlässt, ziehe ich mit *Pepsi* zu meiner Mutter."

„Wie war das?", fragte Pit ungläubig.

„Du hast mich schon verstanden. Dann ziehe ich mit der Katze aus."

„Zu deiner Mutter?"

Jetzt grinste sie frech. „Quatsch. Zu Melanie, natürlich. Wenn ihr Kerls zusammenspannt, müssen auch wir Frauen zusammenhalten."

Pit war baff. „Ja und *Pepsi* und die Hunde? Hund und Katz?"

Sie streichelte seinen Handrücken. „Das lass´ mal unsere Sorge sein, Pit. Hauptsache, du kommst wieder. Du und Edgar."

Als sie die *Flethower* Brücke überquerten, lag der *Flether Bodden* rechter Hand starr und schwarz wie erkalteter Teer. Das Navigationsgerät leitete sie durch die Ortsmitte an den Ortsrand, bis es verkündete: *Sie haben Ihr Ziel erreicht.* Schilfrohrgasse. Eine Ferienwohnung im Erdgeschoss mit Terrasse, ähnlich jener von Birke Klang im Salzwiesenweg. Sie luden das Gepäck aus, inklusive der verheißungsvollen Taschen, die ihnen von Eliza und Melanie mitgegeben worden waren. **Damit ihr nicht am ersten Tag gleich in den Supermarkt rennen müsst.**

Die Freunde saßen bei einem Glas Wein auf der Couch.

„Morgen also besuchen wir Frau Lauritz?" fragte Pit.

„Zuallererst kontaktieren wir den *Reitter-Verlag*. Ich nehme an, dass wir eine Besuchserlaubnis für Frau Klapproth beantragen müssen, oder was glaubst du?"

„Glaub´ ich auch, und ich denke, wir müssen feste Besuchszeiten einhalten. Was versprichst du dir eigentlich von der ganzen Mission?"

„Hm, ich verspreche mir gar nichts. Ich möchte nur schauen, ob ich mich auf meine Intuition noch so verlassen kann wie früher. Wobei ich zugeben muss, dass ich entsprechend unseres Aufwandes auf ein zählbares Ergebnis hoffe."

„Diese Intuition sagt dir, dass Jonas Taschner nicht der Täter ist", stellte Pit fest.

„Genau, Pit. Und an diesem Punkt beginnen wir. Morgen. Prost, und danke."

„Nix für. Prost."

Edgar war gerade auf dem Weg zur Terrasse, um draußen zu rauchen, als Pit ihn zurückrief: „Dein Handy piepst, Edgar."

Der Blick aufs Display sagte ihm, dass es Kai Schuster war: „Hallo, Kai, ich dachte schon, du hast mich vergessen."

„Tja, Edgar, gut Ding braucht Zeit, wie man sagt. Aber es ist nicht gut Ding. Weswegen du mich gebeten hast: An die Aufzeichnungen der Überwachungskamera kommst du nicht ran. Der Fall Jonas Taschner ist abgeschlossen. Es besteht keine Veranlassung, ein neues Ermittlungsverfahren zu eröffnen. Es besteht keinerlei Anfangsverdacht gegen unbekannt."

„Von wem hast du diese Auskunft?"

„Unser Herr Oberstaatsanwalt hat mit dem zuständigen Staatsanwalt in *Deuzin* gesprochen. Du kennst das ja, dass es dann nicht so schnell geht. Tut mir leid, Edgar."

„Ich hab´ mit so einem Ergebnis eigentlich schon gerechnet, Kai. Danke trotzdem. Grüße an Nicole."

„Und du an Melanie."

„Wenn ich sie wieder sehe, Kai."

„Warum? Wo steckst du denn?"

„Keine fünf Kilometer von besagter Überwachungskamera entfernt", sagte Edgar fröhlich.

„Edgar, mach´ kein Scheiß."

Pit und Edgar rauchten auf der Terrasse letzte Zigaretten, redeten anschließen via *Skype* mit ihren Frauen in *Gengenbach*, und gingen danach schlafen.

Kritaholm, 04. 01. 2023

Frau Lauritz wohnte in einem bäuerlich geprägten Dorf namens *Wurgast*, ungefähr fünf Kilometer südlich von *Deuzin*. Auf der Fahrt dorthin setzte sich Edgar mit dem *Reitter-Verlag* telefonisch in Verbindung. Pit hörte mit, was Edgar sagte.

Er sagte, dass er Pit Ferman heiße, selber Buchautor und extra aus Süddeutschland angereist sei, um sich mit Frau Klapproth wegen eines neuen Buchprojekts über die Morde auf *Kritaholm* unterhalten zu können.

„Nein, nicht alleine. Ich würde mit einem Bekannten kommen. Kriminalhauptkommissar Edgar Schaaf. Nein, hahaha, um Gottes Willen, keine Vernehmung. Die Fälle auf *Kritaholm* sind ja aufgeklärt. Ich arbeite schon lange mit dem Kommissar zusammen, wegen der Authentizität, verstehen Sie? Wir recherchieren gemeinsam für die Bücher, die ich schreibe. Machen Sie sich also keine Sorgen. Ich habe übrigens die Bücher von Frau Klapproth gelesen und bin sehr beeindruckt. Wie? Nein, ich weiß noch nicht, wo die *JVA Questrow* ist, aber wir haben *Google Earth* und werden es schon finden. Gut, Frau Vohwinkel, dann treffen wir Sie morgen um halb zwei Uhr vor der JVA. Sie können uns nicht übersehen. Zwei alte Männer mit langen weißen Haaren und Pferdeschwanz. Ja, genau, hahaha. Also bis morgen und vielen Dank. Schönen Tag noch, Frau Vohwinkel."

Und zu Pit gewandt, sagte er: „Du hast ja mitgehört. Morgen *JVA Questrow*. Angenehme Stimme, die Frau Vohwinkel. Wo sind wir jetzt?"

„Das da vorne müsste die Adresse sein. Doppelhaushälfte erster Stock. Ich fahre rechts ran."

In dem Haus wohnten allem Anschein nach vier Partien. Die Eingänge befanden sich jeweils an der Stirnseite des Gebäudes. Zu Frau Lauritz´ Hochparterre-Wohnung führte eine steinerne Treppe. Edgar klingelte und wartete ab. Nichts tat sich.

Er stieg die Treppe wieder hinunter und betrachtete das Haus. Grauer Verputz, hölzerne Fensterläden, von denen die Farbe abblätterte und die keiner mehr benutzte, weil unansehnliche Rollläden aus Plastik nachträglich angebracht worden waren. Die Jalousien vor Frau Lauritz´

Wohnung waren geschlossen. Um das Doppelhaus glitzerte weißer Reif auf zerrupften Grasbüscheln. Aus dem Kamin stieg dünner Rauch senkrecht nach oben. Edgar ging wieder zur Tür, klingelte erneut, länger.

Er vernahm Geräusche aus dem Innern. Geschrei eines Kleinkindes, beruhigende Worte einer Frau, die Edgar nicht verstand. Die Tür wurde entriegelt. Einmal, zweimal, dreimal. Die Tür öffnete sich einen Spalt. Der Ausschnitt eines Gesichtes erschien.

„Ja?"

„Frau Lauritz? Ich bin Edgar Schaaf. Wir haben telefoniert. Erinnern Sie sich?"

„Ja."

„Dürften wir bitte reinkommen? Es ist ziemlich kalt heute." Edgar probierte ein Lächeln, was bei der Kälte ein bisschen schwierig war.

„Wer ist wir?", fragte die Frau misstrauisch.

„Mein Freund Pit Ferman. Er ist Schriftsteller. Schreibt Bücher. Er will über den Skandal berichten, der hier vorgefallen ist."

„Kein schmieriger Journalist?"

Edgar lächelte wieder. „Nein, er schreibt echte Bücher."

Die Frau trat langsam zurück, öffnete die Tür und ließ Edgar und Pit eintreten. Sie wuchtete das Kind von einem Arm auf den anderen. Es schrie nicht mehr, guckte die beiden Männer aber mit großen Augen an.

„Ist das ihr Kind?"

„Ja. Jenny. Gerade ein Jahr alt geworden, und schon Halbwaise", antwortete Frau Lausitz bitter.

„Oh, heißt das, dass Jonas Taschner der Vater ist?", kombinierte Edgar.

„Was glauben Sie denn? Dass ich mit anderen Typen rummache?"

„Entschuldigen Sie, so war das nicht gemeint. Ich dachte nur an die immer größer werdenden Ausmaße der Tragödie. Das habe ich nicht gewusst."

Frau Lauritz ging einen schmalen Flur voraus, der geradewegs in das Wohnzimmer führte. „Setzen Sie sich. Möchten Sie vielleicht einen Kaffee? Tut mir leid, ich habe geschlafen. Wenn die Kleine schläft, penne ich meistens auch. Also?"

„Nein, danke, keinen Kaffee."

Das Wohnzimmer war mit hellen Möbeln eingerichtet. Irgendwas in Esche-Furnier. Nichts Gediegenes und nicht unbedingt stiltreu, aber optisch einigermaßen zusammenpassend. Es wirkte sauber und aufgeräumt. Edgar ging davon aus, dass es in den übrigen Räumen ähnlich aussah.

„Ich heiße Loretta", sagte sie. „Aber Jan nannte mich immer nur Lola. Von **Lo**retta **La**uritz, verstehen Sie? Nennen Sie mich Lola."

Lola war zwischen fünfunddreißig und vierzig Jahre alt und schlank. Ihr braunes glattes Haar hatte sie mit einer Spange im Nacken zusammengefasst. Das Gesicht war blass. Sie trug blauweiß gemusterte Pluderhosen und ein verwaschenes Jeanshemd, vermutlich ein Hemd Jonas Taschners, oder für sie, Jan Rillings. Das kleine Mädchen auf der Hüfte stützend, ging sie zu der Wohnwand des Wohnzimmers, öffnete eine Klappe und holte einen braunen Briefumschlag in DIN-A4-Format heraus, den sie zwischen Edgar und Pit auf den Couchtisch legte.

„Der Umschlag ist für Sie", sagte sie. „Aber öffnen und lesen Sie es erst zu Hause. Jan hat alles aufgeschrieben, nachdem er es mir anvertraut hat. Ich habe ihm gesagt, dass er alles aufschreiben muss. Dass es wichtig sein kann."

„Lola, darf ich kurz ein Auge draufwerfen?", fragte Pit. „Vielleicht ist es besser, wenn Sie das Original bei sich behalten. Ich will nur nachschauen, ob man die Seiten abfotografieren kann. Uns würden Fotos genügen, nicht wahr, Edgar?"

Edgar nickte bestätigend.

„Okay, aber lesen Sie erst, wenn Sie wieder weg sind."

Pit öffnete den Umschlag und zog mehrere Blätter handbeschriebenes Papier heraus. „Ich fotografiere, okay, Lola?"

Während Pit jede einzelne Seite mit dem Handy ablichtete, sagte Frau Lauritz: „Ich weiß, dass Sie derjenige waren, der Jan damals festgenommen hat. Er hat Sie wiedererkannt, als Sie in *Deuzin* an unserem Geschäft vorbeigelaufen sind."

„Alle Achtung", erwiderte Edgar, „das ist eine bemerkenswerte Leistung. Damals, stellen Sie sich vor, das ist dreiundzwanzig Jahre her, sah ich ganz anders aus. Ich trug noch keinen Vollbart und noch keine langen Haare. Er hat mich also trotzdem wiedererkannt."

„Er hat auch ihr Wohnmobil angezündet. Er wollte Sie damit verjagen, dass Sie ihn in Ruhe lassen. Er hat extra gewartet, bis Sie nicht im Fahrzeug waren Aber das steht alles auf den Blättern", sagte sie und deutete auf den Tisch.

Es lag Edgar auf der Zunge, zu sagen, dass Jonas es auch war, der ihn mit dem Lieferwagen beinahe umgebracht und ihm eine Woche Krankenhausaufenthalt beschert hatte. Doch er lenkte das Gespräch in eine andere Richtung.

„Erster Punkt: Jan Rilling, oder Jonas Taschner, wie wir ihn kennen, war unschuldig im Gefängnis. Mindestens fünfzehn Jahre. Es existiert das schriftliche Geständnis eines Mannes, in dem er die Taten zugibt, für die Jonas irrtümlich bestraft wurde. Dieses Geständnis ist den Behörden erst seit kurzem bekannt. Übrigens war es Pit Ferman, der das Geständnis vom wahren Täter selbst erhalten und sofort weitergeleitet hat. Jonas Taschner muss und wird für die unschuldig verbrachte Zeit im Gefängnis entschädigt werden. Da ihre kleine Jenny seine Tochter ist, wird sie die Begünstigte sein. Wir werden Ihnen dabei helfen, die Entschädigung zu verlangen und zu bekommen.

Zweiter Punkt: Die Polizei hat die Mordfälle auf Kritaholm im August vergangenen Jahres als aufgeklärt abgeschlossen. Wieder soll Jonas Taschner der Täter gewesen sein. Rache als Motiv. Ich habe meine Zweifel, dass es so war, wie die Polizei es darstellt. Zwar könnte es so gewesen sein, aber es ist nicht bewiesen. Auch hier will ich versuchen, zusammen mit Pit Ferman, den oder die wahren Täter zu finden und Jonas Taschner zu rehabilitieren. Allein schon aus Rücksicht auf Sie und Ihre Tochter."

Pit hatte alle Seiten fotografiert und gab Frau Lauritz die Originale zurück. Sie schien zu überlegen, ob sie mehr über sich und Jan preisgeben sollte. Die beiden Männer machten auf sie nicht den Eindruck, als würden sie sie über den Tisch ziehen wollen. Und was hatte sie schon zu verlieren? Außer ihr wussten nur noch ein paar Leute bei *Studio-Tec*, wer Jan Rilling im Grunde war. Hier im Haus interessierte sich sowieso keiner für den anderen. Was dieser Edgar Schaaf über eine Entschädigung gesagt hatte, wäre freilich für sie bei der jetzigen Konstellation der Rettungsanker schlechthin. Alleinerziehend, Miete, Kleinwagen, schlechtbezahlter Job – da könnte sie ein bisschen Geld gut gebrauchen.

„Mit wie viel kann man denn da rechnen? Entschädigung, meine ich. Entschuldigen Sie, ich will nicht geldgierig erscheinen, denn es wäre mir schon lieber, Jan wäre noch da, aber die Situation ohne ihn ist schon eine andere."

„Ich verstehe das. Ich kann das schlecht einschätzen. Der Staat ist natürlich fies und berechnet für Kost und Logis im Gefängnis feste Tagessätze, die er dann abzieht. Das muss man sich mal vorstellen. Eine Farce sondergleichen. Aber bei fünfzehn Jahren zu entschädigender Zeit dürfte die Summe schon sechsstellig ausfallen."

„Oh, das wäre ...", sie schluckte.

„Das würde Ihnen zustehen. Also Ihrer Tochter", sagte Edgar.

„Wir kannten uns vier Jahre. Er kam zuerst als Hilfsarbeiter in unsere Firma. Aber er machte seine Sache gut und bekam einen unbefristeten Arbeitsvertrag. Für uns hieß er Jan Rilling. Wir haben diese Wohnung bezogen. Wer er in Wirklichkeit war, seinen richtigen Namen, hat er mir erst vergangenen September gestanden. Bevor er den Brief schrieb. Dass er eigentlich Jonas Taschner hieß und im Gefängnis gesessen hatte. Unschuldig. Das hat er immer wieder beteuert. Ich habe ihm das geglaubt. Er war kein schlechter Mensch. Und für Jenny war er ein guter Papa. Wir wollten dieses Jahr heiraten."

„Eine Frage noch zum Schluss, Frau Lauritz ..."

„Lola. Nennen Sie mich Lola."

„Lola. Ist Jonas im September einmal mit zerrissener Hose nach Hause gekommen? Wenn Sie es nicht wissen, ist es nicht tragisch."

„Ich weiß zwar nicht, was die Frage soll, aber es stimmt. Es muss ungefähr um die Zeit herum gewesen sein, als er den Brief geschrieben hat. Kurz vorher."

Lange waren sie nicht mehr geblieben. Nach Frau Lauritz' wiederholtem Hinweis, dass *ihr* Jan alles Wichtige aufgeschrieben hatte, waren sie mit dem Versprechen gegangen, sich wegen der Entschädigung wieder bei ihr zu melden.

„Das ist das Mindeste, was wir für sie tun können", sagte Pit noch auf der Treppe.

„Ja, sorgen wir für ein bisschen Gerechtigkeit", nickte Edgar.

Es war noch kälter geworden. Während der paar Minuten in Frau Lauritz' Wohnung hatte sich frostiger Niederschlag wie Schimmel auf der Karosserie des Suzuki festgesetzt. Scheibenkratzen war angesagt.

„Hast du heute Abend schon was vor?", fragte Edgar, dem in Sekundenschnelle der Hauch auf dem Bart gefror, nebenbei.

„Was ist das für eine komische Frage?", murrte Pit.

„Weil ich dich sonst einladen werde."

„Zum Essen, oder was? Ich dachte, wir essen daheim. Ich meine, in der Ferienwohnung."

„Zu einem kleinen Ausflug. Nach dem Essen. Bist du dabei?"

„Dabei bei was?", fragte Pit nun argwöhnisch.
Edgar erklärte es ihm.

*

Das Außenthermometer des *Suzuki* zeigte abends um halb zehn Uhr minus siebzehn Grad. Mikroskopisch winzige Nebelkristalle fielen mit prickelndem Geräusch, bedeckten jeden Quadratmillimeter Fläche. Pit und Edgar hockten vor Kälte steif im Wageninnern. Ihr Atem gefror an den Scheiben oder fiel direkt als Flocken auf Schenkel und Wagenboden. Schneefall in der Schneekugel.

Unentwegt wischte Pit mit seinem Handschuh die beschlagene Scheibe frei und spähte zum Empfangspavillon des Campingplatzes hinüber. „Es bleibt dunkel, Edgar. Dort ist niemand."

Edgar holte angespannt tief Luft. „Also gut. Bist du bereit? Dann lass´ uns gehen."

Sie stiegen aus dem Auto, das sie ungefähr hundertfünfzig Meter vor der Schranke zum Campingplatz in einer Ausbuchtung am Straßenrand abgestellt hatten. Beide trugen sie dunkle Kleider, was bei Edgar sowieso obligatorisch war. Pit trug einen Leinenbeutel mit diversem Inhalt. Die Atmosphäre knisterte eigenartig, als befänden sie sich unter einer elektrischen Hochspannungsleitung.

Den Versuch, in lächerlich gebückter Haltung an der Straße entlangzuhuschen, gab Edgar nach wenigen Metern auf. Nur zwei Monate vom siebzigsten Geburtstag entfernt, spielte es sich nicht mehr so leicht *Indianer auf Kriegsfuß*. Zudem ließ sein malträtierter Nacken grüßen. Also hielt er das Augenmerk auf sich nähernde Autos, um sich im Falle nach rechts in die Büsche zu verdrücken. Doch sie kamen ungestört voran und standen endlich unter dem Dachvorsprung auf der Rückseite des flachen Verwaltungspavillons. Der Campingplatz war verwaist. Keine Wintercamper. Demnach war auch die Rezeption unbesetzt.

Auf der Fahrt von Frau Lauritz´ Haus in *Wurgast* zurück nach *Flethow*, hatten sie in *Deuzin* Zwischenstation eingelegt. In einem Elektronikmarkt hatte Edgar eine externe Festplatte, sowie in einem Baumarkt an *Deuzins* Ortsrand eine Taschenlampe, einen stabilen Schraubendreher und einen kurzen sogenannten Kuhfuß gekauft.

Ohne Einsatz von Werkzeugen würden sie nicht in die Innenräume des Empfangsgebäudes kommen. Edgar nahm den Kuhfuß aus dem Sack und deutete an, dass er damit ein bestimmtes Fenster aufhebeln wollte. Da er mit der Oberkommissarin Birke Klang schon einmal hier drin gewesen war, wusste er, wo der Datenspeicher stand. Pit nickte und schaute sich um. Niemand zu sehen, alles ruhig. Im Vorfeld war abgesprochen worden, dass Edgar in die Räumlichkeit eindringen und Pit Schmiere stehen sollte. Klassische Vorgehensweise.

Edgar setzte die Brechstange an und übte ein wenig Druck aus. Schon knirschte und riss das Holz. Etwas mehr Druck, und dann schwenkte der Fensterflügel nach innen. Ein rascher Blick zu Pit.

„Ich steig´ jetzt ein. Wenn jemand kommt, dann schlägst du Alarm, okay?"

Pit hob den Daumen. *Spätestens ab jetzt stehen wir mit einem Bein im Knast*, dachte er.

Edgar nahm den Leinenbeutel, kletterte durch die Fensteröffnung und drückte von innen das Fenster wieder zu. Ein Lichtfinger zuckte durch den Raum. Edgar hatte die Taschenlampe eingeschaltet.

Pit schob sich an die Hausecke heran, von wo aus er den Vorplatz mit der Schranke überblicken konnte. In kürzester Zeit war er durchgefroren. *Verdammt, zu welchem Scheiß hab´ ich mich bloß überreden lassen? Einbruch, und das mit einem Kriminalhauptkommissar. Wenn das Eliza erfährt, lässt sie sich scheiden. Eliza. Denkst du gerade an mich?*

Zehn Minuten vergingen. Dann fünfzehn Minuten. *Wie lange braucht er denn dort drin? Klappt das überhaupt, was er vorhat? Ich dachte, er ist gar kein so großes Computer-Ass.* Pit begann unkontrolliert zu bibbern. Auf der Straße näherte sich Lichtschein. Das musste nichts bedeuten, denn die Straße von *Schwedamm* nach *Flethow* führte am Campingplatz vorbei, wie er vom Urlaub im August her wusste. Der Lichtschein kam näher. Jetzt müsste er in der Kurve vorbeiziehen. Tat er aber nicht. Im Gegenteil. Er hielt auf die Schranke zu, die Scheinwerfer direkt auf den Pavillon gerichtet. Das Licht streute sich im Nebel über dem Dach, als würde der ganze Wald in Flammen stehen. Pit schielte mit einem Auge um die Ecke. *Verflucht, ein Streifenwagen der Polizei.*

Er versuchte, auf Zehenspitzen zum Fenster zurückzuschleichen. Aber hallo, nicht mit Erfrierungen dritten Grades, weswegen er mit gefühllosen Beinen wie auf Stelzen stakste. Geräuschlos klang anders. Das Fenster aufstoßend, raunte er mit klappernden Zähnen in den Raum hinein: „Edgar, die Polizei steht an der Schranke."

„Ich seh´ sie", kam Edgars Geflüster zurück. „Über die Kamera."

„Was machen sie?"

„Sie stehen nur da, mit laufendem Motor. Jetzt steigt einer aus. Schnell, Pit, klettere herein und drück´ das Fenster zu."

Pit probierte ein Bein zu heben, aber der Befehl vom Hirn erfror unterwegs und kam nicht an den Beinen an.

„Edgar, hilf mir, ich kann nicht", zischte er verzweifelt. „Mach schon."

Kurzerhand packte Edgar ihn an den Schultern und kippte ihn wie ein Möbelstück, Format Besenschrank, Kopf voran, Beine in der Höhe, nach innen und drückte das Fenster zu. Rasch klappte er den Deckel seines Laptops zu und schaltete die Taschenlampe aus. Es war dunkel im Raum. Sie kauerten sich eng an die Wand unter dem Fenster.

Ein Geräusch ertönte. „Er rüttelt an der Eingangstür, ob sie verschlossen ist", flüsterte Edgar. „Leise jetzt. Ich muss das Fenster mit einer Hand zudrücken."

Wieder ertönten Geräusche. „Er prüft die Fenster, hörst du? Jetzt kommt´s drauf an."

Im rechteckigen Fensterrahmen erschien vor dem erleuchteten Nebelhimmel eine dunkle Gestalt. Pit hielt den Atem an. Der Schein einer Taschenlampe geisterte über ihre Köpfe durch den Raum. Edgar drückte von unten mit einer Hand gegen das Fenster. Ein Stoß von außen. Das Fenster bewegte sich nicht. Der Schatten verschwand.

„Scheiße, Scheiße, Scheiße", nuschelte Pit, und gleich nochmal. „Heilige Scheiße." Er guckte in Edgars Gesicht. Dessen Zähne blitzten. *Grinst er etwa?* „Wie kann man nur so kalt wie eine Hundeschnauze bleiben? Ich wär´ beinahe gestorben vor Schiss."

„Warten wir noch ein paar Minuten", sagte Edgar. „Ich denke, dann werden wir Ruhe haben."

„Wie lange brauchst du denn noch?"

„Das ist ja nicht mein tägliches Geschäft, Pit. Ich musste erst mit meinem Computer in das System hier reinkommen, beziehungsweise mir die Berechtigung erschleichen. Jetzt im Augenblick werden die Speicherdaten der Überwachungskamera auf meine externe Festplatte überspielt. Das dauert noch einige Zeit. Paar Minuten."

„Hör´ zu, ich geh´ nicht wieder hinaus in die Kälte. Ich hol´ mir ja den Tod."

„Ja, bleib´ hier. Schau, der Lichtschein verschwindet auch schon. Die Polizei fährt weiter."

„Wenn ich das Eliza erzähle ..."

„Du wirst dich hoffentlich hüten. Was denkst du, was Melanie mir flüstert, wenn sie von dieser Aktion erfährt."

Geraume Zeit später war Edgar mit dem Überspielen fertig. Er packte den Laptop und die Festplatte in den Leinenbeutel und deponierte einen Briefumschlag auf dem Tisch.

„Was machst du da? Willst du unsere Adresse hinterlassen?", schnauzte Pit.

„Quatsch. Ich lass´ ein bisschen Geld hier. Für die Reparatur des Fensters. So, fertig. Raus jetzt!"

Edelmut stirbt zuletzt, dachte Pit, als er sich durch die Fensteröffnung quälte.

So, wie sie gekommen waren, verschwanden sie wieder, mit eiligen Schritten den Straßenrand entlang. Ihr *Suzuki* kam in Sicht. Pit schlug im Geiste drei Kreuzzeichen.

Bei ihrem Auto angekommen, erhob sich dahinter eine schlanke Gestalt. Sie leuchtete Edgar und Pit mit einer Taschenlampe voll in die verdutzten Gesichter.

„Guten Abend, die Herren", sagte Kriminaloberkommissarin Birke Klang.

Wurgast, 24. 09. 2022

Ich heiße Jan Rilling. Jonas Taschner gibt es nicht mehr. Ich bin Jan Rilling.
Lola hat mir geraten, einige Dinge aufzuschreiben, was ich hiermit tue. Leider habe ich es nicht so mit dem Schreiben.
Nachdem ich 2015 aus dem Knast rauskam, bin ich nach Berlin gegangen, wo ich drei Jahre gelebt habe. Gelegenheitsjobs. Dort habe ich auch meine neue Identität gekauft. Jan Rilling.
2018 zog ich nach Deuzin, hatte Glück mit einem Job, der mir gefiel. Ich lernte Lola kennen. Studio-Tec.
Die Firma Studio-Tec erhielt 2022 einen Auftrag auf Kritaholm. Installation von Mikros und Lautsprechern inklusive Steuerpult im Restaurant Petersen. Später sollten Videokameras für das angegliederte Hotel folgen, wofür ich im Voraus Leitungen verlegen sollte. Insgesamt ein lukrativer Auftrag für

Studio-Tec. Kalkuliert war eine Woche Arbeitsaufwand.

Am vierundzwanzigsten August arbeitete ich gerade im Veranstaltungssaal. Die Audioanlage war so gut wie einsatzbereit, nur noch einige Handgriffe. Es war später Nachmittag, bald Feierabend für heute. Die Türen zum Restaurant standen offen. Ein älteres Paar betrat das Restaurant und wechselte ein paar Worte mit Petersen, der hinterm Tresen stand.

Ich erkannte den Mann auf Anhieb. Hab ein gutes Personengedächtnis. Es war der Mann, dem ich mein ganzes Unglück zu verdanken habe. Auch der Name fiel mir sofort wieder ein: Richter Bitterle. Nach über zwanzig Jahren. Richter Bitterle. Mir wurde vor Wut schwarz vor Augen.

Was gesprochen wurde, hörte ich nicht. Bitterle, die Frau und Petersen gingen sehr vertraut miteinander um. Das Gespräch dauerte nicht lange, ein paar Minuten nur, dann verabschiedete sich Bitterle mit der Frau.

Ich wusste nicht, was ich tun sollte. Mein Kopf war vollkommen leer.

Irgendwie hatte ich es zu meinem Lieferwagen geschafft. Einen Plan hatte ich nicht. Am

Ende der Straße fuhr ein roter Geländewagen davon. Hamburger Nummer. Die Marke weiß ich nicht. Ich fuhr hinterher.

Der Geländewagen bog auf den Campingplatz ein, durch die Schranke. Am Himmel standen schwarze Gewitterwolken. Ich fuhr an den Rand der Einmündung vor der Schranke und blieb im Auto sitzen. Ich bekämpfte meine Wut.
Wie lange ich dort saß, kann ich nicht sagen. Erste Regentropfen prasselten auf das Autodach. Ich fasste einen Entschluss. Ich würde mir Bitterle vorknöpfen. Wie ich das machen wollte, davon hatte ich keine Ahnung. Aber ich wollte ihm gegenübertreten, seiner Frau ins Gesicht brüllen, was Bitterle für ein Schwein ist. Irgend sowas. Ich stieg auf der Beifahrerseite aus. Das Unwetter legte los. Es goss in Strömen, es blitzte und donnerte. Die Camper brachten ihre Sachen in Sicherheit. Keiner achtete auf mich.
Ich hatte gesehen, in welche Gasse der Geländewagen abgebogen war. Dorthin rannte ich. Ich entdeckte den Geländewagen am Ende der Gasse. Ich blieb stehen. Jetzt war ich mir nicht mehr sicher.

Schließlich rannte ich doch zu dem Wohnwagen mit Vorzelt hin. Die Wohnwagentür stand offen.
Ich schaute hinein. Bitterle lag auf dem Rücken, ein dünner Gegenstand ragte aus der Brust. Blut breitete sich aus. Die Frau hing blutüberströmt auf der Sitzgruppe. Sie bewegte sich nicht mehr.
Ich floh. Das Gewitter hatte den Höhepunkt erreicht. Ich rannte so schnell ich konnte zu meinem Lieferwagen und fuhr nach Deuzin ins Geschäft.
Mir war augenblicklich klar, was es bedeutete. Man würde Bitterles Tod mit mir in Verbindung bringen. Ich hoffte nur, dass mich niemand gesehen, keiner erkannt hatte. Sollte man nach mir fahnden, würde man nach einem Mann namens Jonas Taschner suchen. Doch den gab es nicht mehr.

Am siebenundzwanzigsten August war ich in Petersens Hotelkomplex mit der Arbeit an den Videokameras fertig. Es war schon Nachmittag. Vier Uhr oder so. Ich räumte meine Werkzeugkisten, die Kabelrollen, Kabelklemmen usw. zusammen und stellte alles in den Flur. Ich hatte am Morgen in der Reusengasse keinen Parkplatz für meinen Lieferwa-

gen bekommen. Über die Reusengasse gelangt man zum Hintergang. Deswegen hatte ich zwei Straßen weiter geparkt. Ich holte den Lieferwagen, parkte zum Einladen in zweiter Reihe direkt vor dem Hintereingang zum Restaurant, lud ein und fuhr weg. Vielleicht hat es irgendeine Bedeutung, wenn ich erwähne, dass gerade, als ich mit Einladen beschäftigt war, eine Frau den Hintereingang benutzte und das Treppenhaus hinaufging. Oben sind Petersens Privaträume.
Lola sagt mir gerade, ich solle versuchen, die Frau zu beschreiben. Es könnte wichtig sein. Also sie war schlank, schmales Gesicht, Jeans, schwarze oder braune Locken.
Am Montag drauf erfuhr ich von dem Mord an Petersen, und ich stellte fest, dass einer meiner Schraubendreher fehlte.
Bei meinem sprichwörtlichen Glück konnte es nur eine Frage der Zeit sein, bis die Polizei mich als Täter ins Visier nehmen würde. Dabei war ich zur angeblichen Tatzeit mit meinem Werkzeug und dem Lieferwagen längst weg. Mindestens eine Viertelstunde. Darum sage ich hier: Ich war es nicht.

Sprung zum zweiundzwanzigsten September.

Die Polizei hatte mich bis dahin in Ruhe gelassen. Vielleicht lag es an meinem geänderten Namen. Vielleicht, weil von Handwerksarbeiten in Petersens Haus nichts mehr zu sehen gewesen war. Wer nicht da ist, kann keinen Mord begehen.
Dafür hatte ich vorgestern eine weitere Beobachtung der unangenehmen Art gemacht. Wie gesagt, habe ich ein gutes Personengedächtnis.
Ich war im Geschäft bei Studio-Tec, als ich draußen auf dem Marktplatz einen Mann entdeckte, den ich von früher kannte. Kommissar Schaaf. Der Kommissar, der mich 1999 festgenommen hatte.
Sein Aussehen hatte sich gegenüber damals stark verändert. Vollbart und lange weiße Haare. Aber ich erkannte ihn zu hundert Prozent wieder. War er wegen mir da?
Er schob ein Cargo-Fahrrad vom Campingplatz auf Kritaholm. Also wusste ich, wo ich ihn finden würde.
Am dreiundzwanzigsten September beobachtete ich den Campingplatz. Schaaf hauste mit einer Frau in einem Wohnmobil. Ich schätzte, dass er vom Alter her nicht mehr im Dienst sein konnte. Ergo schnüffelte er privat herum. Ich beobachtete ihn und die Frau,

wie sie genau an dem Stellplatz nach etwas suchten, wo einen Monat zuvor Bitterles Wohnwagen gestanden hatte.
Als sie später den Campingplatz mit ihren Hunden verließen, beschloss ich, ihm einen Denkzettel zu verpassen. Ich legte einen Benzin getränkten Lappen auf einen Hinterreifen ihres Wohnmobils und zündete ihn an. Schaaf sollte aus der Gegend verschwinden.

Am Abend gestand ich Lola, wer ich in Wirklichkeit war. Dass ich richtigerweise Jonas Taschner heiße. Dass ich unschuldig im Gefängnis gesessen hatte. Dass man die jetzigen Taten mir in die Schuhe schieben würde, weil ich damals bei der Gerichtsverhandlung dem Bitterle mit Rache gedroht hatte. Von dem Mord an Petersen hatte sie natürlich auch gehört. Ich sagte, dass man auch diesen Mord mir in die Schuhe schieben würde.
Ich erzählte, dass ich Schaafs Wohnmobil angezündet habe.

Lola glaubte mir. Sie riet mir, alles aufzuschreiben, was ich hiermit getan habe.
Ich wiederhole: Ich habe mit dem Mord an Frau und Tochter Bitterle 1999 nichts zu tun.

Ich war zwar mit der Tochter dort intim, bin jedoch geflüchtet, als ihr Vater entdeckte, dass im Gartenhaus Licht brannte. Vielleicht war sogar der Vater der Täter? Er konnte jähzornig sein.
Ich habe auch Bitterle und dessen neue Frau im August 2022 nicht getötet. Als ich am Tatort war, waren beide schon tot. Ich habe erst hinterher erfahren, dass sie Stegemann hießen.
Ich habe Petersen nicht getötet.
Ich gebe zu, dass ich Schaafs Wohnmobil angezündet habe.
Das schwöre ich bei meiner kleinen Jenny und Lola.

Jan Rilling.
Für die Polizei: Jonas Taschner.

***Kritaholm**, 05. 01.2023*

Birke Klang klappte den Deckel ihres Laptops zu und lehnte sich im Sessel zurück. Sie hatte Jonas Taschners Brief gelesen, den ihr Pit als Fotodatei von seinem Handy übermittelt hatte.

Sie saßen zu dritt um den Couchtisch in Edgars und Pits Ferienwohnung in der Schilfrohrgasse, jeder ein dampfendes Glas Glühwein vor sich. Es war kurz vor ein Uhr in der Nacht.

„Sie waren heute also bei Loretta Lauritz zu Besuch? Ich frage mich, warum sie diesen Brief nicht uns gegeben hat, als wir im September bei ihr waren?", fragte die Kommissarin, nahm das Glühweinglas und nippte am Rand.

„Ich kann mir vorstellen, dass ihr Vertrauen in die Staatsmacht nicht sehr ausgeprägt ist", sagte Pit. „Oder haben Sie ihr mitgeteilt, dass ihre Tochter Anspruch auf Haftentschädigung hat, die dem Vater des Kindes zusteht? Sehen Sie? Wir schon."

„Nun, ich war nicht selber bei ihr. Das war Andy Pasulke. Er geht vielleicht nicht immer besonders einfühlsam vor. Davon abgesehen, besagt dieser Brief gar nichts. Von der polizeilichen Verwertbarkeit ist er so weit entfernt wie die Erde vom Zentrum unserer Galaxie, und das wissen Sie."

Edgar nickte. „Ich verstehe Sie. Frau Klang. Ich verstehe, wie Sie denken müssen. Ich bin von solchen Zwängen befreit und kann mir gestatten, hinter dem Brief den Menschen zu sehen. Wie verzweifelt er ist. Wie entwurzelt er ist. Er war unschuldig verurteilt, hat jahrelang unschuldig gesessen. Dann findet er eine Anstellung, eine Frau, eine Wohnung, wird Vater. Ein normales Leben bahnt sich an. Und dann soll er wieder unschuldig verurteilt werden? Was hindert Sie eigentlich daran, jetzt, da Sie Ihren Schuldigen haben, über den Tellerrand hinauszuschauen? Was könnte Ihnen im schlimmsten Fall passieren, wenn Sie aus purem eigenen Interesse nebenbei ein bisschen weiter ermitteln?"

„Was mich hindert? Nun, vielleicht zwei Männer, die des Nachts in Gebäude einbrechen und Daten klauen? Von denen einer ein Kriminalschriftsteller, der andere ein Kriminalhauptkommissar a. D. ist?"

„Ja, okay, Sie haben ja recht. Aber meinen Sie, wir würden so einen Scheiß veranstalten, wenn wir uns nichts davon versprächen? Wenn wir nicht ernsthaft daran glauben würden, dadurch zu einem Erfolg zu kommen? Hätte es andere Möglichkeiten gegeben, und ich versichere Ihnen, dass wir uns darum bemüht hatten, wäre unsere heutige Aktion nicht nötig gewesen. So aber ...?" Edgar hob ergeben die Hände.

Birke Klang lächelte milde. „Ach, Herr Schaaf. Aus welchem Grunde, denken Sie, sitze ich bloß hier bei Ihnen? Nachts um mittlerweile ein Uhr? Ich könnte mir durchaus auch etwas Angenehmeres vorstellen. Aber nein, ich friere mir eine halbe Stunde lang bei minus zwanzig Grad den Arsch ab, bis Sie sich bequemt haben, die Daten vom Campingplatz zu stehlen; ich schlage mir die Nacht mit zwei alten Herren um die Ohren, die ich eigentlich hätte festnehmen sollen und in polizeilichen Gewahrsam hätte nehmen müssen. Hätte, hätte, hätte. Warum, also, bin ich wohl hier? *Weil* ich ein persönliches Interesse daran habe, die Hintergründe der Morde vom August aufzudecken. *Weil* ich nicht zufrieden damit bin, wie leichtfertig die Ermittlungen abgeschlossen wurden. Ich bin nicht im Dienst, Herr Schaaf, Herr Ferman, nur damit ich das klarstelle. Und was mir passieren könnte? Das wissen Sie selber. Man könnte mich, wenn ich ohne Auftrag des

Staatsanwalts dienstlich handle, vom Dienst suspendieren. Und jetzt öffnen Sie endlich ihren verdammten Laptop und lassen uns sehen, was Sie vom Datenspeicher der Überwachungskamera abgekupfert haben."

„Woher haben Sie eigentlich gewusst, wo wir sind?", fragte Pit, der langsam wieder auftaute.

„Sie sollten mich nicht unterschätzen. Das Melderegister der Insel funktioniert prächtig", sagte sie.

„Geh´ ich also recht in der Annahme, dass Sie auf unserer Seite sind?" fragte Edgar.

Birke Klang schaute ihn an. „Aber wenn mich jemand fragt, ist meine Name *Hase*, damit das klar ist."

*

Die Aufzeichnungen der Überwachungskamera hatten nicht den gewünschten Erfolg gebracht. Um zwei Uhr in der Nacht hatte Edgar den Computer ausgeschaltet, und Birke Klang hatte sich verabschiedet. Alle Personen, die zwischen zwei Uhr nachmittags bis zum Stromausfall vom System erfasst worden waren, hatten unauffällig genug ausgesehen, um unverdächtig zu wirken. Derjenige, von dem sie gehofft hatten, dass er womöglich ein T-Shirt mit dem Aufdruck *„Ich bin der, den ihr sucht"*, getragen hätte, war nicht dabei. Frauen fielen von vornherein durchs Raster, und von den Männern glich jeder dem Prototyp des Campers, des Touristen: Kurze Hose, mehr oder weniger Bierbauch, Polohemd, Badelatschen, Sonnenbrille, Fünf-Tage-Bart.

Die meisten gingen sowieso ohne Besuch der Rezeption durch die Schranke, und von den wenigen, die den

Pavillon betraten, war keiner in irgendeiner besonderen Weise verdächtig.

Bei einem Einzigen hatte Edgar gestutzt. Ein vollbärtiger Mann in buntem Hawaiihemd. Als einziger trug er einen verwaschenen Sonnenhut, und er rückte, als er an der Kamera vorbeiging, mit der Hand seine Sonnenbrille zurecht. Das war´s aber auch schon.

Trotzdem ging Edgar davon aus, dass einer der abgelichteten Männer *ihr Mann* sein musste. Fragte sich nur, welcher.

*

Bei ihrem morgendlichen *Skype*-Gespräch mit Eliza und Melanie hatten sie nichts von ihrem frostigen Nachtausflug erzählt. Auf die Bemerkung, sie sähen reichlich unausgeschlafen aus, reagierten sie mit aufgesetztem Befremden. *Na sowas.*

Schon bald nach dem Frühstück brachen sie Richtung *Wismar* auf. Pit hatte die *JVA Questrow* gegoogelt und die Adresse ins Navigationsgerät des *Suzuki Jimny* eingetippt. *Nächste Straße rechts abbiegen.*

Die *JVA Questrow* lag Pi mal Daumen fünfzehn Kilometer östlich von *Wismar*. Pit, der mit seinem Kultfahrzeug *Citroën Typ H* nur die analoge Navigation gewöhnt war, also entweder per herkömmlicher Straßenkarte oder umständlicher Befragung von Passanten, gefiel das Fahren mit Unterstützung der vertrauenserweckenden Stimme. Er meinte sogar, hinter den digitalen Richtungsansagen einen gewissen Sexappeal zu erkennen. „Ich kann mir vorstellen, dass manch ein Autofahrer die Stimme lieber hört als die seiner Frau. Wenn also einer zu seiner Angetrauten sagt, *Schatz, ich fahre noch mal rasch um den Block*, kann das durchaus ein Grund für Argwohn sein, meinst du nicht, Edgar?"

„Hm, darauf warte ich noch: Scheidung wegen übergebührlicher Verwendung von *Alexa*, oder wie die virtuelle Dame heißt. Digitaler Seitensprung, quasi."

Da sie bis zum Termin um dreizehn Uhr dreißig noch eine Menge Zeit hatten, ließen sie sich über die Landstraßen nach *Questrow* dirigieren. Die Welt außerhalb des *Suzuki* wirkte bedrückend und abweisend. Es herrschte überwiegend eine farbliche Melange von Weiß und Grau mit verschiedenen Zwischentönen vor. Dass es Tag sein musste, war nur davon abzuleiten, dass es heller war als in der Nacht. *So muss es sein, wenn nach einem Meteoriteneinschlag die Sonne über Jahre verschwindet*, dachte Pit. *So kalt, so nackt, so unwirtlich. Oder nach dem letzten großen Krieg, der uns noch bevorsteht.*

Auf halber Strecke fuhr er an einer Haltebucht rechts ran und stieg für eine Zigarette aus. Edgar tat es ihm nach. Sie rauchten mit eingezogenen Köpfen, hüpften gegen die Kälte auf und ab. „Wolfsland", sagte Edgar.

Pit brummte Unverständliches.

„Was hältst du von Birke Klangs Auftritt heute Nacht?", fragte Edgar.

„Sie hat mich ganz schön erschreckt, als sie so plötzlich neben dem Auto aufgetaucht ist. Mich wunderte, dass sie nicht gleich die Streife gerufen und uns eingebuchtet hat."

„Kannst du sie dir als Verbündete vorstellen?"

Pit trat die halbe Zigarette mit dem Schuhabsatz in den Frost. „Sie ist nicht so frei wie wir", sagte er, „und sie weiß, hoffe ich, wie weit sie gehen darf. Natürlich will ich nicht, dass sie wegen uns in Schwierigkeiten gerät."

Gegenüber der *JVA Questrow* lag eine Bushaltestelle, und dahinter ein Parkplatz. Sie waren einige Minuten zu früh und warteten im Auto. Kein anderes Fahrzeug weit und breit.

„Ein reines Frauengefängnis", sagte Pit mit Blick auf die Vorderfront des Gebäudes, das einer mittelalterlichen Burganlage glich. Links und rechts an den Ecken ragte je ein Stummelturm in die Höhe; zentral in der Mitte der betongrauen Mauer ein riesiges Tor aus rostbraunem Stahl. *Fehlen nur noch der Burggraben und eine Zugbrücke*, dachte er.

„Wie schafft man es bloß als Frau, hier hineinzukommen?", murmelte Pit. Eine rhetorische Frage, und er erhielt auch keine Antwort. Er hatte das Gefühl, die Kälte hätte noch um einige Grad zugelegt.

Ein dunkelblauer *Renault* mit seitlicher Aufschrift *Reitter-Verlag* bog auf den Parkplatz ein und hielt direkt neben ihrem *Suzuki*. Edgar blickte auf die Breitling-Uhr am Handgelenk. Fünf Minuten vor halb zwei. *Pünktlich ist sie ja, die Frau Vohwinkel.* Er stieß die Tür auf und stieg im gleichen Moment wie die Frau aus.

„Ah, hallo, Sie sind Herr Ferman, stimmt´s?", sagte die Frau und streckte ihm ihre Hand entgegen.

„Guten Tag, nein, ich bin Edgar Schaaf. Pit Ferman ist der andere hinter mir." Edgar schüttelte ihre Hand. „Frau Vohwinkel."

Pit kam um das Heck des *Suzuki* herumgelaufen. „Ich bin Pit Ferman", sagte er. „Wir haben miteinander telefoniert."

„Na, da weiß ich nicht so recht. Die Stimme am Telefon klang eher nach Herrn Schaaf, wenn ich mich nicht irre." Sie sagte das mit einem entwaffnenden Augenaufschlag.

„Stimmt", bestätigte Pit. „Ich saß während des Anrufes leider am Lenkrad. Da hat Edgar meine Rolle übernommen. Ich hoffe, er hat sie zu Ihrer Zufriedenheit ausgefüllt?"

Frau Vohwinkel wischte derlei Pipifax großzügig zur Seite. Sie hatte ein offenes Gesicht mit flinken Augen, denen nichts zu entgehen schien. Das braune Haar hatte sie mit einer Spange zu einem luftigen Knoten gesteckt, aus dem etliche Strähnen wirr um den Kopf wehten, was sie sehr sympathisch machte. Zu Jeans trug sie einen weiten Pullover, darüber eine dicke graue Steppjacke.

„Dann wollen wir mal, nicht wahr, meine Herren?" Sie öffnete den Kofferraum, holte eine geräumige Brokattasche hervor und forderte die Männer auf, ihr zu folgen.

„Darf man einen Laptop mitnehmen", fragte Edgar, bevor Pit den Suzuki abschloss.

„Ja, mittlerweile ist das erlaubt. Man darf ihn halt nur nicht dort lassen."

Nach der als erniedrigend empfundenen Schikane der Anmeldung und dem Passieren zweier Sicherheitsschleusen wurden sie, zu Edgars und Pits Überraschung, in einen winzigen Raum begleitet, in dem nur ein Tisch und drei Stühle standen. In Überkopfhöhe war ein Fenster aus

Glasbausteinen eingelassen. Eine Neonröhre in der Mitte der Decke beleuchtete den Raum.

„Ich werde noch einen vierten Stuhl verlangen", versprach Frau Vohwinkel.

„Um ehrlich zu sein, hatte ich mir einen Besuchersaal mit dutzenden Tischen vorgestellt", meinte Pit. „Das hier ist klaustrophobisch."

„Den großen Saal gibt es hier auch. Aber hier ist man ungestörter. Ich hab´ das so gewollt", erklärte Frau Vohwinkel.

Die Tür ging auf, und Liane Klapproth betrat in Begleitung einer Justizbeamtin das Zimmer. Wenigstens sah sie dem Foto ähnlich, das Edgar von Verlagsseite her kannte.

Frau Vohwinkel stellte die Anwesenden einander vor, und orderte gleichzeitig einen weiteren Stuhl, der umgehend geliefert wurde.

Liane Klapproth war eine sehr zierliche Person. Kaum über ein Meter fünfzig groß und eher hager als schlank. Die Anstaltskleider waren ihr einige Nummern zu groß, sodass alles an ihr schlotterte. Sie setzte sich unkompliziert an eine Seite des Tisches, verschränkte die Arme über der Brust und wartete, was auf sie zukam.

„Ja, Liane, die Herren Schaaf und Ferman wollten dich sprechen. Herr Ferman schreibt selbst Bücher und hat mehrere Kriminalromane, aber auch belletristische Romane verfasst. Herr Schaaf ist Kriminalhauptkommissar. Du brauchst natürlich auf keine ihrer Fragen zu antworten. Das ist keine polizeiliche Vernehmung, okay?"

Liane Klapproths Blicke besaßen die Fähigkeit, direkt auf den Grund der Seele zu treffen. So zumindest kam es Pit vor, als er mit ihr in Augenkontakt kam. Er lächelte.

„Frau Klapproth, Ihr Buch *„Größe XL, bitte"*, bezieht sich das auf Ihre Kleiderwahl hier im Haus?"

„Ja, es ist neben der gedanklichen Freiheit die einzige Möglichkeit, auch für den Körper Bewegungsfreiheit zu erlangen. Auch wenn ich deswegen belächelt werde – für mich ist das sehr wichtig."

Pit holte aus. „Ich dachte mir schon so etwas Ähnliches. Frau Klapproth, wir sind aus einem ganz bestimmten Grund hier. Wie Frau Vohwinkel erwähnt hat, ist Edgar Schaaf Kriminalhauptkommissar. Zwar außer Dienst, aber das ändert nichts an seinen Vorzügen, wenn ich das so salopp beschreiben darf.

Im vergangenen August sind auf der Insel *Kritaholm* drei Morde begangen worden. Die Taten werden einem Mann zur Last gelegt, der bereits einmal unschuldig wegen Totschlags im Gefängnis gesessen hat. Seine Unschuld ist inzwischen durch ein Geständnis des wahren Täters belegt. Demnach befindet sich der Mörder, oder die Mörderin, noch in Freiheit.

Eines der Opfer war Herr Petersen in *Vieksen*. Herr Petersen hatte ursprünglich mit Ihnen eine Lesung aus Ihren Büchern in seinem Restaurant verabredet. Wenige Tage vorher haben Sie die Lesung angeblich aus gesundheitlichen Gründen abgesagt. Ist das so richtig, und war das der einzige Grund?"

Frau Vohwinkel mischte sich ein. „Falsch. Richtig ist: Nicht Frau Klapproth, beziehungsweise der *Reitter-Verlag* hat die Lesung abgesagt, sondern die Absage kam aus Petersens Büro an uns."

Pit und Edgar schauten sich an. „Nun, es ist so, dass Petersen mich, als ich zufällig in seinem Restaurant war, drei Tage vor dem Lesetermin gebeten hat, als Ersatz für *eine Schriftstellerin* einzuspringen, die absagen musste. So seine Worte. Damals wusste ich noch nicht, dass *Sie* diese Schriftstellerin waren."

„Nein", intervenierte Frau Vohwinkel erneut, „so war es nicht. Wie gesagt: Nicht wir, sondern Petersen hat abgesagt. Beziehungsweise sein Büro."

„Seltsam", sagte Edgar, „dann müssen wir das so stehen lassen. Doch wir werden der Sache nochmal nachgehen. Das wär´s von unserer Seite auch schon. Oder hast du ...?"

„Ich war dort", meldete sich Liane Klapproth zu Wort. „Ich war am Tag des Mordes in Petersens Restaurant", sagte sie mit fester klarer Stimme. „Vielmehr in seiner Wohnung im ersten Stock. Am siebenundzwanzigsten August."

„Sag´ nichts, was dir hinterher leidtun wird, Kind", polterte Frau Vohwinkel dazwischen.

Liane schüttelte den Kopf. „Ich hatte ja Freigang für jene Lesung, die abgesagt worden war. Über die Absage wusste die Gefängnisverwaltung ja nichts. Wieso sollte ich mir den freien Tag entgehen lassen? Also hab´ ich mir gedacht, dass ich da hingehe und den Petersen persönlich frage, was das soll. Zu meiner Überraschung musste ich feststellen, dass an dem gewissen Tag, in der Ortschaft hingen Plakate mit Datum, doch eine Lesung stattfinden sollte. Mit Pit Ferman. Also mit Ihnen." Dabei zeigte ihr Finger auf Pit. „Da war ich natürlich überrascht und wütend ..."

Sag´ jetzt nicht, dass du dann im Zorn zu ihm gegangen und ihm einen Schraubendreher in die Brust gestochen hast, dachte Edgar.

„... und wollte ihn zur Rede stellen. Ich bin zu seinem Restaurant, Hintereingang, die Treppe hoch, hab´ ihn in seiner Wohnung angetroffen, im Büro, und gefragt, warum er mir die Lesung gekündigt hat. Irgendwie war er durch den Wind. Nervös. Sehr nervös. Er hat bestätigt, dass mein Verlag den Lesetermin telefonisch gekündigt hätte. Daraufhin hätte er nach Ersatz gesucht und in Pit Ferman kurzfristig gefunden. Der Anruf wurde nicht von ihm persönlich, sondern von seinem Büro entgegengenommen. Dann bin ich unverrichteter Dinge wieder gegangen. Er hatte sich tausendmal entschuldigt und mir angeboten, einen Lesetermin im September abzuhalten, aber darüber musste ich zuerst mit meinem Verlag sprechen. Leider wird daraus ja nichts mehr."

Edgar war, während Liane Klapproth geredet hatte, auf seinem Stuhl immer weiter nach vorne gerutscht, bis er nur noch auf der Kante saß. „Wann waren Sie bei Petersen in der Wohnung? Frau Klapproth, das ist jetzt sehr wichtig. Die Uhrzeit. Wann genau waren Sie dort."

„Sag´ nichts, was dich belasten könnte, Liane", flehte Frau Vohwinkel.

„Wieso ist das wichtig? Wegen des Mordes? Ich war es nicht."

„Das glaub´ ich Ihnen. Wann, Frau Klapproth? Vormittags? Nachmittags?"

„Es war gegen sechzehn Uhr fünfzehn."

Mein Gott. Das muss exakt zur Tatzeit gewesen sein, dachte Edgar. *Enger kommen wir nicht dran.* „Ist Ihnen irgendetwas Außergewöhnliches aufgefallen?" *Meine Güte, sind wir nah dran.*

„Vor dem Hintereingang stand ein Lieferwagen. Er fiel mir auf, weil er in zweiter Reihe parkte. Im Flur stand Elektromaterial, Kabelrollen, Werkzeugkisten. Ein Handwerker lud das Zeug gerade ein. Also in den Lieferwagen."

„Das war der Mann, der des Mordes verdächtigt wurde", schnaufte Edgar erregt. „Weiter, sonst noch etwas?"

„Wie sind Sie überhaupt auf mich gekommen, wenn ich fragen darf?", fragte sie jetzt misstrauisch.

„Ganz einfach", antwortete Pit. „Telefon, Zeitung, Inselrundschau, Kulturredaktion."

Liane Klapproth nickte ergeben. „Er hatte Besuch. Petersen. In seinem Wohnzimmer saß ein Mann. In einem Sessel vor dem Fenster. Sein Gesicht lag im Schatten, aber er hatte eine komische Frisur. Sah aus wie Dauerwellen. Mehr hab´ ich nicht erkannt."

Sie hat den Mörder gesehen, dachte Edgar. Mit fahrigen Händen kramte er seinen Laptop aus der Tasche, Während der Computer die Programme startete, fragte Edgar:

„Ihnen ist schon klar, dass Sie eventuell Petersens Mörder gesehen haben? Warum haben Sie das nicht der Polizei mitgeteilt?"

„Liane", warnte Frau Vohwinkel.

„Das ist jetzt enorm wichtig, Frau Vohwinkel", bellte Edgar die Verlegerin an. „Frau Klapproth, warum nicht?"

„Die Polizei hatte ja keine Ahnung davon, dass ich dort gewesen bin. Bei meinem strafrechtlichen Hintergrund habe ich mich natürlich nicht in die erste Reihe gedrängt und laut *„hier"* gerufen, wenn Sie verstehen, was ich meine."

„Sicher. Da Sie schon einmal einen Mann erstochen hatten, hätte man sofort Sie verdächtigt."

„Meine Rede", antwortete Frau Klapproth. „War´s das?"

Der Computer war bereit. „Nein, warten Sie noch." Edgar rief die Dateien der Überwachungskamera vom Campingplatz auf. „Es dauert nur wenige Minuten. Schauen Sie sich bitte einige Bilder an. Kommt Ihnen hier einer der Männer bekannt vor? Erkennen Sie vielleicht den Mann, den Sie bei Petersen gesehen haben?"

Nach ungefähr zehn quälend langen Minuten lehnte sich Frau Klapproth wieder zurück und schüttelte den Kopf. „Nein. Das ist vergebene Mühe. Aber wie gesagt, er saß im Schatten des Fensterlichts. Tut mir leid. War´s das jetzt?" Sie erhob sich vom Stuhl. Die Justizbeamtin trat hinter sie, berührte ihren Arm und sagte leise: „Kommen Sie."

Frau Klapproth drehte sich um, ging zur Tür und öffnete sie.

„Moment noch", sagte sie plötzlich und kehrte in den Raum zurück. „Ihr Computer. Schalten Sie ihn wieder ein. Suchen Sie nach Sportwagen. Alle Modelle, die es gibt."

„Was haben Sie vor", fragte Pit gespannt.

Frau Klapproth schwieg. Edgar gab den Begriff *Sportwagen* in die Suchmaschine ein. Kurze Zeit später wurde der Bildschirm mit Sportwagen aller Marken und jeder Couleur geradezu überschwemmt. Liane Klapproth starrte auf das Display des Computers, auf die Bilder, die Edgar herunterscrollte.

„Stopp", befahl sie dann. „Zurück. Stopp. Der da. Der da in grau."

„Was ist mit dem?"

Frau Klapproth legte ihren Finger auf das Bild. „So einer war in der Straße in der Nähe des Restaurants gestanden.

In grau. Er fiel mir auf, weil er so überhaupt nicht in die Gegend passte."

Jetzt sah sich auch Pit das Bild an, und dann fiel bei ihm der Groschen. *Jaguar E-Type Retro*? Silbergrau? Und onduliertes Haar? „Maik Stegemann", flüsterte er.

Teil IV

***Kritaholm**, 05. 01. 2023*

Eisiger Wind pfiff ihnen um die Ohren, als sie die Haftanstalt in Begleitung Frau Vohwinkels verließen. Bei ihren Autos blieben sie stehen. „Sie werden Liane doch keinen Strick drehen?", sagte sie mehr als Aufforderung denn als Frage.

„Wir müssen mit der Kripo reden", antwortete Edgar. „Es geht nicht nur um Frau Klapproth, sondern auch um Jonas Taschner. Ihre Klientin wird eine wichtige Zeugin sein. Ich denke, dazu ist sie moralisch verpflichtet."

Frau Vohwinkel lachte hart. „Kommen Sie mir nicht mit Moral. Liane hat ihren Geliebten erstochen, ja. Nachdem er sie wiederholt missbraucht hatte und sie daran fast gestorben wäre."

„Nur aus ganz persönlicher Neugier, Frau Vohwinkel. In ihren beiden autobiografischen Büchern verarbeitet sie ihre traumatischen Erlebnisse vor und nach der Tat. In den Büchern gibt sie ihrem Peiniger den Namen Ulf Wunderlich. Wissen Sie zufällig den richtigen Namen dieses Geliebten?"

„Was? Für was soll das denn gut sein? Aber egal. Sie würden es ja so oder so durch eigene Recherchen herausfinden. Sein Name war Paul Kuklik. Meiner Ansicht nach hätte Liane einen Orden verdient. So ein Schwein verdient es nicht besser, das ist meine Meinung. Moral, tsss. Sie trägt ihr Urteil mit erhobenem Kopf. Sie lässt sich von der Haft nicht zerbrechen. Jetzt wissen Sie, was ich denke. Wenn Sie herausgefunden haben, wer für die Stornierung ihrer Lesung verantwortlich war, dann lassen Sie mich das wissen. Damit ich ihm oder ihr den Hals umdrehen kann.

Kommen Sie gut nach Hause." Sprach´s, setzte sich ins Auto und rauschte mit stinkendem Auspuff davon.

Schnell wurde der Himmel dunkler und der Wind nahm zu. Eiskristalle stachen schmerzhaft in die Haut. Die gefühlte Kälte rangierte bei zwanzig Grad hoch drei. Wieder befiel sie die erschreckende Vorstellung, auf einem menschenleeren Eisplaneten ausgesetzt zu sein, einsam und vergessen. Wenn das Auto nicht anspringen würde, wären sie des sicheren Todes. Pit sehnte sich nach Elizas Wärme.

„Ich habe ihn gesehen", sagte Pit, als sie im *Suzuki* nach *Kritaholm* zurückfuhren. „Bei Notar Aichholz in *Offenburg*. Ein *Jaguar E-Type Retro* mit Hamburger Zulassung stand auf dem Parkplatz davor."

„Das hast du vorhin schon erwähnt, Pit. Als wir noch im Besucherraum waren. Der Mann mit dem ondulierten Haar", erinnerte ihn Edgar.

„Ach tatsächlich? Sorry. Ich glaube die Kälte friert mein Gehirn ein. Ich hasse Kälte. Wusstest du das?"

Edgar grinste. „Spätestens seit vergangener Nacht. Aber du vergisst eines, Pit. Maik Stegemann hat ein Alibi."

„Dann stimmt halt das Alibi nicht!", begehrte Pit trotziger auf als beabsichtigt, und schlug mit der Hand aufs Lenkrad. „Pardon, war nur eine Reaktion auf die empfundene Ungerechtigkeit. So ein Mist."

Edgar blieb über die Strecke einiger hundert Meter Fahrt erstaunlich ruhig. Pit fragte: „Bist du jetzt eingeschnappt, oder was?"

„Nein, nein, ich denke nur nach. Sag´s nochmal, Pit. Das mit dem Alibi."

„Dass das Alibi nicht stimmt?"

„Genau. Dass das Alibi nicht stimmt. Das Alibi stimmt nämlich nicht. Halt´ mal an. Fahr mal rechts ran. Ich muss telefonieren."

Pit steuerte an den Straßenrand und schaltete den Motor aus. Edgar kramte sein Handy aus der Tasche. Dann fluchte er. „Verdammt. Von den versprochenen neunundneunzig Prozent Netzabdeckung haben wir gerade das eine Prozent erwischt, wo nix funktioniert. Guten Morgen, Deutschland. Okay, Pit, fahr´ weiter. Dann telefonier´ ich von der Wohnung aus."

„Mit wem hast du denn so unheimlich wichtige Gespräche vor? Mit Frau Klang?"

„Nein", sagte Edgar noch immer sauer, „die Klang ruf´ ich später an. Mit Melanie. Sie hockt auf meinem Beweis."

Gengenbach, 05. 01. 2023

Das Leben war ein anderes. Melanie fühlte sich seit Edgars Abreise wie amputiert, und Eliza erging es im Grunde ähnlich. Viele Dinge funktionierten nur, weil sie Handlungen, Verrichtungen und Abläufe automatisiert hatten, denn mit den Gedanken waren sie selten bei der Sache. Die meiste Zeit verbrachten sie in einer Art innerer Versammlung; in einer Konzentration auf die Ausschläge und Vibrationen der eingebauten Seismometer; in Lauschposition für die Stimmen ihrer Gefühle; in zitternder und quälender Wartestellung.

Seit die Männer abgereist waren, verbrachten Melanie und Eliza viel Zeit miteinander. Sie teilten sich die Aufgaben in Melanies Geschäft *Aquarelle und Poesie*; befassten sich, um Ablenkung bemüht, mehr denn je mit den Hunden; kochten und aßen zusammen; spielten zu zweit mit der Katze *Pepsi*, und legten sich nächtens beide in Melanies Bett, um die dunklen Stunden nicht alleine durchwachen zu müssen.

Zweimal täglich mit Edgar und Pit zu *skypen*, ersetzte nicht deren Gegenwart, sondern bedeutete lediglich eine kurze vorübergehende Befreiung von der Beklemmung, die sie ohne die Männer verspürten, und die umso stärker zurückkehrte, sobald die Gespräche beendet waren. Wie musste es einst liebenden Frauen ergangen sein, deren Männer früher mit Expeditionen in unbekannte Welten aufbrachen, monatelang, jahrelang? Oder wie mussten Frauen gelitten haben, deren Männer in den Krieg gezogen waren?

„Wenn er tot wäre – ich würde mich nicht anders fühlen", sagte Melanie am Nachmittag. „Ich würde nicht trauern, sondern ich würde zu Stein erstarren und innerlich erkalten. Genau so fühle ich mich jetzt."

„Jeder trauert auf seine Weise, Melanie", sagte Eliza sanft.

„Weißt du, wir waren, seit wir uns kennen, noch nie getrennt. Ich hatte nicht gedacht, dass ich dieses Mannsbild so sehr lieben würde. Muss er mir, um zu dieser Erkenntnis zu kommen, erst abhandenkommen?" Melanie schniefte, und dann lachte sie. „Ist doch wahr, verdammt noch mal."

Eliza nahm sie in die Arme. „Aber wir lassen sie nicht spüren, dass sie uns fehlen, sonst bilden sie sich am Ende noch was drauf ein. Sollen sie ruhig glauben, dass uns nicht übermäßig viel an ihnen liegt."

„Nanana, höre ich da ein bisschen Trotz heraus?"

„Ach ja, Mensch."

Melanies Handy klingelte. „Geh´ du dran, Eliza. Wenn es eine schlechte Botschaft ist, brech´ ich zusammen. Das halte ich nicht aus."

Eliza nahm das Gespräch an. „Bei Köninger?"

Rauschen in der Leitung. „Eliza? Bist du das? Ist was mit Melanie passiert?"

„Nein, sei beruhigt. Ich gebe sie dir. Sie war gerade auf der Toilette."

Melanie nahm das Telefon zur Hand. „Edgar?"

„Ja, ich bin´s. Ist alles in Ordnung bei euch?"

Sie gönnte sich drei Sekunden, um zu antworten. „Alles wunderbar bei uns. Wir machen täglich Bauchtanz und feiern bis in die Puppen, was glaubst du denn? Was hast du auf dem Herzen, mein Gebieter?"

„Sag´ mal, seid ihr betrunken? Was sind denn das für Töne?"

„Edgar! Das war ein Scherz. Hallo? Ein Sche-herz. Du rufst außerhalb der gewohnten Zeiten an. Was ist los?"

„Ach so, ja, Melanie. Erinnerst du dich an den Advent, als wir in *Strasbourg* auf dem Weihnachtsmarkt waren? An den Laden, in dem du einige Gewürze gekauft hast? Ja? Dort, in dem Laden, hab´ ich einen Prospekt eingesteckt. *Épices du monde* steht drauf. Kannst du bitte mal in der einen schwarzen Jacke nachschauen? Er müsste noch in meiner Innentasche stecken."

Melanie stieg, den Hörer am Ohr, die Treppe in den ersten Stock hinauf, wo Edgars Kleiderschrank stand. „Weißt du Edgar", versuchte sie zu erklären, „es ist nicht einfach für uns, alleine hier zu sein. Ehrlich gesagt, schieben Eliza und ich einen kräftigen Blues. Entschuldige, dass ich eben etwas pampig zu dir war. So, jetzt bin in deinem Zimmer. Welche Jacke war das? Ach ja, diese hier. Stimmt, da steckt ein Prospekt in der Tasche. *Gewürze der Welt*. Was willst du damit?"

„Ich verstehe euch ja, Melanie. Ich hab´ bloß gedacht, du bist sauer auf mich. Du fehlst mir auch, und ich sehne mich nach dir. Hier ist es so furchtbar kalt. Mach´ bitte Folgendes. Dreh´ den Prospekt um. Auf der Rückseite stehen Termine in verschiedenen Städten. Fotografiere die Seite, und schick´ sie mir per Whatsapp. Die Termine sind ein Beweismittel."

„Danke Edgar. Du fehlst mir sehr. Und Pit fehlt seiner Eliza. Ich mach´ das, wie du gesagt hast. Und bitte bitte passt auf euch auf. Und kommt bald wieder nach Hause. Ich liebe dich."

„Ich dich auch. Bis später."

„Äääh, Edgar, halt! Wie weit seid ihr eigentlich mit eurer Mission?"

„Wie soll ich es beschreiben? Ich würde sagen, wir nehmen den Täter jetzt ins Visier."

Kritaholm, 05. 01. 2023

„Was soll das für ein Beweis sein?", wollte Kriminaloberkommissarin Birke Klang wissen. Sie war nach Feierabend direkt in die Schilfrohrgasse gefahren, wo sie von Edgar und Pit über die neuen Perspektiven aus Sicht Liane Klapproths informiert worden war. „Denn wirklich erkannt wurde Maik Stegemann von niemandem. *Jaguar E-Type Retro*? Wie viele Fahrzeuge dieser Art gibt es? Das kann Zufall sein, und ist kein Beweis."

„Aber er hat gelogen", sagte Edgar, und zeigte ihr das Foto, das Melanie vom Gewürzprospekt geschossen hatte. „Wie lautete sein Alibi? Vom zweiundzwanzigsten bis achtundzwanzigsten sei er in *Dubai* auf einer Gewürzbörse gewesen? Sehen Sie, Frau Klang, auf diesem Prospekt stehen alle Termine von Gewürzbörsen, die man nur finden kann. *Mumbai*, *Kairo*, *Istanbul*, und hier *Dubai*. Sehen Sie das Datum? Die internationale Gewürzbörse *Dubai* fand vom fünfzehnten bis einundzwanzigsten August statt. Maik Stegemann hat gelogen. Sein Alibi ist geplatzt."

Birke Klang lehnte sich im Sessel zurück und studierte die Zimmerdecke. „Das heißt, er hätte zu beiden Tattagen hier sein können, nicht wahr? Das heißt es doch, oder?"

Edgar und Pit nickten.

„Okay. Was schlagen Sie jetzt vor, Herr Schaaf?"

„Oh, Sie sind die Polizei, Frau Klang. Was würden Sie einleiten?"

„Auf welchem Weg kommt man am schnellsten von *Hamburg* nach *Deuzin*? Ich denke, das ist die A 20. Wir brauchen alle Videoaufzeichnungen von allen Kameras, die unterwegs installiert sind. Also von Parkplätzen und Raststätten, auch von zivilen Patrouillenfahrzeugen der Polizei. Und vorab natürlich das Kennzeichen des *Jaguars*. Wenn wir nachweisen können, dass er an einem der betreffenden Tage nach oder von *Deuzin* unterwegs war, ist das schon mal ein Pluspunkt."

„Frau Klang, das Motiv für den Mord an Petersen. Sie müssen Einsicht in die Geschäftsbücher seines Gewürzhandels beantragen. Haben die Kollegen in *Hamburg* schon mit den Ermittlungen begonnen?"

„Ich glaube, die überprüfen noch, ob die Anzeige nach Horst Stegemanns Tod überhaupt zugelassen werden kann", sagte sie.

„Was soll das denn? Ich dachte, es handelt sich bei Steuerhinterziehung um ein Offizialdelikt? Oder wie wollen Sie die Anzeige definieren? Hat Maik Stegemann eventuell einen Deal mit der Staatsanwaltschaft ausgehandelt?"

„Das weiß ich nicht, Herr Schaaf. Für eine Einsicht in die Geschäftsbücher müsste ich den Staatsanwalt überreden, die Ermittlungen offiziell wieder aufzunehmen. Das wird schwierig, aber versuchen kann ich es."

„Andere Theorie", brachte sich Pit ein. „Es muss doch einen Grund für Maik Stegemanns Besuch bei Petersen gegeben haben. Umsonst fuhr er doch nicht dorthin. Petersen hatte behauptet, mit den Stegemanns gut befreundet zu sein. Vielleicht gab es mehr als nur freundschaftliche Beziehungen. Ich schlage vor, dass Edgar und ich uns morgen mal umhören. Wenn das Restaurant auch geschlossen ist, so hat doch das Hotel geöffnet, und wo ein Hotel ist, gibt es auch eine Verwaltung. Was meint ihr?"

„Ja großartig, Herr Kriminalautor. Dieser Gedankengang könnte geradewegs von mir sein. Dann machen wir das so: Frau Klang, Sie kümmern sich um das Autokennzeichen, die Kamerabilder, und probieren Ihr Glück beim Staatsanwalt. Pit und ich halten uns an das Hotel Petersen."

„Moment", sagte Pit und wühlte in seiner Gesäßtasche nach der Geldbörse, „mir ist da betreffs Kennzeichen gerade etwas eingefallen Es kann sein, dass ich sie noch auf einem Zettel stehen habe. Ich hab´ mir nämlich die Nummer des *Jaguars* aufgeschrieben, der vor dem Büro des Notars Aichholz gestanden hatte. Und hier ist sie auch schon."

Kritaholm, 06. 01. 2023

„Unsere Frauen haben Heimweh nach uns, Pit. Wir müssen zusehen, dass wir hier bald zu einem Ende finden."

„Nicht nur zu einem Ende. Zu einem erfolgreichen Ende", sagte Pit. „Wobei ich keinen Schimmer habe, wie es aussehen soll. Ist noch Kaffee da?"

Pit nahm die letzte Tasse Kaffee und ging zum Rauchen auf die Terrasse. *Ich hab´ auch Heimweh. Die Kälte hier geht mir gewaltig auf den Sack*, dachte er.

Es herrschte überwiegend leichter Ostwind, der frostige Luftströmungen aus dem fernen Sibirien nach Norddeutschland schaufelte. Bäume, Sträucher, das Gras und das nahe Schilf waren von nadelspitzem Raureif überzogen. Der *Flether Bodden* war mit Eis bedeckt. Gelegentlich krallte sich ein dick aufgeplusterter Vogel an einen Zweig. Sonst schien alles Leben erloschen zu sein.

Wenn das keine Basis für eine ausgewachsene Depression ist, weiß ich auch nicht, was es noch schlimmer machen könnte, dachte Pit.

Gegen zehn Uhr betraten Edgar und Pit den Haupteingang des Hotelkomplexes von der Reusengasse aus, der ungefähr zwanzig Meter vom Hintereingang zum Restaurant entfernt lag. Im Gegensatz zur hässlichen Außenfassade waren das Foyer und die Rezeption durch geschickten Einsatz von hellen Hölzern ansprechend gestaltet.

Das Foyer war menschenleer. Neben einer Sitzgruppe aus braunem Kunstleder plätscherte ein Brunnen aus gemauerten Klinkersteinen. Auf das Pult der Rezeption fiel indirektes Licht. Aus dem Hintergrund drangen Stimmen. Edgar schlug mit der flachen Hand auf eine silberne Glocke. Sekunden später betrat eine Frau die Rezeption, geschäftsmäßig gekleidet mit dunkelblauem Rock und ebensolcher Jacke. Schwarze Haare mit Mittelscheitel. Geschätztes Alter zwischen dreißig und fünfunddreißig.

„Guten Morgen, die Herren. Mein Name ist Veronika Kuklik-Freimut, was kann ich für Sie tun?"

Edgar dachte, er hätte sich verhört. „Äääh, wie bitte?"

Dafür hatte Pit aufgepasst. „Guten Morgen, Frau Kuklik-Freimut. Das ist Edgar Schaaf, ich heiße Pit Ferman. Wir würden gerne mit der Geschäftsleitung sprechen, wenn es möglich ist."

Die Frau bildete mit den Händen die *Merkel-Raute*. Ein Ehering mit Brillanteinsatz blitzte im Licht auf.

„In welcher Angelegenheit, bitte?"

„Ach so, ja. In der Angelegenheit Sven Petersen. Das ist der ..."

„Ich weiß, wer das war. Einen Augenblick, bitte." Sie drehte sich um und ging forschen Schrittes durch die Tür, aus der sie gekommen war.

„Hast du das gehört?", flüsterte Edgar hinter vorgehaltener Hand. „Kuklik? Ob das ...?"

„Klar, hab´ ich´s gehört. Das wär´ jetzt wirklich ein Zufall, was? Da müssen wir nachher ...Achtung, es kommt jemand."

Dieser Jemand war eine Frau um die fünfundvierzig, voll und ganz im *Jil-Sander-Stil* aufgemacht. Dunkelblonde mittellange Haare hatte sie, wie offenbar ihr modisches Vorbild, mit Frisierschaum nach hinten aus der Stirn gekämmt. Ihr Gesicht wurde von großen blauen Augen beherrscht.

„Ich bin Lilly Petersen. Sie wollten mich sprechen? Wie ich hörte, wegen meines Bruders?"

Edgar stellte Pit und sich vor. „Das ist richtig, Frau Petersen. Pit Ferman hatte das Glück, Ihren Bruder noch persönlich kennenzulernen. Im August."

„Ja? Und? Setzen wir uns doch zum Brunnen. Da lässt sich besser reden."

Sie schritt elegant voran und nahm in einem der Sessel Platz. „Also?"

Edgar und Pit wechselten einen Blick. Edgar übernahm.

„Um es kurz zu machen: Wir untersuchen die Mordfälle an dem Ehepaar Stegemann und Ihrem Bruder. Noch nicht offiziell, aber mit dem Einverständnis von Frau Oberkommissarin Klang."

Frau Petersen hob eine Hand. „Meines Wissens ist der Schuldige ermittelt und tot. Was also soll eine erneute Untersuchung? Ich darf doch fragen, oder?"

Hoppla, dachte Edgar, *rührt da jemand etwa schon Mörtel an? Wer wird denn gleich eine Mauer bauen?*

„Selbstverständlich. Es sind neue Verdachtsmomente aufgetaucht, die vom bisher angenommenen Tatablauf abweichen. Es tut uns leid, aber wir müssen dem nachgehen. Sagt Ihnen der Name Maik Stegemann etwas?"

In Frau Petersens Gesicht lief eine sichtbare Veränderung ab. Ihre großen Augen verengten sich zu Schlitzen, ihre Lippen pressten den Mund zu einem Strich. Ihre ganze Körperhaltung verkrampfte sich. Die Fingerknöchel ihrer Hände traten weiß wie Zuckerwürfel hervor. Sie atmete tief ein und aus. „Maik Stegemann!", sagte sie, als zerkaue sie Glas. „Wie kommen Sie auf ihn? Hat er eventuell was mit Svens Tod zu tun?"

„Wir wissen es noch nicht. Wie gesagt, wir stellen neue Untersuchungen an. Aber Sie scheinen ihn zu kennen?"

Sie nickte bestätigend, erhob sich aus dem Sessel, schwankte mehr zur Rezeption als dass sie ging, riss die Tür eines Wandschranks auf, schenkte sich aus einer dort deponierten Flasche ein bernsteinfarbenes Getränk in ein bauchiges Glas und kehrte zur Sitzgruppe zurück. Dort setzte sie das Glas an und trank es in einem Zug aus. Dann sagte sie: „Maik Stegemann will uns ruinieren."

Diese Aussage stand erst mal im Raum. Lilly Petersen knallte das Glas auf den kleinen Tisch und fragte: „Wollen Sie auch einen? Dann hole ich nämlich gleich die ganze Flasche."

Pit wehrte ab. „Danke, nein, wir müssen noch fahren. Aber sagen Sie, Frau Petersen, wie kann es sein, dass Maik Stegemann Sie ruinieren will? Soviel wir wissen, ist er Gewürzhändler. Mit Restaurants und Hotels hat er nichts am Hut."

„Mit Restaurants und Hotels nicht, aber mit Geld", antwortete sie. „Wie weit soll ich ausholen? Mein Bruder Sven und ich wuchsen hier im Restaurant Petersen auf. Das Fischrestaurant. Unsere Eltern hatten es geführt. Sven, der Ältere von uns beiden, hat das Restaurant von ihnen übernommen. Ich bin nach meiner Heirat nach *Waren* gezogen. *Waren (Müritz)*, wenn Ihnen das was sagt. Ich habe übrigens meinen Mädchennamen behalten, denn mein Mann heißt mit Zuname Klapper, und der gefiel mir nicht. Ist ja heute kein Thema mehr. Lilly Klapper hört sich an wie ein magersüchtiges Pferd. Das nur nebenbei. Mein Mann und ich führen in *Waren* ein Event-Hotel. Man muss den Leuten etwas bieten, um sie als Gäste zu binden. Wir veranstalten und organisieren zu allen möglichen Anlässen Feste. Vom Kindergeburtstag bis zur Hochzeitsfeier, von Beerdigungen zu Rockkonzerten. Was wir übrigens auch hier in *Vieksen* vorhaben. Nur stellen sich die Anlieger noch quer, weil sie Lärmbelästigung und Verkehrschaos befürchten, was natürlich Humbug ist. In *Waren* haben wir überhaupt keine Probleme damit.

Wie Sie sicher gesehen haben, ist das Hotel hier relativ neu. Ein Jahr alt, um genau zu sein. Als es um die Finanzierung ging, hat Sven uns um Unterstützung gebeten. Aber weil wir selber parallel ein zweites Event-Hotel in *Greifswald* in Vorbereitung hatten, konnten wir ihm nicht helfen. Das hat leider zu unschönen Spannungen und Zerwürfnissen zwischen uns geführt, die allerdings in der Öffentlichkeit missinterpretiert wurden.

Letztlich konnte er das Geld doch auftreiben. Von wem, das haben wir erst Ende September vergangenen Jahres erfahren, als wir hier alle Akten und Papiere gesichtet hatten. September 2022. Und zwar hat sich Helga Stegemann mit zweieinhalb Millionen Euro aus ihrem Privatvermögen in das Hotel eingekauft. Reiche Frau aus der Hamburger Pfeffersack-Dynastie. Maik Stegemanns Mutter gehörte quasi ein Drittel dieses Hauses."

„Das ist es, Pit", murmelte Edgar. „Das Motiv. Geld. Entschuldigen Sie, dass ich Sie unterbrach. Es geht sicher noch weiter?"

„Ja, es geht noch weiter. Im Oktober erhielten wir Post von einem *Hamburger* Anwalt. Maik Stegemann fordert die zweieinhalb Millionen zurück."

„Fällt dir was auf, Edgar? Im Oktober, als ihm klar war, dass er als Täter nicht mehr in Frage kommt. Er hat gewartet, bis ein Unschuldiger im Gefängnis sitzt oder, wie in diesem tragischen Fall, ums Leben gekommen ist. Vielleicht trink´ ich jetzt doch was von Ihrem Zeug."

Lilly Petersen lächelte und holte die Flasche und zwei Gläser. „Gegen die Kälte", sagte sie und kippte zum Erstaunen der Männer den Inhalt ihres Glases in den Hals. Edgar und Pit hielten sich vornehm zurück und nippten bloß.

„Sind Maik Stegemanns Forderungen berechtigt? Kommt er damit durch?"

„Mein Mann und ich haben natürlich ebenfalls einen Anwalt beauftragt. Der hat herausgefunden, dass Helga Stegemann ihren Sohn aus diversen Gründen enterbt hat.

Unstimmigkeiten in der Geschäftsführung, unbezahlte offene Rechnungen, Veruntreuung von Geldern, was weiß ich. Er bekommt nur einen Pflichtteil von der Erbschaft, ist praktisch pleite und steht sozusagen mit dem Rücken zur Wand. Unser dickstes Pfund ist freilich der Gesellschaftervertrag zwischen meinem Bruder und Helga Stegemann. Darin steht nämlich, dass im Falle des Todes von Frau Stegemann ihr Anteil zuerst an ihren Ehemann, bei dessen Tod voll und ganz an meinen Bruder fällt."

„Was an und für sich ein veritables Motiv für Ihren Bruder gewesen wäre, sich seinerseits Helga Stegemanns zu entledigen", schob Edgar ein.

„Um sich Tage später selbst zu erstechen? Mit einem Schraubendreher? Herr Schaaf, das ist an den Haaren herbeigezogen."

„In der Schlussfolgerung bedeutet es, dass Sie als Schwester Ihren Bruder beerben werden. Also Restaurant und Hotel. Sofern kein entgegenstehendes Testament verfügt ist. Richtig?"

„Ja, und sagen Sie jetzt nicht, dass das auch für mich ein veritables Motiv gewesen wäre, alle Morde zu begehen."

Edgar grinste. „Danke, dass Sie verstanden haben, Frau Petersen. Wenn Sie mir jetzt noch zwei Wünsche erfüllen, werde ich Sie stets in guter Erinnerung behalten. Ob wir erstens vielleicht je eine Kopie des Gesellschaftervertrags und des Forderungsschreibens bekommen könnten? Und zweitens würde ich gerne noch einmal mit Frau Kuklik-Freimut reden. Aber machen Sie ihr keine Angst. Sie hat nichts zu befürchten."

*

Ferienwohnung Schilfrohrgasse. Auf der elektrischen Herdplatte kochten Salzkartoffeln. Edgar produzierte Rühreier, die er über bereits gebratene Speckscheiben schüttete. Auf dem Tisch standen zwei Bierdosen.

„Ob du's glaubst oder nicht, aber den Kognak von vorhin spür' ich in den Knochen", sagte Pit.

„In den Knochen? Ich spür ihn im Kopf. Trotzdem hab' ich jetzt Lust auf etwas Deftiges. Guck mal, ob die Kartoffeln weich sind. Dann können wir essen."

Veronika Kuklik-Freimut hatte frank und frei zugegeben, dass sie für die stornierte Lesung von Frau Klapproth verantwortlich war. „Es war mein Bruder Paul, den sie ermordet hat. Sie verstehen sicher, dass ich nicht zulassen konnte, wie diese Frau in diesem Haus meinen Bruder an die Öffentlichkeit zerrt und sich damit auch noch bereichert, auch wenn sein Name im Buch geändert ist. Blut ist dicker als Wasser, wenn Sie verstehen, was ich meine. Was sie woanders macht, ist mir egal. Aber nicht an dem Ort, an dem ich arbeite. Ich schäme mich nicht."

Kurz nach Mittag war es so düster, dass Pit die Zimmerbeleuchtung einschaltete. Unruhig pendelte er zwischen Couch und Terrassenfenster hin und her. Es fiel ihm schwer, sich auf einen geordneten Gedankenaufbau zu konzentrieren. Er wusste weder mit sich selbst noch mit dem heute bestätigten Motiv etwas anzufangen.

„Vor einem dreiviertel Jahr hat es mir überhaupt nichts ausgemacht, allein zu sein. Ich hatte mein Haus am eigenen See, meinen *Citroën Typ H*, einen geregelten Wochenablauf mit Christinas *Spaghetti Carbonara* in Silvios Restaurant *Zum grauen Eck* als Höhepunkt, und meine Schreibarbeit. Seit ich Eliza kenne, kann ich mir ein Leben ohne sie nicht mehr vorstellen. Verdammt, ich brauche sie wie die Luft zum Atmen."

Edgar folgte Pits Auf und Ab mit schuldbewussten Augen. Schließlich war er es gewesen, der Pit zu dieser Mission gedrängt hatte. Und ja, da hingen sie nun an einem trüben kalten Nachmittag in einer fremden Wohnung herum, zwei alte Männer mit einer Theorie, zu deren Untermauerung sie im Prinzip nichts in den Händen hatten. Die minimalistischen Schritte, die sie im Tempo einer Schnecke vorwärtskamen, zehrten an seiner Geduld. Einen echten Durchbruch stellte er sich anders vor.

„Wie sieht unsere Theorie eigentlich aus?" fragte Pit. „Ist das was, das belastungsfähig ist?"

„Also gut." Edgar erhob sich von der Couch. „Du bist der Schreiberling. Hast du ein Blatt Papier? Schreiben wir mal auf. Über Maik Stegemanns Geschäftsgebaren wissen wir nichts. Wir haben von *Ungereimtheiten*, *unbezahlten Rechnungen*, *Steuerhinterziehung* und *Pleite* gehört. Seine eigene Mutter hat ihn deswegen enterbt. Aber es geht unzweifelhaft um Geld. So."

Pit sagte: „Ihm muss das Wasser bis zum Halse stehen. Seine Mutter hat ihn enterbt, sein Stiefvater hat ihn angezeigt. Das ist Grund genug, mit Mutter und Stiefvater Tacheles reden zu wollen. Er weiß, wo sie seit Jahren den Urlaub verbringen. Fährt ihnen am vierundzwanzigsten August hinterher. Er erkundigt sich an der Rezeption nach dem Standplatz. Auf dem Weg zum Wohnwagen seiner Mutter nimmt er das erstbeste greifbare Gerät in die Hand.

Unsere Grillgabel. Er achtet darauf, keine Fingerabdrücke zu hinterlassen. Er hat sich in Wut hineingesteigert, muss vor Zorn mittlerweile schier platzen. Das Gespräch verläuft gegen seine Vorstellungen, es kommt zum erbitterten Streit, weil Richter Bitterle/Stegemann ist, wie er ist, denn er hat sich nicht geändert. Maik Stegemann bringt beide um."

Okay", sagt Edgar. „Nun hat er Gelegenheit, Mutters Konten, ihr Privatvermögen zu überprüfen. Er entdeckt, dass zweieinhalb Millionen Euro an Sven Petersen geflossen sind. Er findet den Gesellschaftervertrag. Aufgebracht fährt er zu Sven Petersen, nimmt aus Taschners Werkzeugkasten, der im Flur des Restaurants steht, einen Schraubendreher, stellt Petersen zur Rede, fordert das Geld zurück, Petersen lehnt ab, da vertraglich anders geregelt, Maik Stegemann sticht zu. Liane Klapproth bestätigt, einen Mann in Petersens Wohnung gesehen zu haben, und sie erinnert sich an einen *Jaguar*, der in der Reusengasse geparkt war. Maik Stegemann fährt solch einen Wagen."

„Als einen Monat später Jonas Taschner als Dreifachmörder gehandelt wird, kann sich Maik Stegemann wieder an die Rückforderung der zweieinhalb Millionen Euro wagen, ohne dass ein Verdacht auf ihn fällt." Pit legt den Kugelschreiber weg. „Und was haben wir an Beweisen gegen ihn?"

„Spielverderber", mosert Edgar. „Es ist zum Kotzen."

„Seh´ ich genauso", schnaufte Pit. „Wir haben nichts."

Minuten vergingen. Dann Stunden. Zeit der Untätigkeit und des Frustes. Die Stimmung im Haus an der Schilfrohrstraße sank auf den Nullpunkt. Edgar wünschte sich nichts sehnlicher, als dass er entscheidungsberechtigt wäre, wenn er von seiner Sehnsucht nach Melanie absah. Dass er an den Strippen ziehen könnte, wie als aktiver Kriminalhauptkommissar, der er gewesen war.

„Irgendetwas hab´ ich übersehen." Es ehrte Edgar, dass er von sich sprach und nicht von ihnen beiden.

„Irgendetwas hab´ ich übersehen", wiederholte er.

Birke Klang und Andy Pasulke sorgten mit ihrem abendlichen Besuch zwar für Abwechslung, aber nicht für Fortschritte. Im Gegenteil. Es gab schlichtweg keine Kamerabilder von Überwachungskameras, die einen *Jaguar E-Type Retro* aufgezeichnet hätten. Die Strecke *Hamburg – Deuzin* war für einen Raststättenaufenthalt oder eine Pinkelpause wahrscheinlich zu kurz. Immerhin brachte so ein Sportwagen gut und gerne zweihundert und mehr km/h auf die Piste.

Andy Pasulke hatte seinerseits mit den Kollegen von der Wirtschaftskriminalität *Hamburg* in der Sache Maik Stegemann Kontakt aufgenommen. Es gibt noch immer keinen Ermittlungsauftrag.

Für den Staatsanwalt, von Birke Klangs Vorstoß hinsichtlich eines anderen Täters angefressen, reichten die aufgeführten Verdachtsmomente für die Eröffnung neuer Ermittlungen nicht aus. *Bringen Sie mir handfeste Beweise, Frau Klang, und keine Vermutungen. Jeder Haftrichter würde Ihre Argumente genüsslich zerbröseln.*

Allein mit der nun bekannten Zulassungsnummer des *Jaguars* ließ sich nicht arbeiten. Man war ernüchtert, und Edgar und Pit dachten laut über den Abbruch und die Heimreise nach.

„Zuerst ein heißes Bad", seufzte Pit. „Und dann mit *Pepsi* und Eliza ins Bett. Herrlich."

„Man beachte die Reihenfolge, was das Bett betrifft", frotzelte Edgar.

„Umgekehrt natürlich, du Eumel."

Edgar lag in dieser Nacht lange wach. Er hinterfragte sich, ob sie sich wirklich auf dem rechten Pfad befanden? Oder ob sie aus einer Reihe von Indizien lediglich ein Bild zusammenschmierten, in dem nur mit Mühe und vielleicht etwas gutem Willen ein Sujet erkennbar war? Führten sie Birke Klang und Andy Pasulke in die Irre? Geschah alles nur, damit sein Gerechtigkeitsempfinden bedient wurde? Was, wenn überhaupt die ganze Geschichte so, wie er sie zu sehen glaubte, nicht stimmte?

Er beschäftigte sich mit einer Person, als sei sie Teil eines Spiels. Er reduzierte sie auf eine Figur, wobei die Figur nicht mal wusste, dass sie Teil seines Spieles war. Bestimmte er allein die Spielregeln? Wie konnte er ein Spiel gewinnen, das ein offenes Ende zuließ? War es dann moralisch verwerflich, wenn man die Regeln zu seinen Gunsten beugte?

Was hatte er übersehen?

Er war sich ganz sicher. Beim jetzigen Stand ihrer Bemühungen würden sie unverrichteter Dinge wieder nach Hause fahren. Es würde keinen neuen *Edgar-Schaaf-Roman* des Autors Pit Ferman geben. Außer Spesen nichts gewesen.

Was hatte er übersehen?

Wenn er Staatsanwalt wäre – wie würde er entscheiden? Fairerweise gab er zu, dass ein geplatztes Alibi und die daraus entstandene zeitliche Möglichkeit für eine Tat, sowie die undeutliche Erinnerung einer Frau, die bei genauer Überlegung selber ein Motiv für einen der Morde hatte, keine durchschlagende Überzeugungskraft besaßen. Wie er es drehte und wendete – letztlich hatten sie einfach zu wenig.

Die Staatsanwaltschaft *Hamburg* leitete kein Ermittlungsverfahren ein, also gab es auch wegen zum Beispiel Verdunkelungs- oder Fluchtgefahr keine Festnahme, und ohne Festnahme keine gerichtsverwertbaren erkennungsdienstlichen Maßnahmen wie Fingerabdrücke oder DNA-Tests.

Was hatte er übersehen?

Kritaholm, 07. 01. 2023

Edgar fand Pit über den Computer gebeugt vor. Die Breitling-Armbanduhr zeigte sieben Uhr fünfunddreißig. *Wann war der denn aufgestanden?*

„Komm´ mal her, Edgar. Ich hab´ mir die Aufzeichnungen der Überwachungskamera nochmal vorgenommen. Schau´ her."

„Was machst du denn für einen Scheiß am frühen Morgen. Was hast du denn da? Hast du schon Kaffee gemacht?"

„In der Kanne. Schau, der Kerl mit dem bunten Hawaiihemd. Siehst du ihn? Seine Armbanduhr."

„Was ist mit seiner Uhr? Jeder hat doch eine Armbanduhr. In der Kanne, hast du gesagt?"

„Jeder hat eine Armbanduhr, aber nicht jeder am rechten Handgelenk. Mindestens neunzig Prozent aller Armbanduhrträger haben sie am linken Arm. Der hier hat sie rechts. Siehst du? Und mir scheint, die Uhr sieht besonders aus. Ich denke nämlich, wie könnte es anders sein, an Maik Stegemann. Ich hab´ dir doch erzählt, dass ich ihn beim Notar in *Offenburg* gesehen hatte. Er trug eine Luxusuhr am Handgelenk, und wie ich mich erinnere, trug er sie rechts."

Edgar schenkte sich Kaffee ein. „Und was machen wir jetzt mit diesem Wissen?"

„Hast du schlecht geschlafen? Nachprüfen, ob der Kerl auf dem Film auch eine Luxusuhr trägt. Ein weiterer Baustein in unserer Indizienkette, verstehst du?"

„Gut, Herr Kriminalautor. Und wie stellen wir das an?"

„Daran hapert´s doch. Ich kann das verflixte Bild zwar vergrößern, aber dann wird es so grobkörnig, dass man nicht mal unterscheiden könnte, ob es die Uhr von *Big Ben* in *London* ist oder eben eine Armbanduhr."

„Verstehe. Entschuldige, meine Nacht war nichts so toll. Du hast recht. Ich könnte das Bild nach *Offenburg* zu Kai Schuster schicken. Er soll es seinen Leuten von der KTU zeigen. Vielleicht bringen die was raus."

Pit klatschte in die Hände. „Ja, mach´ das, Edgar. Wenn du es gleich erledigst, bekommen wir heute eventuell noch ein Ergebnis."

„Was ist bloß mit dir los? Du wirkst so aufgedreht? Gut geträumt?"

„Ach, ich dachte, wir fahren bald nach Hause?"

„Heute ist Samstag, Pit. Ich bin nicht sicher, ob die Leute von der KTU da arbeiten."

Pits Gesicht entgleiste. „Ach Mist. Das wär´ jetzt aber der Hammer. Also echt, Edgar. Da soll doch ..."

Edgar stoppte Pits Ausbruch mit der Hand. „Was hast du eben gesagt? Wiederhol´s nochmal."

„Das wäre der Hammer! Hammer!"

„Deswegen brauchst du doch nicht so zu brüllen. Aber das ist es, Pit. Das ist das, was ich die ganze Zeit übersehen habe. Der Hammer. Der Hammer, mit dem Helga Stegemann erschlagen wurde. Er wurde bis heute nicht gefunden. Wir müssen den Hammer suchen und finden. Heute. Sofort."

„Aber zuerst frühstücken wir", protestierte Pit. „Dann schickst du das Armbanduhrbild zu Schuster. Dann *skypen* wir mit unseren Liebsten. Und dann suchen wir meinetwegen den Hammer."

*

Das Campingplatzgelände wurde auf der Seeseite durch die natürliche Uferlinie begrenzt. Zur Landseite zog sich ein mehr oder weniger intakter Maschendrahtzaun hin. Zuerst von der Schranke einige Meter die Straße entlang, dann abknickend unter den Kiefernbäumen hindurch bis zu der Stelle, von wo das sogenannte Schwedenhorn mit dem Leuchtturm sich ins Meer erstreckte.

Mehr oder weniger intakt hieß, dass der Zaun entlang der Straße gut erhalten war, unter den Bäumen jedoch dank menschlicher Einflussnahme die eine oder andere Beschädigung aufwies. Ob nun niedergetreten, hochgerissen oder gar aufgeschnitten und notdürftig geflickt – waren es Kinderhände oder Erwachsenenwerk – dass diese Beschädigungen häufig zum Verlassen des Campingplatzes frequentiert wurden, zeigten deutliche Trampelpfade, die von den Stellplätzen der Wohnwagen darauf zuführten.

Pit parkte den *Suzuki* genau an der Ausbuchtung, wo er während ihrer nächtlichen Datenklauaktion im Empfangspavillon gestanden hatte.

„Angenommen wir finden diesen Hammer", fragte Pit, „was machen wir dann, wenn keine Fingerabdrücke drauf sind?"

„Dann können wir die ganze Sache hier abblasen", meinte Edgar leichthin. *Vielleicht wär´ das sowieso das beste*, dachte er.

Bitte lass´ uns diesen blöden Hammer nicht *finden*, dachte Pit.

Edgar sprach weiter: „Selbst wenn wir ihn finden, und es *sind* Fingerabdrücke drauf, dann haben wir noch immer keine Vergleichsmöglichkeit, denn bislang existieren von Maik Stegemann keine Abdrücke in der Datenbank der Polizei. So sieht´s aus."

Dort, wo der Zaun in den Kiefernwald abknickte, duckte sich Edgar und drang unter den Ästen durch das Straßenrandgebüsch ins Gelände. „Am besten, wir gehen im Abstand von ungefähr vier fünf Metern parallel am Zaun entlang. Wenn wir am Schwedenhorn angekommen sind, kehren wir um und nehmen den nächsten Abschnitt vor."

„Und warum außerhalb des Zauns?"

„Weiß ich nicht, Pit. Ich stelle mir bloß vor, wo ich den Hammer weggeworfen hätte, wenn ich Täter wäre."

„Wenn er ihn überhaupt weggeworfen hat."

„Du sagst es."

Nach dem ersten abgesuchten Waldstreifen am Schwedenhorn angekommen, legten sie eine Raucherpause ein.

„Die Landschaft ist im Winter nicht ohne Reiz", sagte Edgar. „Der Raureif, die Nebelschwaden, das Meer – geradezu idyllisch."

„Zeig´ es mir in einer warmen Stube auf einem Kalenderblatt, und ich bin begeistert", knurrte Pit. „Schau´ mal zum Leuchtturm, Edgar. Sieht aus, als stünde die Tür offen. Ist das normal? Jetzt sind doch keine Touristenführungen, oder täusche ich mich?"

„Hm, vielleicht sind Wartungsarbeiten im Gange. Bist du wieder soweit?"

Pit brummte uninspiriert: „Ja, Meister."

Es geschah auf ihrer vierten Passage durch den Wald. Die Sichtverhältnisse unter den Bäumen waren nicht optimal, weshalb Pit erschrak und fluchte, als er in eine Vertiefung trat, sich dabei irgendwie das Kniegelenk stauchte und nach vorne auf die ausgestreckten Hände stürzte.

Edgar war im Nu bei Pit und half ihm, sich umzudrehen und auf den Boden zu setzen.

„Ich hab´ jetzt die Schnauze voll, Edgar. Sobald wir wieder die Straße erreicht haben, hör´ ich auf mit der Sucherei. Wenn ich es mit dem Knie überhaupt bis zur Straße schaffe. Autsch, tut ganz schön weh."

„Wir schaffen das. Zur Not kann ich dich ja stützen."

Pit richtete sich mit gequältem Gesichtsausdruck auf, humpelte zwei Schritte, beugte vorsichtig das Knie, bückte sich und umfasste mit beiden Händen das schmerzende Gelenk.

„Bleib′ stehen, Pit. Bleib so stehen. Beweg′ dich nicht", hörte er Edgar sagen, als ginge es um eine Tretmine. „Du hast ihn gefunden. Du stehst beinahe drauf."

Pit drehte den Kopf hin und her. Dann sah er ihn auch. Den Hammer. Er lag, von Kiefernnadeln halb bedeckt, nur eine Fußbreite neben seinem rechten Schuh. „Da liegt tatsächlich das Scheißding. Komm′ her und heb′ ihn auf."

Edgar nahm ein Papiertaschentuch, blies vorsichtig die Kiefernnadeln vom Hammer, fasste ihn mit Daumen und Zeigefinger kurz hinter dem Hammerkopf, und steckte ihn in eine Plastiktüte.

„Ehrlich gesagt hatte ich nicht mehr damit gerechnet", gab er unumwunden zu.

„Ich auch nicht, und es war mir eine Zeit lang ziemlich egal, wenn du meine Meinung wissen willst. Jetzt hilf mir bis zur Straße zu kommen. Heute musst du fahren."

*

Sie warteten nicht, bis Birke Klang abends bei ihnen in der Wohnung vorbeikommen würde, sondern riefen sie noch aus dem Auto heraus an. „Wir haben den Hammer. Holen Sie ihn ab und schauen Sie, was darauf zu entdecken ist."

Andy Pasulke klingelte an der Haustür, als Pit gerade sein rechtes Knie mit einer in essigsaurer Tonerde getränkten Binde einwickelte. Pasulke nahm die Tüte mit dem Hammer in Empfang und empfahl sich bis zum Abend.

Edgar hatte derweil im City-Grill *Flethow* zwei halbe Hähnchen mit Brötchen besorgt und deckte nun den Tisch.
„Ein Bier dazu?"
„Unbedingt. Und einen Schnaps, wenn´s geht."
„Was macht das Knie?"
„Danke der Nachfrage. Wär´ ich eine Waschmaschine, würde ich sagen, wir wählen den Schongang."

Kurz nach vier Uhr rief Kai Schuster aus Offenburg an.
„Ich war selber dabei, als wir uns das Bild mit der Uhr vorgenommen haben", frohlockte er. „Sagenhaft, diese neuen Geräte. Arbeiten nach Algorithmen, lernen praktisch immer weiter dazu. Diese Armbanduhr ist zu fünfundneunzig Prozent eine *Rolex Pearlmaster*. Weißt du, was die kostet? Das errätst du nicht. Über hundertvierzigtausend Euro. Limitierte Auflage. Oder, und jetzt kommt die Ernüchterung, es handelt sich um ein Plagiat für vierhundertfünfzig Euro. Das kann unsere fantastische digitale Optik natürlich nicht unterscheiden, hahaha.
Aber noch etwas. Der Träger der Uhr scheint eine Vorliebe für Luxusgüter zu haben. Er trägt im rechten Ohr einen dicken Brilli. Oder einen Ohrstecker aus simplem Glas. Auch das ..."
„... kann eure fantastische algorithmische Optik nicht unterscheiden", ergänzte Edgar.
„Genau, Edgar. Hör´ zu, ich schick dir eine Ansicht der Uhr in Originalgröße. Vielleicht kannst du´s gebrauchen. Hast du sonst noch was? Sonst mach´ ich jetzt nämlich Feierabend."
„Nein, Danke, Kai. Grüße an Nicole." Er beendete das Gespräch und rieb sich nachdenklich das Kinn. „Brillant

am rechten Ohr. Armbanduhr am rechten Handgelenk. Kann es sein, dass wir es mit einem verdammten Linkshänder zu tun haben? Warum fallen mir solch entscheidenden Dinge immer erst so spät ein? Ich ruf´ jetzt die Klang nochmal an. Sie soll heute Abend die Obduktionsberichte mitbringen."

Pit schluckte. Frust stieg ihm die Kehle hoch, und die naive Hoffnung, die er wider besseres Wissen kultiviert hatte, verwandelte sich in ein graues Tuch der Enttäuschung, das ihn, ohne dass er dagegen aufbegehrte, allmählich einhüllte. Noch ein Abend. Ein weiterer Abend ohne Eliza.

Gengenbach, 07. 01. 2023

Melanie hatte ihr Geschäft *Aquarelle und Poesie* mittags geschlossen. Feierabend. Wochenende.

Eliza war im Türmchenhaus geblieben, hatte das Nachthemd gar nicht erst ausgezogen. Melanie war so lieb gewesen und hatte *Müller* und *Lydia* in die Stadt mitgenommen. So war Eliza, bis auf *Pepsi*, allein geblieben und geisterte unruhig und lustlos umher. Sie klagte über Schädelbrummen, aber das war es nicht. Es war kein Kopfweh. Es lag tiefer, in ihrer Brust. Sie war unglücklich.

Vier Tage war es nun her, seit ihr Pit am Dienstagmorgen dieser Woche abgereist war. Oder anders gerech-net, war es der fünfte Tag ohne ihn. Nicht, dass sie ohne ihn nicht lebensfähig wäre. In Melanie hatte sie eine einfühlsame und verständnisvolle Freundin, und die ersten Tage war es ihnen gelungen, sich gegenseitig aufzumuntern. Feste Tagesabläufe, die sie sich wohlweislich verordnet hatten, bildeten einen soliden verlässlichen Rahmen. Bald jedoch bemerkten sie, dass die künstlich aufrecht erhaltene Fassade zu bröckeln begann, dass der trotzige Wille, diese Tage ohne Not zu überstehen, Risse bekam. Wie ein Dieb in der Nacht schlichen sich Symptome ein, wie sie ein Drogenabhängiger bei kaltem Entzug erleben musste. Auch bei Melanie, normalerweise eine Frau von schierer Unerschütterlichkeit, zeigten sich erste Anzeichen vom Zerfall der Geduld.

Das Kopfbrummen, das keines war, rührte vom sich immer schneller drehenden Karussell der Gedanken um Pit. Ein rotierender Kreisel, der nervös und hektisch unter der Schädeldecke hin und her surrte, lästig nur wegen der Ausweglosigkeit, nicht wegen des Anlasses.

Er war ihr Fels. Ihr Pit. Er war der Leuchtturm, dessen Lichtstrahl sie plötzlich getroffen hatte, als sie mit ihrem kleinen Boot in schwere See geraten war. Und er war der Mann, mit dem sie die richtige Balance im Leben gefunden hatte. In einem neuen Leben.

Melanie kam nach Hause. Ihr Gesicht ernst. In gemessenen Bewegungen legte sie die Hundeleinen weg, hängte ihren Mantel auf den Kleiderbügel, als würde sie eine religiöse Zeremonie ausüben. Ebenso gemessenen Schrittes durchquerte sie einmal das Wohnzimmer, vor bis zur Fensterfront, und wieder zurück. Vor, und wieder zurück.

„Melanie, wir müssen was tun", begann Eliza mutig. „Ich ...Pit ..."

Melanie blieb stehen. „Danke, Eliza. Ich weiß es und ich sehe es. Mir geht es genauso. Dieser Zustand unserer Trübsal muss ein Ende haben. Ich sorge dafür, dass die Hunde und die Katze von unseren Nachbarn versorgt werden. Meine treue Frau Holzer muss für mich ab Montag das Geschäft in der Stadt übernehmen, und die Kellergalerie bleibt eben geschlossen. Wenn die Berge nicht zu den Propheten kommen, dann müssen die Propheten eben zu den Bergen gehen, oder wie das heißt. Morgen fahren wir auf diese Insel. Koste es, was es wolle."

Kritaholm, 07. 01. 2023

Am schlimmsten war das Warten. Warten darauf, dass jemand kam oder dass etwas passierte. Pit wartete darauf, nach Hause zu können. Er zählte die Stunden. Nicht, wie viele es noch bis zu ihrer Heimfahrt sein würden, denn das wusste er nicht, sondern er reihte eine mühsam durchwartete Stunde an die andere. Dieses Zählsystem zehrte an seinem Nervenkostüm, verlangte von ihm unendliche Geduld. Mehr und mehr versank er in sich selbst, um durch Konzentration zu verhindern, dass er ungerecht werden würde, aufbrausend und verletzend. Oder dass er Amok lief.

Edgar sah ihm das Leid an. Es stand in Pits Gesicht geschrieben und drückte sich in seiner Körperhaltung aus. Auch von ihm selbst verlangte dieser Fall ungeheure Disziplin. Allein schon, um nicht mit dem Kopf gegen eine

Wand zu rennen, weil ihm so einige Dinge erst durch Hilfestellung anderer in den Sinn gekommen und aufgefallen waren, wie zum Beispiel die Lesung von Frau Klapproth, oder dass der Täter womöglich Linkshänder sein könnte, oder die Sache mit dem Hammer. Dinge, die zu registrieren bei ihm früher ein selbstverständlicher Vorgang war, und noch wichtiger, sich ihrer später auf Abruf zu erinnern. Zu bedienen. Wie oft hatte er sich in jüngster Zeit gefragt, ob und was er vergessen hatte?

Ich muss eine Lösung finden, dachte Edgar. *Es hat keinen Sinn, geduldig weiter Mosaiksteinchen für Mosaiksteinchen zusammenzutragen, nur um am Ende festzustellen, dass der Leim, um das fertige Bild zu fixieren, unbrauchbar geworden ist.*

Sie waren zur Untätigkeit gezwungen. Der Nachmittag war noch lang, und die Zeit verging nicht schneller, so oft Pit auch auf die Uhr schaute. Er lag der Länge nach auf der Couch, das lädierte Knie mit dicken Kissen eingepackt, und wechselte Whatsapp-Geschreibsel mit Eliza. Noch nie hatte er so viele Emojis mit tränenden Augen verschickt wie heute.

Ungefähr eine halbe Stunde später meldete sich *Skype* mit seinem typischen *Pling* auf dem Laptop an. Edgar klappte den Deckel hoch. Melanies und Elizas Gesichter erschienen auf dem Bildschirm.

„Hallo, Ihr beiden", sagten sie unisono.

„Auch hallo. Ihr seht vergnügt aus."

„Sind wir auch. Seit wir uns entschlossen haben, morgen zu euch zu fahren." Die Frauen sahen sich strahlend an.

„Ihr ...?"

„Keine Widerrede, Edgar Schaaf. Wir kommen mit dem direkten Zug nach *Schwerin*. Also schön Schäufele und Besele nehmen und alles sauber aufräumen, gell?"

„Ihr seid ja ...", *verrückt*, wollte Pit sagen.

„Verrückt, ja", ergänzte Eliza, und sah so fröhlich aus wie lange nicht mehr. „Bis morgen. Wir freuen uns."

*

Edgar hatte sich entschlossen. Er dachte: *Wenn Birke Klang am Abend kommt, muss sie mich zum Staatsanwalt begleiten. Egal, welcher Tag heute ist: Es muss eine Entscheidung her. Wir brauchen vom Staatsanwalt eine Zusage, selbst wenn sie auf einen faulen Kompromiss hinausläuft.*

Birke Klang und Andy Pasulke trafen gemeinsam im *VW Passat* in der Schilfrohrgasse ein. Sie nahmen am Esstisch Platz.

„Es wird wärmer, Leute", verkündete die Oberkommissarin. „Wenigstens bis zum Sonntag. Aber bereits am Montag kehrt die Kälte wieder zurück. Andy, sag´, was du vorzubringen hast."

„Tja, meine Herren, der Fund des Hammers war ein voller Erfolg. Wir haben eine wunderschöne Flöte von Fingerabdrücken eines unbekannten linkshändigen Menschen. Vom Zeigefinger bis zum kleinen Finger, alle in perfekter Reihenfolge. Andere Fingerabdrücke konnten wir Horst Stegemann zuweisen. Rechtshänder. Sie verstehen? Der Stiel hat zwei Seiten. Die Linkshänderabdrücke befanden sich rechts am Stiel, die Rechtshänderabdrücke links. Keine Verwechslung möglich."

„Wo sind die Abdrücke jetzt?", fragte Pit.

„Gespeichert in unserer Datenbank, wie im Übrigen auch die Abdrucksfragmente, die wir vom Schraubendreher gesichert haben. Die sind zwar wegen ungenügender Anzahl von sogenannten Singularitäten und Minutien nicht gerichtsverwertbar, aber von dem, was wir haben, konnte ich doch einige Übereinstimmungen mit den Hammerabdrücken erkennen. Wenigstens eine Tendenz."

„Sag´ jetzt bloß nicht, dass sie von Jonas Taschner stammen."

Pasulke lehnte sich zurück. „Sie sind eindeutig nicht von Taschner. Und ein Schnelltest hat ergeben, dass sich Blutanhaftungen von Frau Stegemann am Hammerkopf befinden. Ein endgültiger DNA-Test steht jedoch noch aus."

„Klasse, Pasulke", sagte Edgar. „Okay, somit haben wir die eine Hälfte. Wo bekommen wir jetzt die andere Hälfte, ich meine Vergleichsabdrücke her?"

„Schau, schau, woher nehmen, wenn nicht klau?", reimte Pit vermeintlich sinnlos daher.

„Genau. Darauf wird´s hinauslaufen", sagte Edgar. „Wenn der Staatsanwalt nicht mitspielt, werden wir die Vergleichsabdrücke *klauen* müssen, und dann sind wir am Arsch, weil sie nicht zählen. Zuerst aber Frau Klang: Haben Sie den Autopsiebericht dabei? Was steht über die Verletzungen von Helga Stegemann drin?"

Frau Klang legte eine Plastikhülle mit Inhalt auf den Tisch. „Ich hab´ heute Nachmittag schon mal reingeschaut. Der Beschreibung nach hat sie die Schläge von schräg oben auf die, von ihr aus gesehen, rechte Schädelhälfte gekriegt. Ihrer Sitzposition im Wohnwagen nach weist das auf einen Linkshänder hin, analog der Fingerabdrücke auf dem Hammer."

„Es passt also zusammen", nickte Edgar bedeutungsschwer. Nun wagte er den Vorstoß: „Frau Klang, ich habe erstens einen Plan, und ich habe zweitens ein Attentat auf Sie vor."

*

„Irgendwie bewundere ich Sie, Herr Schaaf", sagte Birke Klang, als sie mit ihm im *VW Passat* über die *Flethower* Brücke Richtung *Deuzin* raste. „Ein anderer hätte vermutlich längst aufgegeben. Sie nicht."

Edgar sah zum Beifahrerfenster hinaus. Die Temperatur war um einige Grade geklettert, und es würde über Nacht noch wärmer werden, wobei man minus fünf Grad noch immer nicht als Wärme deklarieren konnte.

„Ich bin es Jonas Taschner schuldig. Oder Jan Rilling, wenn Sie so wollen."

„Und sich selbst?"

Edgar horchte in sich hinein. „Wahrscheinlich", sagte er und nötigte die Mundwinkel zu einem Grinsen, das nicht die Augen erreichte. „Ist irgendwo eine Tür aus den Angeln gehoben, hängt Edgar Schaaf sie wieder ein."

„Oder die Welt?", reizte Birke Klang weiter.

„Nein. Zu groß für mich. Das müssen Jüngere machen. Leute wie Sie."

Jetzt lächelte Frau Klang. „Sie scheinen ja Ihre Grenzen zu kennen."

Edgar ließ einige Sekunden verstreichen. Dann sagte er: „Heute muss ich sie vielleicht überschreiten."

Das Haus des Staatsanwalts stand in einer ruhigen Seitenstraße am Stadtrand *Deuzins*. Ein komplettes Viertel im gleichen Baustil. Ein flacher Bungalow aus roten Klinkersteinen, viele braungetönte Glasflächen von der Decke bis zum Boden. Aus einem schwarzen Rohr auf dem Dach stieg dünner grauer Rauch. Hinter den Scheiben brannte Licht. Es war kurz vor neunzehn Uhr, als Birke Klang auf den Klingelknopf drückte.

„Wie heißt er eigentlich?", fragte Edgar, bevor die Tür geöffnet wurde.

„Franz Sommerfeld", sagte sie und zeigte auf das Schild neben der Klingel.

Die Haustür aus schwarz gebeiztem Holz schwenkte nach innen. Ein Oberkörper mit grauem Igelkopf und Hornbrille lugte schräg um die Türkante. „Ach nee, nicht schon wieder, Frau Klang. Nicht in dieser ominösen Sache. Verstärkung haben Sie auch noch mitgebracht?" Man sah dem Gesicht an, dass es ihm lästig war. „Kommen Sie halt schon rein, es ist immer noch kalt. Aber ich warne Sie. Samstage sind mir in der Regel heilig." Er trat zur Seite und ließ den Besuch passieren. „Schuhe ausziehen, bitte."

Staatsanwalt Sommerfeld war im Freizeitdress. Ausgebeulte Jeanshose und graue Weste mit aufgenähten Ellbogenflicken, Lammfellhausschuhe. Er schlurfte ins Wohnzimmer voraus. Eine schwarze Sitzgruppe aus Velours mit Rauchglastisch dominierte den Raum. Deckenstrahler tauchten ihn in warmes Licht. An den Wänden hingen Reproduktionen des Künstlers *James Rizzi*.

„Wir haben soeben gegessen. Kann ich Ihnen noch etwas anbieten?"

Birke Klang und Edgar verneinten.

„Kaffee vielleicht? Meine Frau ist noch in der Küche."

„Gern, Kaffee. Schwarz, bitte", sagte Edgar.

„Sie sind bestimmt dieser Kriminalhauptkommissar, von dem Frau Klang berichtet hat. Edgar Schaaf, nicht wahr? Anneliese?", rief er in die Küche, „machst du für uns bitte Kaffee? Einmal schwarz? Und bringst du bitte von den Weihnachtsplätzchen mit? Sie haben doch nichts dagegen, wenn meine Frau mithört?"

Sie hatten nichts dagegen. Edgar hielt es sogar für einen willkommenen Vorteil. *Frauen besitzen oft die Fähigkeit, ihre Partner allein durch ihre Anwesenheit zu beeinflussen*, dachte er. *Melanie jedenfalls kann es.*

„Frau Klang", wandte sich Sommerfeld an die Kommissarin. „Was gibt es Neues, das ich noch nicht abgelehnt habe?"

„Danke, dass Sie uns überhaupt reingelassen haben. Also es ist so: Herr Schaaf hat den Hammer gefunden, mit dem Frau Stegemann mit hoher Wahrscheinlichkeit erschlagen worden ist. Es befinden sich Fingerabdrücke am Stiel, die nicht von Jonas Taschner stammen."

Frau Sommerfeld brachte nebst Kaffee auf einem Tablett eine Schale Plätzchen. Wie ihr Mann war sie leger gekleidet, jedoch mit erheblich mehr Fingerspitzengefühl für gutes Aussehen. Über schwarzen Strumpfhosen trug sie ein blaues Strickkleid mit einer genähten Weste aus Patchwork. Unter ihrer Ponyfrisur strahlte ihr Gesicht pure Gutmütigkeit aus. Sie setzte sich neben ihren Mann auf die Couch.

„Und vom wem sind sie dann, die Fingerprints?", fragte Sommerfeld und wusste, dass er damit sofort den Kernpunkt getroffen hatte.

„Vom mutmaßlichen Täter", sagte Edgar.

„Von dem Sie jedoch keine Vergleichsabdrücke haben", stellte Sommerfeld nüchtern fest.

„Genau", bestätigte Edgar unumwunden. „Was schlagen Sie also vor, Herr Staatsanwalt?"

Sommerfeld war perplex. Diese Frage hatte er nicht erwartet. Musste *er* jetzt den Polizisten erklären, wie sie zu ihren Beweisen kommen würden? *Seine* Aufgabe lag doch darin, *vorhandene* Beweise zu bewerten, und daran hatte es bis heute schlichtweg gemangelt. An den Beweisen. Was Birke Klang ihm bisher präsentiert hatte, waren nichts weiter als nette Versuche gewesen, dem ganzen Fall eine komplett neue Agenda zu verpassen. Angefangen mit einer Augenzeugin, die selbst inhaftiert war, über ein angeblich geplatztes Alibi, bis zu Gesellschafterverträgen als Motiv und einem gesichteten *Jaguar* – daraus ließ sich halt nun mal keine fundierte Anklage ableiten. *Was schlagen Sie also vor, Herr Staatsanwalt?* Clevere Frage.

„Drehen wir die Sachlage mal um, Herr Staatsanwalt", fuhr Edgar fort. „Angenommen, es geschieht ein Mord. Ein Verdächtiger steht im Prinzip als Täter fest, doch fehlt die Tatwaffe, um ihm die Tat nachweisen zu können. Was würden Sie anordnen?"

„Bringen Sie mir die Tatwaffe bei, sonst geht der Verdächtige als freier Mann nach Hause", sagte Sommerfeld.

„Seh´ ich auch so", antwortete Edgar und trank einen Schluck Kaffee. „Nun wieder zurück. Jetzt *haben* wir die Tatwaffe mit Fingerabdrücken. Was sollen wir tun? Die

Fingerabdrücke sind nicht registriert. Wir wissen nicht, wem sie gehören, und alles was Sie haben ist der Verdacht eines alten pensionierten Polizisten. Ordnen Sie bitte etwas an."

„Sie wollen einen Haftbefehl von mir", sagte Sommerfeld.

„Es existieren Fotos des Verdächtigen, die ihn mit einer Luxusuhr am rechten Handgelenk und einem Brillanten im Ohr in der Nähe des Tatorts auf dem Campingplatz zeigen. Ein Linkshänder", bekräftigte Edgar.

Birke Klang zog scharf die Luft ein. *Verdammt, Schaaf weiß doch, dass diese Fotos nicht verwendet werden dürfen*, dachte sie. „Ein weiteres Indiz, um eventuelle Zweifel auszuräumen", sagte sie dann und warf Edgar einen entrüsteten Blick zu.

Sommerfeld legte eine Hand auf das Knie seiner Frau.

„Die beiden wollen einen Haftbefehl, Anneliese."

Sie legte ihre Hand obendrauf. „Wenn sonst der Mörder ungeschoren davonkommt, Franz?", sagte sie.

Edgar nahm ein Plätzchen und biss hinein. „Hm, sehr gut. Ein Gedicht. Selbst gebacken, Frau Sommerfeld?"

Sommerfeld schnaufte und beugte sich nach vorne, stützte die Ellbogen auf die Knie. Er setzte zum Reden an, brach aber ab und schüttelte den Kopf. Stand ächzend auf, holte eine Flasche mit einer kristallklaren Flüssigkeit aus einer Vitrine, vier kurze Gläser dazu. Er setzte sich und schenkte ein. „Prost allerseits!" Dann startete er einen neuen Versuch. „Wir ...", er räusperte sich, „wir machen das folgendermaßen", sagte er.

***Kritaholm**, 08. 01. 2023*

Vier Grad minus fühlten sich an wie Frühling. Ein vorübergehendes meteorologisches Intermezzo, wie der Wetterbericht versprach. Bereits in der kommenden Nacht würde das Thermometer wieder unter fünfzehn Grad rutschen.

Pit lief wegen seiner Kniestauchung noch immer nicht ganz rund. Er hatte Edgar deshalb allein in den Supermarkt geschickt, der sonntagvormittags geöffnet war. Feldsalat, Salatdressing, Hackfleisch, Karotten, Pilze, Dosentomaten, eine Zwiebel, geriebenen Parmesankäse, Spaghetti und Rotwein. Die Frauen würden hungrig sein, wenn sie gegen Abend eintreffen würden. Direkter Zug. Halb fünf Uhr in *Schwerin*.

Pit lüftete die Wohnung. Sonnenschein fiel auf die Terrasse und flutete in schrägem Winkel ins Wohnzimmer. Er schaute über die Schilfregion auf den *Flether Bodden*. Dutzende Schlittschuhläufer zogen auf dem zugefrorenen Hinterwasser der Ostsee ihre Kreise. Am gegenüberliegenden Ufer suchte er die versteckte Wiese, auf der Eliza und er sich im August geliebt hatten, fand sie jedoch nicht. Sofort war er in Gedanken bei Eliza. Er seufzte.

Edgar und er; Mannsbilder par excellence, waren gottlob keine Schweinigel, die, fernab weiblicher Nähe, ihre Umgebung in Unordnung versinken ließen. Jahrelanges Junggesellenleben war in dieser Beziehung eine gute Schule, wenn man von Grund auf ein wenig Wert auf Sauberkeit legte, was bei beiden der Fall war. Es waren deshalb nur ein paar Handgriffe nötig, um die Behausung auch einem kritischen Auge präsentieren zu können.

Edgar hatte ihm von der gestrigen Begegnung mit Staatsanwalt Franz Sommerfeld berichtet. Wenn alles so ablaufen würde, wie es der Staatsanwalt heute initiieren und in Gang setzen wollte, wäre morgen Abend, nach gelungenem Vollzug, alles zu Ende, und sie könnten am Dienstag nach Hause fahren. Alle vier. Melanie, Edgar, Eliza und er.

Doch für ihn und Edgar war heute Ruhetag. Warten auf die Frauen.

Edgar kam aus dem Supermarkt zurück und stellte sich umgehend an den Kochherd, um die Spaghettisoße zu kochen.

„Draußen am Campingplatz, hab´ ich im Supermarkt erfahren, hat es einen Wasserrohrbruch gegeben. Die ganze Straße und der Vorplatz um die Schranke angeblich überschwemmt und zu Glatteis gefroren. Die Polizei stellt Warnschilder auf."

„Ich habe nicht vor, noch einmal in meinem Leben dorthin zu fahren", sagte Pit gleichgültig. „Den Feldsalat waschen wir aber erst, wenn die Ladies da sind, oder?"

„Waschen kannst du ihn. Trockne ihn halt gut ab, und dann ab in den Kühlschrank."

Trockne ihn halt gut ab, und dann ab in den Kühlschrank, grummelte Pit vor sich her. *Immer muss ich die unlustigen Sachen machen.*

„Was ist?", fragte Edgar grinsend.

„Ach, nichts", erwiderte Pit und tauchte die grünen Blätter ins Wasser. *Was ist?*

Bahnsteige waren schon immer zugige und windige Orte gewesen. *Schweriner* Perrons stellten da keine Ausnahme dar. Fünf Minuten vor der Zeit am Gleis, plus eine Viertelstunde Zugverspätung, summierten sich zu einer frostigen Geduldsprobe. Pit fror etwas mehr als Edgar, weil er nur mit dem linken Bein gegen die Kälte anstampfen konnte. Aber dann fuhr der Intercity endlich ein.

Eliza ließ den Bügel ihres Rollkoffers los, als sie die Männer entdeckte, und rannte mit ausgebreiteten Armen auf sie zu. Pit eierte ihr wie ein ellipsenförmiges Rad entgegen. Er fing sie auf und schwenkte sie, auf dem gesunden Bein drehend, einmal im Kreis. „Eliza! Endlich."

„Mein Pit. Du bist da."

Melanie fiel an Edgars Brust. „Du bist wirklich gekommen. Hallo, meine Schöne."

Die Spaghetti dampften im Topf, die Soße in der Pfanne.

„Hunger ist der beste Koch", stöhnte Melanie vor Wonne. „Die Nudeln sind einfach perfekt. Prost Gemeinde." Vier Gläser erklangen. „Hier ist es um einiges kälter als bei uns zu Hause."

„Warte ab bis morgen früh", sagte Pit. „Sibirische Kälte im Anmarsch. Wir hatten schon zwanzig Grad unter null, und laut Vorhersage soll es wieder so werden."

„Dann wird es Zeit, dass wir hier verschwinden. Was hat der Kriminalhauptkommissar a. D. hier noch zu tun?" Melanie schickte ihm einen treuen Augenaufschlag.

„Tststs", machte Edgar. „Kaum bist du da, willst du schon wieder weg? Spaß beiseite. Ich warte noch auf einen Anruf des Staatsanwalts oder Frau Klangs."

„Und das heißt?"

„Die beiden wollten heute Vorbereitungen treffen. Wenn alle Zeichen positiv stehen, sagen sie mir Bescheid, wann es morgen losgeht."

„Losgeht?"

„Losgeht."

Der Anruf kam, nachdem das Geschirr gespült und die Küche auf Hochglanz gebracht worden war. Birke Klang am Telefon: „Herr Schaaf? Morgen. Vierzehn Uhr im Hotel Petersen. Kommen Sie am besten eine halbe Stunde früher, damit es keine unvorhergesehenen Irritationen gibt."

„Okay, dann sind alle Beteiligten eingeweiht?"

„Ja, Herr Schaaf, wie besprochen." Sie beendete das Gespräch.

„Der Countdown läuft", hatte Edgar gesagt gesagt.

Melanie, Eliza und Pit saßen auf der Couch. „Darf man vielleicht erfahren, was da morgen geplant ist?", fragte Melanie.

Edgar setzte sich dazu und erklärte es ihnen.

Kritaholm, 09. 01. 2023

Der Montag begann in einzigartiger Schönheit im Sonnenlicht. Die Kälte hatte die Insel wieder in die Zange genommen. Minus achtzehn Grad am Morgen. Der Wind wehte Myriaden von Eiskristallen aus Bäumen und Sträuchern in die Luft, dass sie wie Glitzer in einer Schneekugel flirrten. Es bildete sich einer der spektakulären Eisbögen, äußerst selten in ihrer Erscheinung.

Melanie und Edgar verpennten dieses Naturschauspiel, wie im Übrigen auch Eliza und Pit. Alle lagen sie in ihren Betten, warm und eng und glücklich darüber, einander zu haben. Paarweise, versteht sich.

Zuerst begegneten sich Melanie und Eliza auf dem Weg zur, beziehungsweise von der Toilette. Beide gähnten sich belustigt an. Dann trafen sich die Männer unterwegs bei den gleichen Gängen.

„Wann?", fragte Pit kurz angebunden.

„Noch Zeit", brummte Edgar.

Beim opulenten Frühstück vereint, sagte Melanie: „Ich komme mit. Mit in dieses ominöse Hotel."

Pit und Edgar schauten sich alarmiert an.

„Sag´ jetzt nichts, Edgar Schaaf", sprach sie rasch weiter, als sie den Blick der Männer bemerkte, „es würde nämlich nichts nützen. Wir spielen Hotelgäste, nicht wahr Eliza?"

„Ja. Wir sitzen nur im Foyer und lesen Frauenillustrierte", sprang ihr Eliza bei. „Mehr nicht."

„Ihr habt es gehört: Mehr nicht. Wie beendet man gleich nochmal solch ein Statement? Ah ja! Ende Gelände. Haha."

Edgar war nervös. Wahrscheinlich lag es daran, dass er nicht alle Fäden in der Hand halten konnte. Man könnte auch sagen, weil er gar keinen Faden in der Hand hielt. Er musste davon ausgehen, dass alle Akteure ausreichend gebrieft waren. Er würde lediglich Beobachter sein. Die graue, jedoch langhaarige Eminenz im Hintergrund, gewissermaßen. Aktiv teilnehmen durfte er nicht. Staatsanwalt Sommerfeld war dagegen gewesen, weil bereits alle Rollen besetzt waren. Viele Köche, und so weiter. Man kannte das ja.

Edgar war so etwas Ähnliches wie der Co-Autor des Drehbuchs. Staatsanwalt Sommerfeld war der andere Urheber, und fungierte zudem als Regisseur. Nach ihrer beider Fahrplan würde im besten Falle alles ablaufen. Uraufführung.

Er drängte darauf, schon um ein Uhr die Ferienwohnung zu verlassen und nach *Vieksen* zum Hotel zu fahren. Viel zu früh, er wusste das, aber es war ihm egal. Er wollte sicher gehen, möglichst in der Nähe des Hoteleingangs in der Reusengasse einen Parkplatz zu finden. Wie auch von Seiten der Hotelverwaltung gewährleistet wurde, dass mindestens ein weiterer Parkplatz für einen *Jaguar Type-E Retro*, so er denn kam, frei blieb.

Pit parkte auf der dem Hotel gegenüberliegenden Straßenseite. Sie stiegen aus. Die zwei Frauen betraten das Foyer des Hotels. Edgar und Pit folgten ihnen im Schrittabstand.

An der Rezeption stand Veronika Kuklik-Freimut. Ihr Kehlkopf hüpfte vor Schreck, als sie die beiden Männer wiedererkannte. Im Gegensatz zur ersten Begegnung flackerten ihre Augenlider relativ häufig. Rötliche Flecken wucherten über ihre Wangen. Aufregung? Nervosität? Lampenfieber?

„Guten Tag, Frau Kuklik-Freimut", sagte Edgar aufgesetzt fröhlich. „Pit Ferman und Edgar Schaaf. Sind Frau Klang und Herr Sommerfeld etwa schon da?"

Sie schüttelte heftig den Kopf. „Nein, sie müssten jeden Moment eintreffen. Aber Herr Pasulke ist mit seinen Geräten schon hinten im Zimmer." Sie deutete vage nach irgendwo hinter sich.

„Und Frau Petersen?", fragte Pit lächelnd.

„Ja, natürlich, Frau Petersen ist schon da. Ich rufe sie ..."

„Nein, nicht nötig. Wir gehen besser zu ihr hin. Hier durch?" Edgar befand sich schon auf halber Strecke Richtung Verwaltungsbüros an der Rezeption vorbei, Pit im Schlepptau.

Melanie und Eliza hatten sich in der Sitzgruppe beim Springbrunnen niedergelassen.

Lilly Petersen machte einen überaus professionellen Eindruck. Wieder von den Haarspitzen bis zur Schuhsohle total *Jil Sander*, aber in Gänze komplett anderer Garderobe. Sie würde ihrer Rolle gerecht werden, da war sich Edgar sicher. Als Blickfang trug sie heute wuchtiges Geschmeide um den Hals und am Handgelenk. Viele Karat in Gold. *Ob Regisseur und Staatsanwalt Sommerfeld auch für Kostüme und Requisite verantwortlich zeichnete?*, dachte Edgar unnötigerweise.

„Frau Petersen, hallo, Sie sind schon auf dem Posten?", begrüßte er sie.

„Herr Schaaf, Herr Ferman, ich bin bereit. An mir soll´s nicht scheitern."

„Sie werden das sehr gut machen, Frau Petersen. In welchem Raum ist Pasulke untergebracht?"

„Nebenan. Die Tür dort. Er hat mich schon auf dem Bildschirm."

„Danke, und – toi, toi, toi." Edgar betrat den benachbarten Raum. Offenbar handelte es sich um das Aktenlager des Hotels. Regale standen an den Wänden, jedoch nur mit wenigen Ordnern gefüllt. Andy Pasulke saß an einem simplen Tisch in der Mitte des Zimmers, einen Laptop vor sich. Daneben ein anderes elektronisches Gerät: ein Fingerabdruck-Scanner, der wiederum mit einem weiteren Laptop zusammengekoppelt war. Das technische Herzstück der Planung.

Edgar nickte ihm nur zu und schaute ihm über die Schulter. Der Schreibtisch mit Frau Petersen flimmerte auf dem Display. „Ich kann den Bildausschnitt vergrößern oder verkleinern", sagte er ohne Aufforderung, und zoomte zur Demonstration Frau Petersens Kopf heran. Die Bildauflösung war sehr gut. Edgar meinte, Hautporen zu erkennen. „Gut, Pasulke", sagte er nur und klopfte ihm leicht auf die Schulter. „Warten wir noch auf Frau Klang und Herrn Sommerfeld."

„Und auf den Hauptakteur", erinnerte Pit.

„Und auf den Hauptakteur", bestätigte Edgar.

Fünf vor halb zwei. Die Oberkommissarin und der Staatsanwalt betraten Frau Petersens Büro. Sommerfeld richtete einige Worte an die Inhaberin. Die Übertragung auf Pasulkes Computer funktionierte tadellos, die Tonqualität war einwandfrei. Edgar verstand jedes Wort. So betrachtet, hatte das Equipment die Generalprobe bestanden.

Man sah Sommerfeld Frau Petersen am Schreibtisch den Rücken kehren, und Sekunden später kam er mit Birke Klang herein.

„Wenn mir diese Aktion hier um die Ohren fliegt, bin ich als Staatsanwalt geliefert", murrte Sommerfeld. Dann wurden nicht mehr viele Worte gewechselt. Es genügten verschwörerische Blicke, um sich der Brisanz der Lage bewusst zu sein.

Die Minuten schlichen dahin. In dem fensterlosen Raum wurde durch die Anwesenheit von fünf Personen die Luft nicht besser. *Und wenn er nicht kommt?*

Kurz vor zwei Uhr. Birke Klangs Telefon klingelte.

„Klang? Okay. Ihr wisst Bescheid." An die anderen im Raum gerichtet sagte sie: „Ein silbergrauer *Jaguar* mit *Hamburger* Kennzeichen ist soeben über die *Flethower* Brücke gefahren. Er wird in Kürze hier sein."

Sommerfeld polterte: „Keiner verlässt mehr diesen Raum. Alle Handys ausschalten. Es wird nicht mehr gesprochen. Wenn einer einen Niesanfall bekommt, dreh´ ich ihm den Hals um. Alles klar?"

*

Maik Stegemann hatte Glück. Er ergatterte einen der seltenen Parkplätze in der Reusengasse direkt vor dem Hoteleingang. Für seine Körpergröße entfaltete er sich noch ziemlich elegant aus dem flachen Cockpit seines *Jaguar Type-E Retro*. Alles Erfahrungssache. Da es praktisch nur ein paar Schritte bis zum Hotel waren, warf er seinen dunkelgrauen Mantel leger über einen Arm, anstatt hineinzuschlüpfen. In der Hand trug er einen silbermetallicfarbenen Aktenkoffer, passend zur Lackierung des *Jaguars*. Schon durchschritt er die Tür, steuerte geradewegs auf die Rezeption zu. Linker Hand saßen zwei Frauen in einer Sitzgruppe. Hotelgäste. *Gute Ware, gut in Schuss*.

„Mein Name ist Veronika Kuklik-Freimut, was kann ich für Sie tun?", sagte die Tussi hinter dem Empfangstresen und glotzte ihn unverhohlen an. *Hatten sie hier sonst keine Gäste, die sich gut zu kleiden verstanden? Zum Beispiel mit einem maßgeschneiderten Nadelstreifenanzug aus bestem Gewebe? Handgenähten Schuhen aus Italien?* „Mein Name ist Stegemann. Ich werde erwartet." Er entdeckte einen Spiegel hinter der Tussi an der Wand. *Sitzt meine Brille korrekt? Randlos natürlich, und die Frisur?*

„Ach ja, Herr Stegemann, wenn Sie mir bitte folgen wollen?"

Wie? Kommt mir keiner entgegen? Empfangskomitee? Saftladen.

Sie tippelte voraus, klopfte an eine Tür, öffnete. „Ein Herr Stegemann, Frau Petersen."

Warum sagt sie nicht gleich „Ein Herr Stegemann, eure Majestät? Er quetschte sich an ihr vorbei ins Büro. *Warum erhob die Frau sich nicht von ihrem Stuhl und begrüßt mich?* Er ging bis zum Schreibtisch und streckte seine Hand aus. „Maik Stegemann. Frau Petersen?"

Frau Petersen reichte ihm die Hand. *Igitt, frisch eingecremt.*

„Nehmen Sie doch Platz, Herr Stegemann."

*

„Das ist er", zischte Pit. „Zoom ihn doch mal näher ran, Pasulke. Ja, so ist gut. Seht ihr den Brilli im Ohr? Fahr´ mal zu seinen Händen", flüsterte Edgar.

„Warte bis er sitzt", sagte der leise. „Jetzt stellt er den Koffer ab und legt den Mantel über die Lehne. Einen Augenblick noch. Da, die Hände."

„Eindeutig", staunte Birke Klang. „Die *Rolex Perlmutt*. Er trägt sie rechts."

„Nicht *Perlmutt*, Birke, sondern *Pearlmaster*", korrigierte Pasulke.

„Ist doch wurscht", fauchte sie.

„Ruhe jetzt im Stall. Man hört ja nichts", schnaubte Sommerfeld gereizt.

*

„Schön, dass Sie so rasch unserem Wunsch nach einer Aussprache nachkommen konnten. Bei den vielen Terminen", eröffnete Lilly Petersen das Gespräch. „Nach dem tragischen Tod meines Bruders Sven haben mein Mann und ich die Geschäftsführung über dieses Hotel und das Restaurant übernommen. In dieser Funktion haben wir auch Ihr Schreiben, in dem Sie einen Anspruch auf zweieinhalb Millionen Euro erheben, erhalten und zur Kenntnis genommen. Wir haben selbstverständlich den Gesellschaftervertrag zwischen Ihrer verstorbenen Frau Mutter und meinem Bruder verantwortlich übernommen, denn es geht ja um eine nicht unerhebliche Summe, nicht wahr?"

„Aus meiner Sicht geht es um zweieinhalb Millionen", sagte Maik Stegemann.

„Wie Sie meinen, Herr Stegemann. Aus unserer Sicht jedoch geht es um siebeneinhalb Millionen Euro, denn so viel hat der Bau des Hotels gekostet. Von diesen siebeneinhalb Millionen sind lediglich zweieinhalb Millionen gedeckt, und zwar durch die Leistung ihrer Mutter."

„Sehe ich auch so. Und diese zweieinhalb Millionen Euro hätte ich gerne von Ihnen zurück", sagte Maik Stegemann und lächelte Lilly Petersen mit seinem freundlichsten zur Verfügung stehenden Haifischlächeln an.

„Ach, entschuldigen Sie, ich bin eine miserable Gastgeberin. Darf ich Ihnen etwas anbieten? Kaffee oder etwas Alkoholisches vielleicht?"

„Nein, danke, bieten Sie mir bitte mein Geld an, das genügt mir vollauf."

Frau Petersen kruschelte geschäftig auf ihrem Schreibtisch herum. Dabei sagte sie: „Sie haben den Gesellschaftervertrag sicher auch bis in alle Einzelheiten studiert. Bestimmt auch die Klauseln, die betreffend eines Todesfalles zur Wirkung kommen. Ganz gewiss haben Sie das. Deswegen fühlen mein Mann und ich uns eigentlich auf der sicheren Seite, was Ihre Forderung an uns angeht. Aber darum treffen wir uns doch heute, um darüber zu sprechen, nicht wahr? Wir waren übereinstimmend der Meinung, dass Sie zu Ihrem Anteil kommen sollen. Und hier ist er: Unser Vorschlag an Sie."

Lilly Petersen schob ihm eine Dokumentenhülle aus Klarsichtkunststoff mit diversen Papieren hin. Maik Stegemann griff danach.

*

„Er hat es genommen. Er hat es genommen. Mit der linken Hand. Er *ist* Linkshänder. Wie wir vermutet hatten. Das ist glatt die halbe Miete", jubelte Pasulke mit gebremstem Schaum. „Frau Petersen ist kalt wie eine Hundeschnauze."

*

Maik Stegemann warf einen Blick auf die Papiere. Sein Gesicht drückte Unverständnis aus. „Was soll ich mit Ihrer Steuererklärung?", fragte er barsch und sichtlich unzufrieden. Er schnippte die Hülle auf den Tisch zurück, dass sie bei Frau Petersen landete.

„Ach herrjeh, pardon, ein Versehen." Sie beugte sich zu einem kleinen Mikrofon auf dem Tisch und drückte eine Taste. „Veronika, kannst du bitte mal hereinkommen? Danke. Moment, Herr Stegemann, das haben wir gleich."

Veronika erschien. „Veronika, sei so gut und hefte die Steuererklärung bitte nebenan im Steuerordner ab. Dann muss ich hier nicht aufstehen. Danke, Veronika."

*

Veronika brachte die mit Maik Stegemanns Fingerabdrücken kontaminierte Dokumentenhülle in den Nebenraum, wo sie sofort von Andy Pasulke in Empfang genommen und bearbeitet wurde.

„Wie lange werden Sie brauchen, Herr Pasulke?", drängte Sommerfeld.

„Drei, vier Minuten. Vielleicht fünf."

„Beeilen Sie sich."

*

Lilly Petersen hatte nun die richtigen Unterlagen gefunden. „Wie gesagt, Herr Stegemann, sollen Sie Ihren Anteil bekommen. Das ist nur gerecht, finden mein Mann und ich. Wir haben mit unseren Anwälten einen neuen Gesellschaftervertrag erstellt." Sie schob ihm das Dokument zu. „Hierin erhalten Sie ein Drittel Beteiligung am Gesamtwert des Hotels. Also einen Wert von zweieinhalb Millionen Euro. Mit Gewinnausschüttung."

Maik Stegemann glaubte nicht richtig zu hören. „Was labern Sie denn da? Ich will doch kein Hotel kaufen. Ich will ..."

„Sie brauchen es ja nicht mehr zu kaufen, Herr Stegemann. Es *gehört* Ihnen ja schon, das Drittel. Sie brauchen nur noch zu unterschreiben. Verstehen Sie nicht?"

„Nein, ich verstehe absolut nicht. Hören Sie, ich will kein Stück Papier, keinen Vertrag und kein Hotel. Ich will das Geld, und zwar Cash, und das so bald wie möglich. Mir steht das Wasser bis zum Hals."

„Dann verkaufen Sie doch einfach Ihren Anteil für zweieinhalb Millionen. Dann haben Sie Cash."

„Verkaufen Sie doch ihren Zwei-Drittel-Anteil", blaffte Stegemann zurück, hochrot im Gesicht.

„Dass das nicht geht, können Sie sich doch denken. Das wären fünf Millionen. Glauben Sie, solche Summen bezahlt man aus der Portokasse? Unsere zwei Drittel gehören natürlich der Bank, und mein Mann und ich, wir stottern Monat für Monat den Kredit ab. Von uns kann man nichts holen. So sieht´s aus, Herr Stegemann."

„Wenn ich mir Ihre Goldklunker an Hals und Handgelenk ansehe, scheinen Sie nicht gerade am Hungertuch zu nagen."

Lilly Petersen wurde weiß wie eine Wand. „Und wenn Sie ihre teure *Rolex Pearlmaster* und Ihren Brillant im Ohr verkaufen würden, hätten Sie es nicht nötig, hier zu betteln."

*

Im Nebenzimmer hatte Pasulke einen Fingerabdruck von der Dokumentenhülle mit Magnesiumpulver extrahiert und auf den Scanner gelegt, der nun diesen Abdruck mit den gesicherten Abdrücken des Hammers, also der Tatwaffe, verglich. Keiner atmete mehr. In Frau Petersens Büro schlug die Stimmung hörbar um. Verdammt, wieso dauerte das so lange?

*

Im Foyer ließ Melanie die Illustrierte sinken, die sie vor- und zurückgeblättert hatte. „Was in diesen Käseblättern bloß für ein Schrott steht. Unglaublich. Ich muss mal aufstehen und mich bewegen. Vielleicht kann ich bei der Frau an der Rezeption einen Kaffee kriegen. Nimmst du auch einen?" Sie zog ihre warme Winterjacke aus und drapierte sie über die Sessellehne.

„Oh ja, gute Idee. Danke, Melanie."

Melanie stemmte sich aus dem Kunstledersessel und schritt, vom Sitzen steif in den Gelenken, zur Rezeption.

„Entschuldigen Sie, können wir bei Ihnen zwei Kaffee bekommen?"

*

„Bingo", sagte Pasulke trocken. „Übereinstimmung. Neunundneunzig Komma neun acht Prozent."
Alle richteten sich aus ihrer gespannten Haltung auf und schauten sich an. Nur zögernd setzte sich auf den Lippen ein Lächeln durch.
Staatsanwalt Sommerfeld sagte: „Damit kann ich leben. Frau Klang, Sie folgen mir. Ich nehme ihn jetzt persönlich fest. Haben Sie Ihre Waffe dabei? Gut. Los geht´s."

*

„Du bist ein dreckiges Miststück, eine Schlampe", schäumte Maik Stegemann. „Du hast mich reingelegt."
„Es ist besser, wenn Sie diesen Raum und dieses Hotel jetzt verlassen. Ich erteile Ihnen hiermit Hausverbot auf Lebenszeit", sagte Lilly Petersen mit Vibrato in der Stimme.
„Ha!", rief Stegemann und sprang vom Stuhl auf.
Gleichzeitig krachte die Tür des Nebenzimmers gegen die Wand. Staatsanwalt Sommerfeld platzte in Petersens Büro, dichtauf gefolgt von Birke Klang.
„Maik Stegemann, ich bin Staatsanwalt Sommerfeld. Ich nehme Sie fest wegen des dringenden Tatverdachts, drei Morde begangen zu haben. Sie haben das Recht ..."
Weiter kam er nicht.

Maik Stegemanns linke Hand schnellte wie eine Schlange nach vorne und krallte sich einen Brieföffner vom Schreibtisch. Dann wirbelte er zu Sommerfeld herum und war mit einem Satz vor ihm, den Brieföffner, ein stilisierter mittelalterlicher Dolch, zum Stoß erhoben. Ehe Sommerfeld und die hinter ihm stehende Birke Klang zu einer Reaktion fähig waren, rammte er dem Staatsanwalt die Klinge in den Bauch und stieß ihn mit beiden Armen wuchtig zur Tür zurück. Sommerfeld taumelte und prallte hart gegen die Polizistin, die ihrerseits mit der Schulter gegen den Türrahmen geworfen wurde. Beide stürzten. Birke Klangs Dienstwaffe polterte zu Boden.

Mit erstaunlicher Behändigkeit schnappte Stegemann die Pistole und stürmte damit, ohne Mantel und Aktenkoffer, aus dem Büro.

*

Melanie wartete an der Rezeption auf den Kaffee. Amüsiert betrachtete sie die kleine silberne Glocke, die auf dem Pult stand, mit der Gäste auf sich aufmerksam machen konnten, wenn die Rezeption nicht besetzt war. Sie liebte solche althergebrachten Dinge, die sich beharrlich gegen jede Art von Modernisierung durchsetzten und nicht wegzudenken waren. Sie ließ sich verführen und tippte die Glocke spielerisch an. *Pling*. Melanie lächelte verträumt.

Veronika Kuklik-Freimut servierte den ersten Kaffee und drehte sich wieder, um für den zweiten die Kaffeemaschine zu bedienen. Melanie nahm die Tasse in die Hand, um sie Eliza zu bringen, als die Bürotür seitlich hinter der

Rezeption krachend aufflog. Sie erschrak, verschüttete Kaffee.

Maik Stegemann stürzte auf Melanie zu, die ihm im Weg stand. Er packte ihren Arm und setzte die Pistole an ihren Kopf. „Du kommst mit", herrschte er sie an. Die Kaffeetasse zerschellte auf dem Boden. Er riss Melanie mit Gewalt zum Hoteleingang, dann hinaus zum *Jaguar*. Flink hatte er die Fernbedienung für das Türschloss in der Hand, riss die Autotür auf. „Los! Rutsch hinüber!" Er stieß Melanie Kopf voraus in das Cockpit des Wagens.

Eliza stand am Fenster, die Hände im Schock vor den Mund gepresst, und verfolgte hilflos Melanies Entführung.

*

Im Nebenzimmer verfolgten Pit, Edgar und Pasulke die unerwartete Gewalteruption mit lähmendem Entsetzen. Sommerfeld und Birke Klang stürzten zu Boden, mitten unter der Tür, während Maik Stegemann aus dem Büro türmte.

Nach unendlich scheinenden Sekunden reagierte Edgar als erster. Mit drei schnellen Schritten war er über den beiden. Der Griff des Brieföffners ragte aus dem Körper des Staatsanwalts heraus. Sein Hemd färbte sich dunkelrot. Birke Klang versuchte verzweifelt, unter dem Körper Sommerfelds hervorzukommen.

„Hilf mir, Schaaf, verdammt", fluchte sie, und schaffte es doch selber. „Er hat meine Pistole", rief sie unnötigerweise.

Sommerfeld versuchte sich aufzurichten. „Liegenbleiben, Staatsanwalt", befahl Edgar und drückte ihn an den

Schultern sacht zu Boden. „Andy, Notarzt, schnell! Pit, du bleibst bei ihm, bis der Notarzt da ist."

In dem Augenblick schrie Eliza ins Büro: „Edgar, er hat Melanie. Im *Jaguar*."

*

Der *Jaguar* startete fulminant. Melanie wurde in den Beifahrersitz gepresst. Maik Stegemann lenkte den Wagen mit der Pistole in der linken Hand. Er raste mit überhöhter Geschwindigkeit aus *Vieksen* hinaus, Richtung *Flethow*.

„Lassen Sie mich aussteigen, das hat doch alles keinen Sinn, Sie.", hatte Melanie gefleht.

„Bei drei Morden kommt es auf einen vierten auch nicht mehr an", hatte er Melanie angeschrien. „Also halt´s Maul."

Schnell näherten sie sich *Flethow*. „Wenn ich genügend Vorsprung habe, lasse ich dich vielleicht frei. Wenn nicht, hast du Pech gehabt. Die wollten mich verarschen. Das war eine Falle. Aber nicht mit Maik Stegemann. Ha, nicht mit Maik Stegemann."

Die Abzweigung zur *Flethower* Brücke tauchte auf. Stegemann kurbelte am Lenkrad. Die langgezogene Frontschnauze des Sportwagens steuerte auf die Brücke zu. Stegemann stieg brutal auf die Bremse. Der Wagen schlingerte. „Verflucht, die Bullen. Die Brücke ist abgesperrt."

Hektisch wendete er den *Jaguar*. „Wird wohl nichts mit Vorsprung", sagte er mit kalter Stimme und beschleunigte, dass die Hinterräder durchdrehten.

Nach *Vieksen* zurück konnte er nicht. Also geradeaus. Campingplatz, *Schwedamm*. Kurz dachte er daran, es über den zugefrorenen *Flether Bodden* zu probieren. *Letzte Option*, dachte er grimmig und lachte diabolisch.

Melanie schloss die Augen und betete zu einer höheren Macht, von der sie keine Ahnung hatte, wie sie aussehen mochte, und zum zweiten Mal innerhalb weniger Wochen leistete sie einen Schwur: **Wenn ich das überstehe, pilgere ich den Jakobsweg.** Das Tempo war für sie zu hoch. Ihr wurde schwarz vor Augen.

Die Strecke ging geradeaus. Bis zum Campingplatz, wo sie einen Bogen Richtung *Schwedamm* beschrieb. Ein Warnschild tauchte auf. Stegemann sah es, aber er erfasste die Bedeutung nicht, und jagte mit beinahe unverminderter Geschwindigkeit weiter. Jetzt die Kurve. Links der Campingplatz.

Das Heck des *Jaguars* brach aus. Stegemann lenkte dagegen. Nutzlos. Schon schlidderte der Wagen breitseitig über die Straße. Nun verstand er das Warnschild von vorhin: Glatteis. Er drehte am Lenkrad, links, rechts, doch der *Jaguar* rutschte unkontrolliert weiter. Die geschlossene Schranke zum Campingplatz geriet ins Blickfeld. Der Wagen drehte sich weiter, nun mit dem Heck voraus. Die Schranke jetzt im Rückspiegel. Noch eine Drehung. Er drückte wild auf die Bremse, ein letzter verzweifelter Reflex vor dem Einschlag. Dann krachte es.

*

Melanie, dachte Edgar. *Er hat Melanie*. Für eine lange Sekunde spürte er, wie sich eine schwarze Wolke auf ihn senkte. „Klang, er hat meine Frau", schrie er. „Wo steht Ihr Auto? Ich muss hinterher."

„Es steht in der Parallelstraße."

„Edgar", schnaufte Pit, „wir nehmen den *Suzuki*. Der steht näher."

„Danke, Pit, aber bleib´ du hier bei Sommerfeld. Die Klang soll mit. Gib´ mir den Schlüssel."

„Und ich?", fragte Pasulke.

„Du bist hier die Zentrale", antwortete Birke Klang. „Gib´ mir deine Pistole. Schnell. Kriegst sie auch wieder."

Während Pit und Eliza sich um den Verletzten kümmerten, rannten Birke Klang und Edgar zum *Suzuki*.

„Er kann die Insel nicht verlassen", erklärte sie und warf sich auf den Beifahrersitz. „Die Brücke ist abgeriegelt."

„Scheiße", fluchte Edgar, „dann verhält er sich wie ein in die Enge getriebenes Raubtier."

„Möglich", konterte sie, „aber wir wissen, wo wir ihn suchen müssen."

Edgar fuhr so schnell er sich getraute. Bei *Flethow* bog er gleich auf die Straße nach *Schwedamm* ein, die am Campingplatz vorbeiführte. Ein Warnschild stand einige hundert Meter vor der Kurve. Glatteis. Der Wasserrohrbruch. Er reduzierte das Tempo, schaltete auf Allrad-Betrieb.

Das Auto verhielt sich wie auf Schmierseife. Auch Allrad nutzte bei einer spiegelglatten Eisfläche nicht viel, doch er blieb einigermaßen in der Spur.

„Dort vorne", rief Birke Klang neben ihm und starrte aus dem Fenster. „Sehen Sie? Der *Jaguar*. Es hat ihn unter die Schranke geschleudert. Langsam ranfahren, Schaaf."

„Schneller geht sowieso nicht", knirschte er zwischen den Zähnen hervor. „Sehen Sie Melanie?"

Behutsam lenkte er den *Suzuki* neben den havarierten Wagen, Birke Klang die Pistole schussbereit. Beide Türen des *Jaguars* standen weit offen. „Da ist niemand mehr drin", meldete sie.

Edgar fuchtelte aufgeregt: „Dort vorne. Dort vorne laufen sie. Melanie und er. Wenn er ihr etwas antut, töte ich ihn."

Birke Klang folgte seiner Blickrichtung. Sie konnte gerade noch erkennen, wie zwei Personen über den Campingplatz liefen. Dann gerieten sie zwischen die Kiefern, und Birke Klang verlor sie aus den Augen. Sie fischte ihr Handy aus der Tasche.

„Andy, Einsatz am Campingplatz. Alle verfügbaren Kräfte. Feuerwehr und Krankenwagen. Wie geht's Sommerfeld? Okay, hoffen wir, dass er durchkommt." An Edgar gerichtet: „Wo will er denn mit ihr hin?"

„Ich glaub', ich weiß es", sagte Edgar düster und stieg aus.

*

Maik Stegemann war in Rage. Sein geliebter *Jaguar* war hinüber, und die schwerfällige Kuh an seiner Seite wollte einfach nicht laufen. *Soll ich sie einfach zurücklassen? Aber vielleicht brauche ich sie noch.*

Ihm hatte der Crash mit der Schranke nicht geschadet. Er hatte die Schranke im Rückspiegel kommen sehen. Doch dann hatte sich der Wagen noch einmal gedreht und war seitlich aufgeprallt. Der Frau an seinem Arm hatte es den Kopf gegen das Seitenfenster gehämmert. Ein Blutrinnsal lief unter ihren Haaren hervor. *Wer ist sie überhaupt?* Sie hing an seinem Arm wie ein Sack Kohle.

Er zerrte sie weiter und weiter. Er hoffte, das Ufer am Schwedenhorn zu erreichen und von dort aus, wenn das Meer gefroren war, zu Fuß zur *Flethower* Brücke und übers Eis aufs Festland zu gelangen. Trotz der irren Kälte schwitzte er wie Sau.

Langsam sah er ein, dass mit der Frau nicht mehr lange zu rechnen war. Sie bewegte das rechte Bein nur noch schleppend, und ihr linkes schleifte mehr oder weniger über den Boden. Zudem war sie total unpassend angezogen. Nicht mal eine Jacke. Sie musste jämmerlich frieren.

Ha! Diese Metze im Hotel hatte versucht, ihn aufs Kreuz zu legen. Beteiligung. Teilhaberschaft. Sie müssen nur noch unterschreiben. Oder war dieser Termin gar von vornherein ein Fake? Polizei im Nebenzimmer? Haben sie mich absichtlich hergelockt? Was war geschehen? Ach ja. Die Steuererklärung. Das war ein Trick. Ich habe die Hülle angefasst. Die Assistentin nahm die Hülle und trug sie in das Nebenzimmer, wo die Polizei wartete. So muss es gewesen sein. Aber sie werden mich nicht erwischen. Wenn ich erst auf dem Festland bin, bin ich auch bald in Hamburg. *Von dort komme ich in die ganze Welt.*
Doch horch, was war das?

Er blieb stehen und drehte sich um. *Kam da jemand? Dort bewegen sich Leute. Scheiße, sie folgen mir.* „Los, du faule Sau, mach´, dass du auf die Beine kommst."

Er schleifte Melanie weiter. Nicht mehr weit, und er sah das Schwedenhorn.

*

Edgar und Birke Klang ließen ihn nicht mehr aus den Augen. Melanie schien es nicht gut zu gehen. Sie hing schwer an Stegemanns Arm. Sie waren ungefähr fünfzig Meter hinter ihnen.

„Stegemann, bleiben Sie stehen, Polizei", schnitt Birke Klangs Stimme durch die eisige Luft.

Vor ihnen eine hastige Bewegung. Ein Blitz. Ein Knall.

„Herrgott, das Schwein schießt auf uns", rief Edgar und ging hinter einem der Bäume in Deckung.

Birke Klang hob Pasulkes Pistole in Anschlagstellung.

„Mist, ich kann nicht schießen, sonst bringe ich Ihre Frau in Gefahr", knirschte sie, um gleich darauf zu schreien: „Lassen Sie die Frau los. Sie machen es nur noch schlimmer."

„Er geht weiter", fauchte Edgar. „Auf das Horn hinaus. Er will zum Leuchtturm."

„Dann haben wir ihn", fletschte Birke Klang die Zähne. „Von dort kommt er nicht mehr weg."

„Er hat meine Frau", sagte Edgar.

„Hm, vielleicht will er verhandeln. Einen Deal", überlegte sie.

„Nicht mit mir!", blaffte Edgar.

„Die Frau gegen ein Boot", schlug Birke Klang vor.

Edgar presste die Lippen zusammen. *Ja, vielleicht will er das. Melanie gegen ein Boot.*

„Schauen Sie nur, Schaaf, sie sind jetzt am Turm. Sie gehen hinein. Was, zum Teufel ist denn das? Warum kann er einfach in den Turm? Ist der normalerweise nicht geschlossen?"

*

Melanie konnte nicht mehr. Aus, Ende.

Wenigstens tat sie so und hoffte, dass sie es glaubhaft hatte darstellen können. Auch wenn sie ohne ihre Jacke erbärmlich fror, sie war noch nie in ihrem ganzen Leben so einer Kälte ausgesetzt gewesen wie heute, war sie im Oberstübchen ganz okay. Der Kopf brummte zwar wie ein Bienenstock, na gut, das würde sich mit der Zeit geben, und das bisschen Blut, das ihr den Hals hinunterrann, konnte höchstens von einer Platzwunde herrühren. Aber sie war hellwach.

Sie hatte Edgar gesehen. Er war hinter ihr. Zusammen mit der jungen Polizistin. Ihr Edgar.

Sie waren jetzt im Leuchtturm. Dieser Kerl und sie. Im September war sie schon einmal hier gewesen. Mit dem Leuchtturmwärter die Treppe hinauf. Edgar war damals unten geblieben, weil er Höhenangst hatte. Akrophobie. Ihr Edgar.

Was würde der Kerl jetzt tun? Sie wusste es nicht. Irgendwie war sie völlig frei von Angst.

Er lauerte mit der Pistole neben der Tür und beobachtete die Fläche der Landzunge davor.

Melanie setzte einen Fuß auf die erste Stufe der Treppe, die wie eine Spirale an der Innenwand des Leuchtturms nach oben wuchs. Den nächsten Fuß. Noch eine Stufe.

„Was machst du da?", fragte der Kerl blöd. „Geh´ da runter." Er guckte wieder zur Tür hinaus.

Sie stieg eine vierte Stufe hoch. Dann rasch hintereinander mehrere Stufen.

„Bist du bescheuert", schrie er von unten mit sich überschlagender Stimme. „Komm´ da runter, oder ich knall´ dich ab wie einen Hund." Er legte die Pistole auf sie an.

Wie einen Hund!?, sickerte es in Melanies Ohren.

Vielleicht wäre alles ganz anders ausgegangen, wenn Stegemann nicht ausgerechnet das Wort *Hund* verwendet hätte. Denn damit traf er einen empfindlichen Nerv Melanies, die es sofort mit ihrer *Lydia* assoziierte, und mit *Müller*, Edgars Hund, den Tieren, die ihr ans Herz gewachsen waren und die zu ihrem Leben gehörten wie eigene Kinder.

Melanie stieg provokant zwei drei Stufen höher. Da feuerte er einen Schuss ab. Der Knall dröhnte im Hohlraum des Turms wie ein Kanonenböller gewaltig in den Ohren. Melanie blieb stehen.

„Komm´ da runter. Der nächste Schuss trifft", schrie er schrill und stieg ihr wütend nach.

Du erbärmlicher kleiner Wicht. Wer bist du, dass du dich erdreistest, mir zu drohen? Melanie kam ihm entgegen.

*

Edgar hat den Schuss gehört. *Melanie*, ist sein einziger Gedanke. Er rennt, so schnell ihn die Beine tragen, auf den Leuchtturm zu.

„Schaaf! Schaaf! Das ist doch Selbstmord", hört er Birke Klang schreien, doch er achtet nicht darauf. Binnen Sekunden ist er an der Tür. Drinnen ist es dunkler als draußen. Durch die kleinen Fenster fällt nur spärlich Licht. Er steckt den Kopf durch den Rahmen. Im bodenebenen Rund entdeckt er niemanden. Auch Melanie nicht.

Da, ein Ächzen. Gerangel auf der Treppe. Stegemann und Melanie. Gütiger Himmel, sie kämpfen miteinander. Melanie ringt mit dem Mörder.

„Melanie", brüllt Edgar, und hetzt auf die Treppe zu.

Plötzlich ein tierischer Aufschrei. Das war nicht Melanie, erkennt Edgar sofort. Stegemann hat geschrien.

Dann ein scheppernden Geräusch auf dem Beton des Turmbodens. Die Pistole. Er hat die Pistole verloren. Gefolgt von einem dumpfen Geräusch, wie von einem schweren Hieb. Melanie stöhnt auf, dann fällt sie. Fällt, gottseidank nicht kopfüber, auf die stählernen Stufen unter ihr, wo sie liegenbleibt.

„Melanie", ruft Edgar und ist im Nu bei ihr.

Birke Klang stürmt in den Leuchtturm. „Schaaf?", ruft sie. „Schaaf?"

„Hier", ruft er zurück. „Bei Melanie. Die Pistole, Frau Klang. Die Pistole. Sie liegt auf dem Boden."

Birke Klang entdeckt ihre Dienstpistole, steckt Pasulkes Waffe hinten in ihren Hosenbund, und nimmt sie an sich.

„Wo ist Stegemann?", ruft sie.

Edgar deutet nach oben, doch Stegemann ist weg.

*

Melanie liegt in Edgars Armen auf der Treppe. Edgar hat sie mit seiner Jacke notdürftig zugedeckt. Sie ist bei Bewusstsein, doch die Blessuren, die sie sich beim Sturz zugezogen hat, lähmen ihre Bewegungsversuche. Wegen eines brutalen Schlages in den Bauch ringt sie nach Luft.

„Ich hab´ ihn gebissen", presst sie mühsam hervor, und doch produziert sie dabei ein gequältes Lächeln. „Ich hab´ ihn in den Arm gebissen, Edgar. Er wollte unsere *Lydia* erschießen."

„Das darf er nicht", antwortet Edgar lächelnd und weiß instinktiv, was sie meint. „Das darf er nicht", wiederholt er, und drückt sie an sich. „Nicht unsere *Lydia*."

Sie nickt. Tränen quellen aus ihren Augen. „Da hab´ ich ihn gebissen."

„Du hast gekämpft wie eine Löwin, meine Schöne. Ich habe es gesehen."

„Mich friert, Edgar."

„Gleich kommt Hilfe, mein Engel. Gleich."

„Ist es vorbei, Edgar?"

„Es ist vorbei", sagt er beruhigend. „Birke Klang wird ihn festnehmen."

*

Birke Klang ist über Melanie und Edgar hinweggeklettert und die Wendeltreppe weiter hinaufgestiegen. Oben angekommen, bläst ihr durch die offene Tür, die auf den Rundgang hinausführt, kalter Zugwind entgegen. Sie war noch nie hier oben gewesen. Die Pistole hält sie schussbereit in der rechten Hand.

Sie konzentriert sich, atmet tief ein und aus. Rasch streckt sie den Kopf aus der Tür, lugt links und rechts. Nichts. Stegemann muss sich auf der Rückseite befinden. Sie betritt den Rundgang, tastet sich, die Waffe nun mit beiden Händen haltend, vorwärts.

Sie sieht ihn am Geländer stehen, die Arme frierend vor der Brust verschränkt, das Gesicht dem Meer zugewandt. Der Wind pfeift schneidend um den runden Glaszylinder, hinter dem die Leuchtturmtechnik mit den optischen Linsen untergebracht ist.

„Herr Stegemann", ruft sie, und richtet die Pistole auf ihn, „ich bin Birke Klang. Sie sind festgenommen."

Er zittert am ganzen Körper. „Lassen Sie mich in Ruhe, oder ich springe runter", schreit er mit schriller Stimme.

„Sie werden nicht springen. Heben Sie die Arme und kommen Sie langsam her."

„Und warum sollte ich nicht springen? Was wissen Sie schon." Er tönt jetzt nach purer Hysterie.

„Weil Sie ein Feigling sind, und Feiglinge springen nicht", antwortet sie kalt. „Arme hoch und herkommen! Jetzt!"

Er dreht sich unendlich langsam um. Sein Kinn zittert unkontrolliert. Er senkt den Kopf. Dann stößt er einen unmenschlichen Laut aus und stürmt wie ein angreifender Stier auf die Kriminaloberkommissarin zu.

Birke Klang zielt und schießt.

`*

Eliza und Pit waren mit Andy Pasulke in dessen flaschengrünen *VW Passat* zum Campingplatz gefahren. Staatsanwalt Sommerfeld befand sich mit der Rettungsambulanz bereits auf dem Weg in die Klinik. Er würde überleben, hatte der Notarzt gesagt.

Die Einsatzkräfte der Feuerwehr hatten die verbogene Schranke mit einer Trennscheibe gekappt, um den Krankenwagen und dem Notarzt die Durchfahrt auf den Campingplatz zu ermöglichen. Nun standen sie mit blinkenden Blaulichtern in größtmöglicher Nähe zum Leuchtturm.

Melanie wurde auf einer Bahre herausgetragen, Edgar an ihrer Seite. Eliza eilte hinzu.

„Um Gottes Willen, Edgar, was ist passiert?", fragte sie und trippelte nebenher.

„Es geht mir gut, Eliza", sagte Melanie selber und streckte ihre Hand nach Eliza aus. „Nur ein paar blaue Flecken und kalte Füße. Das wird schon wieder." Eliza ergriff die Hand.

„Sie kommt jetzt aber trotzdem ins Krankenhaus", sagte Edgar. „Zur Kontrolle."

„Wir kommen dann nach", schniefte Eliza und ließ Melanies Hand los. „Bis gleich, also."

Melanie winkte matt.

In der Zwischenzeit waren die Spezialisten der Feuerwehr damit beschäftigt, den verletzten Maik Stegemann zu bergen. Da er wegen der engen Wendeltreppe nicht mit einer normalen Trage nach unten gebracht werden konnte, musste man ihn per bergmännischer Flaschenzugkonstruktion in Begleitung eines Feuerwehrmannes außen am Leuchtturm abseilen. Der Arzt hatte ihn in Anbetracht der eisigen Temperaturen nur notdürftig verbunden und ihn hauptsächlich mit Folie gegen weiteren Wärmeverlust geschützt. Er musste schnellstmöglich aus der Kälte.

Birke Klang stand, die Arme vor der Brust verschränkt, äußerlich unbeeindruckt in der Nähe und beobachtete die Bergung und den Abtransport.

„Das war doch ein Schuss, Klang. Was hast du gemacht", hatte Edgar gefragt, als sie aus der Höhe des Leuchtturms wieder an Melanie und ihm vorbeigestiegen war. Unbewusst war er vom *Sie* zum *Du* übergegangen.

„Ich habe ihm ins Bein geschossen. Und dann habe ich ihn mit Handschellen am Geländer angeschlossen. Soll die Feuerwehr ihn holen."

„Gut gemacht, Klang", hatte Edgar geantwortet. „Soll er sich noch eine Weile den Arsch abfrieren."

„Ganz meine Meinung, Schaaf."

Kritaholm, 10. 01. 2023

Sie hockten zu viert um den Esstisch herum. Abends zwischen fünf und sechs Uhr. Edgar hatte Linsen mit Spätzle gekocht. Die Spätzle vom Brett ins Wasser geschabt, wohlgemerkt, worauf er höchsten Wert legte. Zwei Paar Wiener für jeden. Dazu Feldsalat mit Croutons. Die Töpfe dampften, dass die Fenster beschlugen.

Edgar erhob sein Glas mit funkelndem Weißwein. „Auf Melanie", sagte er feierlich, „die durch ihren Mut einen gefährlichen Mann entwaffnet hat. Mit einem Biss, sozusagen."

„Halt, nicht mit Mut, sondern mit Wut", stellte die so Gelobte klar. „Wenn es nach Mut gegangen wäre, würden wir heute nicht zusammensitzen. Aber ohne es zu ahnen hat er mich bis aufs Blut gereizt. Und jetzt wär´s mir recht, wenn wir nicht mehr darüber reden würden. Jeder am

Tisch hat seinen Beitrag geleistet. Pit, und meine treue Eliza. Wenn sie sich geweigert hätte, mit hierherzufahren, wären nämlich wir beide nicht hier. Also Prost."

Gestern Abend noch, nachdem Melanie in der Klinik auf Herz und Nieren überprüft worden war, hatten sie gemeinschaftlich beschlossen, noch einen weiteren Tag in der Ferienwohnung zu bleiben. Ausschlafen und Faulenzen für alle, Erholung für Melanie.

Durch den Sturz auf der stählernen Treppe im Leuchtturm hatte sie etliche Prellungen davongetragen: Rippen, Hüfte, Oberschenkel und Fußknöchel, allesamt lästig schmerzhaft, aber nicht lebensbedrohlich. Am schlimmsten war ihr Bauch in Mitleidenschaft gezogen, wo sie den Faustschlag abbekommen hatte, aber auch das würde sich mit der Zeit geben. Die Platzwunde am Kopf hatte nicht einmal genäht zu werden brauchen. Nicht mehr als ein Pipifax.

Als es an der Haustür klingelte, fragte Pit: „Hoppla, erwarten wir noch Besuch?" Er ging, um nachzusehen, und kam mit Birke Klang und Andy Pasulke wieder zurück.

„Rückt alle mal ein Stückchen zusammen", forderte er die anderen auf, „ich bringe noch zwei Mitesser."

Rasch standen zwei Teller und zwei Gläser mehr auf dem Tisch. „Greift zu, es ist genug da. Original schwäbische Hausmannskost."

„Na, ob das mein mecklenburgischer Magen verträgt, weiß ich nicht", baute Birke Klang vor. „Ich nehme erst mal nicht so viel."

Am Ende waren alle Töpfe leer, und Edgar räumte den Tisch ab. Birke Klang bot sich an, zu helfen.

„Herr Schaaf", druckste sie herum, „Sie haben mich gestern mal geduzt, und jetzt wollte ich ..."

„Ach, echt? Dann tut es mir leid. Ist mir bestimmt nur so rausgerutscht."

„Nein, so meine ich das nicht. Ich wollte Sie fragen, ob Sie mir nicht das *Du* anbieten wollen?"

„Ob ich dir ...pardon, Ihnen das *Du* ...Hahaha. Ist das Ihr Ernst?"

„Ja, damit ich auch endlich *Du* zu Ihnen sagen kann. Oh Gott, ist mir das jetzt peinlich."

Edgar schnappte sich vom Esstisch kurzerhand ihr und sein Glas. „Also, dann sei es. Vollziehen wir den Akt. Frau Klang. Ich bin der Edgar."

„Gut. Und ich bin die Birke. Danke Edgar."

„Danke, Birke. Komm´ mit, Birke. Das ist meine Frau Melanie. Melanie, das ist Birke. Dann ist da Eliza. Eliza, Birke. Und Pit. Wir duzen uns alle ab sofort. Andy, hast du gehört? Edgar, Melanie, Eliza, Pit."

„Andy", rief Andy.

„Wir haben vorhin den Staatsanwalt in der Klinik besucht. Er hat die Intensiv verlassen und liegt normal auf Station. Er lässt euch alle grüßen und entschuldigt sich, weil er die gestrige Aktion vermasselt hat", berichtete Birke.

„Wenn es ihn beruhigt zu wissen, dass er uns nicht mehr zu sehen braucht, dann richte ihm aus, dass wir morgen nach Hause fahren."

„Als Schwaben zu den Schwäbischen Linsen mit Spätzle?", ätzte Birke und grinste frech.

„Vorsicht", reklamierte Pit. „Ganz dünnes Eis. Wir sind Badener."

„Wieso? Gibt´s da Unterschiede?", fragte sie unschuldig wie ein Kind.

„Und ob", behauptete Edgar. „Denn wir, wir sind die Guten."

****

Nachtrag

Pit und Edgar setzten sich aktiv dafür ein, dass Jonas Taschner in vollem Umfang rehabilitiert wurde. Posthum wurden ihm für fünfzehn Jahre unschuldig verbüßter Haft eine Haftentschädigung von, nach Abzug aller Kosten und Gebühren, dreihundertdreißigtausend Euro zugesprochen und auf ein von Loretta Lauritz genanntes Konto zugunsten seiner Tochter Jenny überwiesen.

Staatsanwalt Sommerfeld konnte im Januar 2023 das Krankenhaus *Deuzin* verlassen und ist vollständig genesen. Er wurde im März zum Oberstaatsanwalt in *Schwerin* befördert.

Frau Liane Klapproth veröffentlichte pünktlich zur *Leipziger Buchmesse 2023* über den *Reitter-Verlag* ihr drittes Buch mit dem Titel: *Mein Freund, der Kakerlak.*

Lilly Petersens Pläne zur Eröffnung einer Multi-Event-Lokalität mit Hotel in *Vieksen* konnten wegen vielfältiger Einsprüche und fehlender Bewilligungen nicht realisiert werden. Das Restaurant mit Hotel steht seit dem Sommer 2023 zum Verkauf.

Aufgrund der genauen Lagebeschreibung, die an Horst Bitterle-Stegemanns Tatgeständnis angehängt war, wurde auf seinem ehemaligen Anwesen in *Offenburg* eine Walther-Pistole gefunden, die auf seinen Namen registriert gewesen war.

Maik Stegemann wurde noch im Jahr 2023 wegen dreifachen vollendeten Mordes, versuchten Mordes in Tateinheit mit schwerer Körperverletzung und Entführung zu einer lebenslangen Haftstrafe mit anschließender Sicherungsverwahrung verurteilt.

Nachtrag des Autors

Die Insel *Kritaholm* ist auf keiner Landkarte zu finden. Demzufolge sind auch die auf ihr beschriebenen Orte fiktiv, ebenso wie die Orte *Deuzin*, *Wurgast* und die *JVA Questrow*.

Die Handlung des Romans ist frei erfunden. Real existierende Personen gleichen Namens wie die im Roman genannten haben mit der Handlung nichts zu tun.

Schaafswinter

Edgar Schaafs erster Fall.

Fünfzig Jahre, nachdem in Seekirch eine junge Frau spurlos verschwunden war, werden dort ihre sterblichen Überreste gefunden. Über zwanzig Jahre nach deren Verschwinden war in Konstanz am Bodensee ein schrecklicher Mord an einer Frau begangen worden. In beiden Fällen hatte es ein und denselben Verdächtigen gegeben: Peter Seibelt.

Edgar Schaaf, pensionierter Kriminalkommissar, wird von der Polizei in Konstanz darum gebeten, sich aus drei Gründen mit Peter Seibelt in Verbindung zu setzen. Zum Ersten war Edgar Schaaf damals als Zeuge in beide Fälle involviert, zum Zweiten war eben jener Peter Seibelt ein guter Bekannter von ihm: Sie stammen aus demselben Dorf und sie gingen zusammen zur Schule. Drittens: Die Fälle sind bis heute ungelöst.

Tatsächlich zeigt sich Peter Seibelt bereit, Edgar Schaaf zu treffen, hüllt sich aber, was seine tragische Vergangenheit angeht, in Schweigen. Bald jedoch holt ihn die Vergangenheit ein und er sieht sich gezwungen, das Schweigen zu brechen.

Schaafssturm

Edgar Schaafs zweiter Fall.

In der Schwarzwaldgemeinde Hohenterzen werden kurz nacheinander zwei Morde verübt. Die Ermittlungen des jungen Kriminalkommissars Melzer verlaufen bald im Sande. Erst als sich der pensionierte Kommissar Edgar Schaaf auf Bitten der Tochter eines der Mordopfer um die Fälle kümmert, eröffnen sich bald neue Konstellationen. Ins Visier Edgar Schaafs und der Polizei gerät ein gewisser *Chato,* dessen Spur die Ermittler schließlich nach Rovinj an der kroatischen Küste führt. Dort bekommen Melanie Köninger und Edgar Schaaf die Wucht des adriatischen Sturmwindes **Bora** bei einer dramatischen Aktion hautnah zu spüren.

Schaafshammer

Edgar Schaafs dritter Fall.

Die Geschäftsführerinnen zweier Spielcasinos werden tot aufgefunden. Eine junge Frau wird missbraucht und liegt im Koma. Für Kriminaloberkommissar Kai Schuster kommt es knüppeldick. Angesichts gravierenden Personalmangels bei der Polizeidirektion Offenburg sieht er sich alleinverantwortlich dreier komplexer Fälle gegenüber.
Als sein früherer Hauptkommissar und Mentor Edgar Schaaf von der ehemalige Stiefmutter der jungen Frau gebeten wird, Licht in das Dunkel der Ermittlungen zu bringen, beschließen die beiden einen Deal. Das führt endlich dazu, einen Täter dingfest machen zu können. Doch der kann fliehen und bringt Edgar Schaafs Frau Melanie Köninger in Gefahr. Weil Edgar Schaaf das nicht zulassen kann, fordert er den Gegner ultimativ heraus.

**Schaafsgold
und der ungelesene Autor**

Edgar Schaafs vierter Fall.

Blitzeinbrüche und Geldautomatenraube. Eine Bande treibt seit drei Jahren ihr Unwesen. Aber letztlich ist es Gold, weswegen die Dinge in Offenburg und Umgebung gefährlich aus dem Ruder laufen. Nicht weil es da ist, sondern weil es nicht mehr da ist.

Pit Ferman, Autor der *Edgar Schaaf-Krimis*, wird unerwartet und äußerst schmerzhaft mit den Auswüchsen der Suche nach dem Gold konfrontiert. In der Not wendet er sich an seinen Freund Edgar Schaaf.

Weitere Bücher von Peter Siefermann im Twentysix-Verlag.

„Zwölfeinhalb Bären, oder wie die Bären nach Waldulm kamen."
ISBN: 9783740711917

„Das große Spiel, oder mit Lachdatte, Mängehatte und Poklapier."
ISBN: 9783740727451

„Tierisch-menschliches in Lyrik und Prosa."
ISBN: 9783740714000

„Drei Männer, zwei Boote, ein Fluss und der Blues."
ISBN: 9783740712952

„Teddor."
ISBN: 9783740729400

„Aus der Sicht des Pumas"
ISBN: 9783740731625

„Die Sachenfinderin"
ISBN: 9783740733674

„Der Totensänger."
ISBN: 9783740744281

„Der Bassist."
ISBN: 9783740746940

Der „Zach"
ISBN: 9783740749132

Alle Bücher sind auch als E-Book erhältlich.

Pit Ferman wurde 1953 in Kappelrodeck im Land Baden-Württemberg geboren. Er lebte über dreißig Jahre in Basel in der Schweiz und arbeitete für ein deutsches Transportunternehmen. Nach Versetzung in den Ruhestand zog er mit seiner Ehefrau nach Deutschland zurück.
Pit Ferman ist Vater zweier Kinder, die beide in der Schweiz leben.